Diogenes Taschenbuch 135/22

detebe

Georges Simenon

# *Die Zeugen*

*Roman*

*Deutsch von*

*Anneliese Botond*

Diogenes

Titel der Originalausgabe: ›Les témoins‹

Die deutsche Erstausgabe erschien 1957 unter demselben Titel.
Umschlagbild von Pablo Picasso

100/80/8/1
ISBN 3 257 20683 6

## *Inhalt*

I

## *Die Apotheke Fontane und die Armando-Bar*

Es waren noch keine fünf Minuten vergangen, seit er aufgestanden war, um im Kamin ein Holzscheit wieder zurechtzurücken, das, eine Garbe von Funken versprühend, vom Rost gefallen war, und seine Gesichtshaut war noch warm von den Flammen, über die er sich gebückt hatte. Da er nun schon einmal stand, ging er auf Zehenspitzen bis zu der stets offenen Tür zwischen seinem Schlafzimmer und dem seiner Frau.

Halb sitzend, halb auf den Kissen liegend, die ihren Oberkörper stützten, schien Laurence zu schlafen oder Schlaf vorzutäuschen. Sobald sie liege, behauptete sie, überkomme sie eine unerträgliche Angst, als ob sie sterben würde, und so lag sie schon seit Jahren nicht mehr völlig ausgestreckt. Auch die Dunkelheit verursachte ihr Angstzustände, weshalb eine Stehlampe mit rosafarbenem, fast rotem Schirm die ganze Nacht über auf ihrem Nachttisch brannte.

Er betrachtete sie nicht lange, sondern setzte sich gleich wieder an den antiken Sekretär, den er als Schreibtisch benutzte, wenn er in seinem Schlafzimmer arbeitete. Er hatte etwa dreißig Zeilen des Lamoureux-Berichts nachgelesen, als aus dem angrenzenden Raum das erste Stöhnen zu ihm drang. Er war darauf gefaßt gewesen. Es hätte ihn gewundert, wenn seine Frau diese Nacht hätte vorübergehen lassen, ohne einen Anfall zu bekommen. Eine halbe Minute verstrich, ehe, weniger laut, aber dramatischer als das erste, das zweite Stöhnen folgte, und wäre ein Fremder hier gewesen, der Laurence nicht kannte, er hätte es Lhomond sicher verübelt, daß er mit verdrossenem Gesicht über der aufgeschlagenen Akte sitzen blieb.

Das dritte Stöhnen klang schon wie Geröchel. Für jemand, der nicht daran gewöhnt war, hätte sich das beunruhigend angehört: als ob Laurence versuchte, ein wenig Luft einzuatmen, die Luft aber auf halbem Wege stecken bliebe, so daß das unter heftiger Anstrengung geräuschvoll begonnene Stöhnen schlagartig aussetzte und eine Stille von kürzerer oder längerer Dauer eintrat, bevor sie die Kraft oder den Willen aufbrachte, einen neuen Versuch zu unternehmen.

Er las die Seite zu Ende, blätterte um, begann einen neuen, mit medizinischen Ausdrücken gespickten Satz des Professors Lamoureux, achtete aber schon nicht mehr auf das, was er las. Er wartete auf ein anderes Geräusch, das jetzt gleich kommen mußte: das Läuten des silbernen Glöckchens, mit dem seine Frau ihn rief, wenn sie ihn brauchte. Das Glöckchen stand neben der Lampe, dem Wasserglas, der Karaffe, der Medizinflasche und der Brille in Reichweite der Hand auf dem Nachttisch. Bei Tag war es Léopoldine, die Köchin, die Laurence durch einen Druck auf die elektrische Klingel am Kopfende ihres Bettes herbeizurufen pflegte.

Xavier Lhomond fühlte sich müde an diesem Abend, vielleicht sogar deprimiert. Im Justizpalast hatte er sich schon den ganzen Tag über gefragt, ob er nicht eine Grippe ausbrüte, und unwillkürlich hatte er mehrmals seine Zunge in einem Spiegel betrachtet. Sie war grau. Seine Mandeln schmerzten. Er hatte sich vorgenommen, zwei Aspirin zu schlucken, einen Grog zu trinken und zu Bett zu gehen, aber zuvor, wie immer am Vorabend einer Schwurgerichtsverhandlung, nochmals die gesamte Prozeßakte durchzusehen.

Er brauchte noch etwa eine halbe Stunde. Es entsprach durchaus der Regel, daß seine Frau ihm keine Zeit ließ, zu Ende zu lesen. Sicher hatte sie nicht geschlafen, als er vorhin zu ihrem Schlafzimmer gegangen war. Sie wartete. Sie suchte sich immer den richtigen Augenblick aus.

Das vierte Stöhnen ähnelte mehr einem Schluckauf, und gleich darauf ertönte das Glöckchen. Er legte seinen Bleistift und seine Pfeife hin, stand auf und ging ins Zimmer nebenan.

Er stellte sich keine Fragen mehr. Seit fünf Jahren ging das nun schon so und war zu einer Art Routine geworden. Er wußte im voraus, wie er Laurence vorfinden würde: die Hand krampfhaft auf die linke Brust gepreßt, den Blick starr, ausdruckslos. Er wußte auch, daß sie nichts sagen würde, als wäre Sprechen ihr unmöglich, daß sie aber allen seinen Bewegungen mit den Augen folgen würde.

In Augenblicken wie diesem hätte man wirklich meinen können, sie liege im Sterben und frage sich nur, ob er das tatenlos geschehen lassen werde.

Er führte das Glas Wasser an die Lippen seiner Frau, die wartete, bis sie soweit zu Atem gekommen war, daß sie einen Schluck trinken konnte. Gleichzeitig nahm er ihr Handgelenk zwischen zwei Finger, um ihr den Puls zu fühlen, und blickte dabei auf den Sekundenzeiger des Weckers. Als er sich wieder aufrichtete, sagte er:

»Fast normal. Vierundsechzig.«

Es war immer mehr oder weniger das gleiche. Manchmal sank der Puls auf sechzig, sogar auf fünfundfünfzig, und fünf Minuten später war er wieder auf siebzig.

Sie drehte den Kopf, um mit den Augen auf die Karaffe auf dem Nachttisch zu deuten, und diese Bewegung unterstrich die Magerkeit ihres Halses, welcher der Hals einer alten Frau geworden war. Auch was diese Geste bedeutete, wußte er. Und sie wußte, daß er es wußte. Sicher fragte sie sich, was er machen würde. Es war zwanzig vor eins. Es hatte den ganzen Tag und den ganzen Abend lang geregnet. Bestimmt regnete es noch – und die Flasche mit dem Medikament war leer.

Zugegeben, es war seine Schuld. Er war nach dem Abendessen schlechter Laune gewesen, hauptsächlich der Sache Lambert wegen, die ihn stark beschäftigte. Laurence hatte offenbar nur darauf gewartet, um sich über eine Regenrinne zu beklagen, die an irgendeiner Stelle leck war und sie durch das ständige Tropfen nervös machte.

»Ich bitte dich, was soll ich denn tun? Soll ich um diese Zeit den Klempner rufen?«

Sie wußte, daß der Fall Lambert ihm Sorgen machte, ja ihn beunruhigte. Wäre die Regenrinne nicht gebrochen, hätte sie etwas anderes gefunden, irgend etwas, um ihn nicht ungestört nachdenken zu lassen. Er hatte es ihr gesagt. Von Zeit zu Zeit kam es schon einmal vor, daß er ihr seine Meinung sagte. Er hatte ihr sogar angedroht, er werde in sein Arbeitszimmer hinuntergehen, wo er seine Bücher in Reichweite hatte, und dort arbeiten. Sofort hatte sie, wie zu erwarten war, einen Anfall bekommen. Und da hatte er, verkrampft und fahrig wie er war, die Flasche umgeworfen, und sie war zerbrochen.

Sie ließ es ihn büßen. Sie hatte sich den richtigen Moment dafür ausgesucht. Um acht Uhr abends hatte er sich erboten, ihr eine neue Flasche zu holen.

»Laß nur, bei der vielen Arbeit, die du hast. Ich werde sie heute nacht sicher nicht brauchen.«

Er hätte nicht auf sie hören sollen, und er hatte auch sofort das Gefühl gehabt, daß es ein Fehler war, auf sie zu hören. Aber gerade da fiel der Regen am stärksten, und es stürmte, daß sich die Bäume in der Avenue Sully bogen. Bis zur Apotheke Fontane in der Rue Saint-Severin lohnte es nicht, den Wagen aus der Garage zu holen, das Einfahrtstor aufzumachen, das er danach wieder würde schließen müssen, und es bei der Rückkehr nochmals auf- und zuzumachen. Es war zu nah und gleichzeitig zu weit, auf jeden Fall weit genug, um gründlich naß zu werden.

Da er es eilig gehabt hatte, sich in die Sache Lambert zu vertiefen, hatte er nicht auf seinem Vorschlag bestanden.

Jetzt war er in Pyjama und Schlafrock, sein Körper war durchwärmt. Er müßte sich von Kopf bis Fuß wieder anziehen, zur Apotheke laufen und den alten Fontane aufwecken, der zum Glück fast ein Freund war.

»Ich werde Léopoldine bitten herunterzukommen«, kündigte er an.

Laurence, die Hand noch immer auf der linken Brust, rührte sich nicht, und so trat er aus dem Zimmer, knipste im Gang das Licht an und stieg in den zweiten Stock hinauf. Oben im Flur machte er kein Licht, um Anna, das Dienstmädchen, nicht zu wekken, die bei weit offener Tür schlief. Sie roch stark. Es war der ihr eigentümliche scharfe, ranzige Körpergeruch. Als er vorbeiging, warf sie sich brummend mit einem Schwung im Bett herum, daß die Sprungfedern ächzten.

Schon bei seinem ersten Anklopfen murmelte Léopoldine hellwach:

»Ja, ich komme gleich.«

Auch sie war daran gewöhnt und stellte keine Fragen mehr. Er ging wieder hinunter und fand seine Frau in derselben Stellung wie zuvor. Sie hatte sich nicht geregt.

»Ich ziehe mich an. Léopoldine wird gleich hier sein.«

Er ging in sein Schlafzimmer, warf einen schmerzlichen Blick auf seine ausgebreiteten Papiere. Als er das Zimmer verließ, saß die Köchin, angetan mit einem Schlafrock aus lila Wolle, gottergeben am Kopfende des Betts.

Gleich darauf stieg er die große Treppe hinunter, nahm seinen Überzieher vom Kleiderständer, setzte sich einen alten Hut auf. Das Haus, das aus dem Anfang des neunzehnten Jahrhunderts stammte, war weitläufig, die Zimmer waren geräumig und hoch. Hinten im Hof standen drei alte Stallungen, von denen eine zur Garage umgebaut worden war, während die beiden anderen als Schuppen und als Möbellager dienten.

Da er nur sechs- oder siebenhundert Meter weit zu gehen hatte, ließ er das Auto stehen und benützte die kleine Pforte, die in einen Flügel des großen Tors eingelassen war. Als er auf dem Gehsteig stand, sah er verwundert statt des Regens, den er erwartet hatte, noch kaum kristallisierte Schneeflocken, die in der Luft blasse Schraffuren bildeten und verschwanden, sobald sie den Boden berührten. Selbst auf seinem Überzieher schmolzen sie, sobald sie mit dem Stoff in Berührung kamen, und wurden zu großen, durchsichtigen Tropfen.

In der Avenue Sully, deren Häuser fast alle ähnlich imposant waren wie das seine und annähernd aus der gleichen Epoche stammten, war kein Mensch. Licht brannte nur bei den Morcelles, vor deren Haus drei Autos geparkt waren. Es war Montag, oder genauer, da Mitternacht schon vorbei war, Dienstag. Jeden Montag wurde bei den Morcelles Bridge gespielt, und früher waren er und Laurence oft mit von der Partie gewesen. Aber hatte es diese Zeiten wirklich gegeben?

Er ging rasch, die Hände in den Taschen, ärgerlich,

daß er seine Pfeife vergessen hatte, und unwillkürlich dachte er an Dieudonné Lambert, der in seinem Gefängnis darauf wartete, daß ihm der Prozeß gemacht werde. Auf der Höhe der Saint-Severin-Kirche, wo das Stadtzentrum begann und damit ein Netz immer schmalerer Geschäftsstraßen, bog er nach links ein. Ein Paar ging vorüber, das er nicht beachtete.

Die Vorderfront der Apotheke Fontane war grün gestrichen, in einem Ton, der als Flaschengrün bezeichnet wird, obgleich Lhomond nie eine Flasche dieser Farbe gesehen hatte. Die Läden waren herabgelassen, auch an der Tür, aber er kannte seit langem den kleinen weißen Knopf unter der Aufschrift: »Nachtglocke«.

Er hustete wie ein Erkälteter bei beginnender Heiserkeit, und in der menschenleeren Straße hallte sein Husten so laut, daß es ihm peinlich war. Die Häuser waren niedrig, eins ans andere gebaut, hinter den meisten Fenstern schliefen Menschen.

Er wartete sicher zwei Minuten lang im Schneeregen, ehe er, nachdem er sich vergewissert hatte, daß im ersten Stock kein Licht angegangen war, abermals läutete. Fontane hatte wohl nichts gehört. Er war alt, sicherlich schon ... Lhomond rechnete nach, entdeckte, daß der Apotheker nicht über siebzig war, knapp fünfzehn Jahre älter als er selber. Das verblüffte ihn, da er ihn immer für einen Greis gehalten hatte.

Glaubte Dr. Chouard an die Wirksamkeit seines Gebräus? Wahrscheinlich nicht. Vielleicht glaubte er überhaupt nur halb an die Medizin? Lhomond hatte nie gewagt, ihm darüber allzu genau auf den Zahn zu fühlen. Er war zwar genauso sein Arzt wie der seiner Frau, aber er war doch auch an das Berufsgeheimnis gebunden.

In der Zeit der ersten Anfälle hatte Lhomond nur gefragt:

»Besteht Gefahr, Doktor?«

»Gefahr welcher Art?«

»Kann sie plötzlich sterben?«

»Jeder von uns kann plötzlich sterben.«

»Glauben Sie, daß sie das Bett hüten muß?«

»Wenn sie es gerne tut!«

Seither waren fünf Jahre vergangen, in denen Laurence ihr Schlafzimmer so gut wie nicht mehr verlassen und er sie kaum anders als im Bett liegend gesehen hatte.

»Kann man ihr diese Medizin geben, sooft sie danach verlangt?«

»Warum nicht? Es sollte mich wundern, wenn sie es übertrcibt.«

Er hatte sich oft gefragt, ob Chouard über die Krankheit seiner Frau der gleichen Ansicht war wie er selber. Ihm schien, ja. Aber gerade deshalb konnte er den Arzt nicht zwingen, sich deutlich zu äußern.

»Ich stelle Ihnen diese Frage, weil ich gesehen habe, daß Strychnin in dieser Lösung enthalten ist.«

»In so geringfügiger Dosis . . .«

Ausgeschlossen, daß Fontane nicht zu Hause war. Seit langem ging er abends nicht mehr aus. Und wohin hätte er um diese Zeit gehen sollen? Lhomond läutete zum drittenmal, trat bis in die Mitte der Straße zurück, um die Fenster im ersten Stock zu überblicken.

Er konnte unmöglich in eine andere Apotheke gehen, auch wenn ihm dort vielleicht aufgemacht worden wäre, weil er das Rezept nicht bei sich hatte.

Vermutlich war Fontane etwas schwerhörig geworden. Seine Frau war bereits taub, und in letzter Zeit pflegte der Apotheker, der ihr merkwürdig ähnlich sah, seinem Gesprächspartner auf dieselbe Art den Kopf zuzuneigen, wie sie es tat.

Nur ein einziges rotschimmerndes Licht war zu sehen: an der Kreuzung der Rue Saint-Séverin mit der Rue Bresson. Dort leuchtete in Neonschrift das Wort »Armando« über einer Art Schaufenster. Es war eine Bar, die einzige, die spät nachts noch geöffnet war. Lhomond hatte noch nie einen Fuß hineingesetzt, aber er kannte sie aus Polizeiberichten.

Wenn Fontane die Nachtglocke nicht hörte – das geräuschvolle Läuten des Telefons würde er hören.

Während Lhomond bis an die Straßenecke ging, wandte er sich zwei- oder dreimal um, um sich zu vergewissern, daß in dem Stockwerk über der Apotheke kein Licht angegangen war. Resigniert stieß er die Tür zur Bar auf und stand mitten im warmen, lärmenden Leben. Das Lokal war nicht wie die anderen Cafés der Stadt. Es war eine amerikanische Bar, wie er sie nur aus Paris kannte, mit einer langen Mahagonitheke, ein paar hohen Barhockern, Künstler- und Boxerfotos an den Wänden und einer Beleuchtung, die um so schummriger war, als der ganze Raum voll Rauch hing.

Er sah nichts und niemanden speziell an, hatte lediglich den Eindruck, als sei das Gesicht einer Frau, die an der Bar saß, ihm irgendwie bekannt, und fragte dann einen Mann in weißer Jacke:

»Kann ich telefonieren?«

»Ich gebe Ihnen einen Jeton.«

Er schob das Geld hin, schlängelte sich zwischen den Tischen durch bis ans andere Ende des Saals und zog die Tür der Glaskabine hinter sich zu. Diesmal meldete sich Fontane, und während Lhomond ihm sagte, was er zu sagen hatte, sah er durch die Tür vier Männer beim Pokern, die Stapel von roten, weißen und blauen Spielmarken vor sich aufgeschichtet hatten.

Sicherlich befanden sich in dem Lokal Leute, die schon mit ihm zu tun gehabt hatten oder eines Tages mit ihm zu tun haben würden. Das war ihm peinlich. Er fühlte sich beinahe schuldig, weil er die Bar betreten hatte, und verübelte dies ganz selbstverständlich seiner Frau.

Ob sie sich wohl verpflichtet fühlte, auch vor Léopoldine Pose und starren Blick eines Menschen beizubehalten, der das Leben aus seinem Körper schwinden fühlt? Er durchquerte den Saal, ohne jemanden anzusehen, aber in dem Gefühl, als wären aller Augen auf ihn gerichtet, öffnete die Tür, trat, ohne nach rechts oder links zu blicken, auf die Straße und stieß fast mit einem Mann und einer Frau zusammen, die, jeder mit einem Regenschirm in der Hand, vorbeigingen.

»Entschuldigen Sie bitte«, murmelte er.

Erst als sich der Mann nach ein paar Schritten umdrehte, erkannte er den Gerichtsrat Frissart, der tags darauf sein zweiter Beisitzer sein würde. Sie grüßten sich nicht. Das war sonderbar. Vielleicht hatte Frissart ihn nicht erkannt? Aber weshalb beugte er sich dann zu seiner Frau hinüber und weshalb sah auch sie sich, ein paar Meter weiter, verstohlen um?

Sie gingen in die gleiche Richtung. Lhomond ging hinter den beiden her, die den Schritt beschleunigten und es jetzt vermieden, miteinander zu sprechen. Die Frissarts bogen rechts in die Rue des Abbesses ein, wo sie wohnten. Von der Türschwelle aus, wo die zwei Regenschirme anhielten, mußten sie ihn vorübergehen sehen.

Bei Fontane war ein Fenster im ersten Stock erleuchtet, und auch unter der Tür der Apotheke schimmerte Licht durch. Statt im Schlafrock herunterzukommen, hatte der alte Fontane sich die Mühe gemacht, eine schwarze Hose und einen schwarzen Rock überzuziehen. Da es unten kalt war, hatte seine Frau ihn veranlaßt, sich einen handgestrickten Schal um den Hals zu schlingen.

»Ich begreife nicht, daß meine Frau und ich nichts gehört haben. Ich nehme an, die Batterien sind verbraucht. Morgen früh werde ich nachsehen lassen.«

Der Apotheker hatte eine lange, in einer rotblauen Knolle endende Nase, und zum erstenmal sah Lhomond ihn ohne sein falsches Gebiß. Er war schon dabei, die Arznei zu mischen.

»Habe ich Ihnen das Medikament nicht erst letzte Woche gemacht?« fragte er.

»Ich glaube, meine Frau hat das Dienstmädchen geschickt, ja. Donnerstag oder Freitag.«

Fontane schien sich zu wundern. Aber genau wie

Lhomond gegenüber dem Arzt, wagte auch er nicht zu insistieren, sondern fragte nur beiläufig:

»Ist es ihr die letzten Tage schlechter gegangen?«

»Nein. Immer gleich. Nur habe ich heute abend die Flasche fallen lassen, sie ist zerbrochen. Ich hatte gehofft, sie würde sie diese Nacht nicht brauchen.«

Die vom Licht einer einzigen Birne beleuchteten Flaschen und Behältnisse, die Stapel fertiger Medikamente und die Werbebilder ringsum waren dem Richter fast so vertraut wie dem Apotheker, denn seit über vierzig Jahren bezog er seine Medikamente bei Fontane. Schon als Kind, als die Ladentische noch zu hoch für ihn waren und er sich auf die Zehenspitzen stellen mußte, war er in die Apotheke gekommen.

»Ich hoffe, sie fühlt sich morgen wieder besser«, sagte der Alte.

»Das hoffe ich auch.«

Aber er wußte, daß es nicht so sein würde. Während einer Schwurgerichtssitzung ging es ihr nie gut. Je beschäftigter er war, je mehr Verdruß und Verantwortung er hatte, desto größer wurde ihr Bedürfnis, ihm das Leben sauer zu machen. Das sonderbare war, daß er es ihr nicht verübelte. Nur von Zeit zu Zeit, wie gestern nach dem Abendessen, bekam er einen Anfall nervöser Ungeduld, dem zu widerstehen er außerstande war. Er sah klar. Er kannte sie, gab sich in bezug auf sie keiner Illusion hin. Warum hätte er es ihr verübeln sollen?

Als Fontane ihn zur Tür begleitete, um den Riegel hinter ihm vorzulegen, sagte er mit einer gewissen Erregung in der Stimme:

»Es scheint ja zu schneien!«

»Ja. Aber der Schnee wird nicht liegenbleiben.«

Für keinen von beiden war das mehr von Belang. Sie spielten nicht mehr im Schnee, bauten keine Schneemänner, zogen keine Gleitbahnen mehr. Ob der Schnee liegenblieb oder nicht, das war nur für Kinder wichtig. Für Menschen in seinem Alter und erst recht im Alter des Apothekers bedeutete Schnee lediglich Unbequemlichkeit: Gummigaloschen anziehen, den Gehsteig fegen lassen, im Auto zusätzliche Unfallrisiken in Kauf nehmen.

Das ging ihm unterwegs durch den Kopf, und er dachte eine Zeitlang darüber nach. Warum sagte er jedes Jahr mit der gleichen Wehmut:

»Er wird liegenbleiben.«

Oder:

»Er wird nicht liegenbleiben.«

Die Gäste der Morcelles waren nach Hause gegangen, nur noch ein einziges Fenster im zweiten Stock war erleuchtet. Vermutlich unterhielten sich Madame Morcelle und ihr Mann, während sie sich auszogen, über die Bridgepartie und ihre Freunde.

Er suchte den Schlüssel in seiner Tasche, schloß die Tür hinter sich ab, vergaß auch nicht, den Riegel vorzuschieben. So weitläufig das Haus auch war, es war hellhörig. Von ihrem Bett aus hörte Laurence alles, und hätte er unglücklicherweise nicht an den Riegel gedacht, hätte sie sicherlich gemurmelt:

»Du weißt doch, daß ich keinen Schlaf finde, solange jedermann ins Haus kann.«

Selbst wenn er den Riegel vorgeschoben hatte,

mußte er oft nochmals hinuntergehen, weil sie nicht sicher war, es gehört zu haben.

Er legte das nasse Zeug ab, den Hut und den Überzieher, stieg die Treppe hoch und trat bei seiner Frau ein. Man hätte meinen können, daß sie und die Köchin während der ganzen Zeit, die er außer Haus war, in der Unbeweglichkeit von Statuen verharrt hätten. Das Gesicht Léopoldines, die ihr graues Haar mit Haarnadeln aufgesteckt hatte, war bei solchen Gelegenheiten undurchdringlich. Glaubte sie an die Anfälle von Laurence? Glaubte sie nicht daran? Das zu erraten war ebenso unmöglich wie herauszufinden, ob sie Mitleid mit ihr hatte oder nicht, ob sie ihr ergeben war oder sie haßte.

Sie lebte bei ihnen, seit vor siebzehn Jahren ihr Mann gestorben war. Sie kochte vorzüglich, machte aber den Dienstmädchen das Leben so sauer, daß man sie alle paar Monate wechseln mußte.

Was Léopoldine über ihn und Laurence dachte, war ihre Sache.

»Geht es dir besser?« fragte er.

Léopoldine stand auf, während Madame Lhomond, ohne sich zu bewegen, mit den Augen den Schritten ihres Mannes folgte.

»Es schneit«, verkündete er.

Keine der beiden Frauen reagierte. Vor der Tür fragte Léopoldine, der Antwort schon sicher:

»Brauchen Sie mich noch?«

Er verneinte. Sie fragte noch:

»Um sieben, wie immer?«

Er stand immer um sieben Uhr früh auf, denn ehe er

zum Gericht ging, arbeitete er gern unten in seinem Arbeitszimmer, weil es dort ruhig war.

Er hielt die Flasche über das Wasserglas und zählte die Tropfen.

»... neun ... zehn ... elf ... zwölf!«

Hätte er einen dreizehnten Tropfen fallen lassen oder es bei elf bewenden lassen, hätte er eine Art Schatten über die Pupillen seiner Frau huschen sehen.

Sie trank, während die Köchin, eine Hand auf der Klinke, die Tür von außen schloß.

»Versuch bitte, dich nicht aufzuregen. Ich habe Mühe gehabt, Fontane aufzuwecken.«

Er wußte, daß sie überschlagen hatte, wie lange er brauchen würde, um zur Apotheke zu gehen und wieder zurück. Als wäre von der Arznei eine sofortige Wirkung ausgegangen, konnte sie plötzlich mit fast natürlicher Stimme sagen:

»Ich dachte, er hat eine Nachtglocke.«

»Sie hat vermutlich nicht funktioniert. Er meint, die Batterien seien leer.«

»Was hast du gemacht?«

»Ich bin in die Bar an der Ecke der Rue Bresson gegangen und habe ihn angerufen. Die Strecke war kürzer als die nach Hause.«

Da das Armando noch nicht existierte, als sie noch ein normales Leben führte, kannte sie es nicht.

»Ich habe immer gemeint, Bars schließen um Mitternacht.«

»Diese nicht.«

»Ah!«

Er fühlte ihr wieder den Puls und bewegte dabei die

Lippen: ». . . siebzig . . . siebenundsiebzig . . . achtundsiebzig . . . Siehst du!«

Er hatte einen Fehler gemacht. Zehnmal am Tag unterliefen ihm Ungeschicklichkeiten, die er nicht vermeiden konnte, doch sobald er den Mund aufmachte, war ihm klar, daß er besser daran getan hätte zu schweigen. Sie hörte es nicht gern, wenn man ihr sagte, ihr Puls oder ihre Temperatur seien normal oder sie sehe gut aus oder ihre Augen seien ganz klar.

»Bist du mit deiner Arbeit fertig?«

»Nein. Ich habe noch eine halbe Stunde zu tun.«

»Warum machst du den Rest nicht morgen früh?«

Wozu sollte er es ihr erklären? Sie lebten seit vierundzwanzig Jahren zusammen, und sie wußte, daß er nie eine Strafkammersitzung, geschweige denn eine Schwurgerichtssitzung leitete, ohne am Abend zuvor seine Akte noch einmal durchgesehen zu haben. Das war nicht unerläßlich. Andere taten es nicht. Vielleicht war es ein Übermaß an Gewissenhaftigkeit seinerseits? Ließ es vielleicht sogar auf einen gewissen Mangel an Selbstvertrauen schließen? Jedenfalls tat er es aus Gewohnheit, ja beinahe aus Aberglauben.

Er hätte darauf bestehen, seinen Willen durchsetzen können. Nichts hinderte ihn, wieder in sein Zimmer zu gehen und seine Akte vollends durchzusehen – außer daß Laurence dann ein paar Minuten später wieder stöhnen oder sich in ihrem Bett wälzen würde, um ihn wissen zu lassen, daß er Leiden über sie verhängte, nur um eine Manie zu befriedigen.

»Gut! Ich werde morgen früh arbeiten.«

Nachzugeben war einfacher, und vielleicht bereitete es ihm im Grunde sogar eine Art bittere Befriedigung?

»Brauchst du noch etwas?«

»Was sollte ich brauchen?«

»Ist dir nicht zu warm?«

»Nein.«

Sie küßten sich nicht mehr, nicht einmal auf die Stirn. Er begann sich auszuziehen und packte die Akte in seine Mappe. Er hatte sich auch die Pfeife wieder angezündet, die er hatte weglegen müssen, als das Silberglöckchen ihn aus der Arbeit riß. Im Schlafrock bückte er sich über den Kamin, streute graue Asche über die Scheite. Es gab Zentralheizung im Haus, aber in seinem Schlafzimmer und seinem Arbeitszimmer hatte er gern ein Holzfeuer brennen, das er selbst unterhielt.

Ein letztes Mal begab er sich in das angrenzende Zimmer.

»Gute Nacht, Laurence.«

»Gute Nacht.«

Er ging ins Badezimmer, kam zurück, stieg ins Bett und löschte das Licht, so daß nur noch ein rötlicher Schimmer durch die offene Tür zu ihm drang und das Knistern der Scheite, die im Kamin nach und nach erloschen. Er hatte Aspirin und Grog vergessen, besaß aber nicht mehr die Energie, nochmals aufzustehen, und schlief schneller ein, als er gedacht hatte.

Anna, das Dienstmädchen, das sie erst seit drei Monaten hatten, weckte ihn, als sie ihm die erste Tasse Kaffee brachte. Sie war neunzehn und eben aus einer Straferziehungsanstalt entlassen worden.

»Soll ich die Vorhänge aufziehen?«

Er sagte ja, setzte sich im Bett auf, um seinen Kaffee zu trinken. Sein Kopf fühlte sich schwer an, und seine Lippen brannten. Im ersten Morgengrauen waren die dunklen Äste der Bäume in der Avenue nur umrißhaft durch die zwei Fenster zu erkennen.

»Schneit es noch?«

»Nein. Es ist kalt. Es scheint, wir bekommen Frost.«

Anna roch noch nach Bett und Nachtschweiß.

»Soll ich das Badewasser einlassen?«

Er nickte mit dem Kopf und fragte, ehe sie hinausging:

»Wie geht es Madame?«

Die Verbindungstür zu schließen war die erste Aufgabe des Dienstmädchens, wenn sie morgens in sein Zimmer kam.

»Ich glaube, sie schläft.«

Für Anna, das stand außer Zweifel, war die Krankheit seiner Frau nicht tragisch, und Lieferanten gegenüber machte sie sich wahrscheinlich über ihre Herrin lustig. Vielleicht auch über ihn. Auf andere Art. Seit sie dreizehn war, hatte sie Erfahrung mit Männern, und mit sechzehn, als die Polizei sie aus dem Verkehr zog, war sie beinahe eine »Veteranin« vom Pariser Strich, vor allem im Markthallenviertel.

Machte sie Unterschiede zwischen den Männern? Waren sie in ihren Augen nicht alle aus dem gleichen Holz wie die Kunden, deren kapriziöse Vorlieben und Schwächen sie kennengelernt hatte?

Sie sah nicht so aus, als würde sie ihnen etwas nachtragen, vielmehr schien sie alle, Lhomond inbegriffen, halb belustigt, halb gönnerhaft zu betrachten. Es hatte sie vermutlich gewundert, daß er nichts von ihr wollte, und sooft sie anfangs allein in einem Raum waren, schien sie die Geste, an die sie so sehr gewöhnt war, geradezu zu erwarten. Aber war es in ihren Augen nicht Schüchternheit oder Angst vor seiner Frau, was ihren Herrn davon abhielt, sich wie die anderen zu verhalten?

»Kann ich Léopoldine sagen, sie soll in einer halben Stunde das Frühstück bereithalten?«

Soviel Zeit brauchte er gewöhnlich, um Toilette zu machen, also nickte er und wartete, bis sie gegangen war, um die Decken abzuwerfen und aufzustehen.

Er fühlte sich so schwach auf den Beinen, daß er fast sicher war, er würde Grippe bekommen. Als er vor zwei Jahren um die gleiche Zeit ebenfalls dazu ernannt worden war, den Vorsitz beim Schwurgericht zu übernehmen, hatte er sich Tage zuvor so schlecht gefühlt, daß die drei Tage, die der Prozeß Manière gedauert hatte, zur Tortur geworden waren. Damals hatte er obendrein einen Stirnhöhlenkatarrh, weshalb er jeden Morgen ein halbes Dutzend Taschentücher einsteckte. Die Lokalzeitungen hatten ihn scherzhaft damit aufgezogen und in jedem Bericht über die »Nase des Präsidenten« geschrieben.

Er fragte sich, ob ihm das heiße Bad guttun oder ihn im Gegenteil schwächen würde, stieg dann doch in die Badewanne und wäre beinahe darin eingeschlafen. Beim Rasieren schnitt er sich, auch das ein schlechtes Zeichen. Er hatte noch die zwei Expertenberichte zu lesen, den von Professor Lamoureux für die Staatsanwaltschaft und den von Dr. Bénis für die Verteidigung. Auf den ersten Blick waren die Unterschiede um so akademischer, als beide, obgleich praktizierende Ärzte, es nicht für nötig gehalten hatten, die Fachausdrücke in gemeinverständliche Sprache zu übersetzen.

Er hörte, daß im Zimmer seiner Frau gehustet wurde, ging aber nicht hinein; dies war eine Art Abmachung zwischen ihnen. Am Morgen ging er nur zu ihr, wenn er gerufen wurde, und sobald Léopoldine auf war, kam es selten vor, daß seine Frau nach dem Silberglöckchen griff. Manchmal verging, wenn er zu Hause blieb, der ganze Tag, ohne daß sie ihn rief. In seinem Arbeitszimmer hörte er die Küchenglocke läuten, sah auch manchmal das Dienstmädchen mit Tabletts die Treppe hinauf- oder hinuntergehen. Im Schlafzimmer spielte sich ein Leben ab, mit dem er nichts zu tun hatte, und erst nach dem Abendessen begann das, was man seinen Wachdienst hätte nennen können.

»Sind Sie erkältet?« fragte Anna, als er sich zu Tisch setzte.

»Wie kommen Sie darauf?«

»Ihre Augen glänzen. Und die Stimme . . .«

Er hatte nicht genug geschlafen. Der Kaffee schmeckte nicht wie sonst. Er aß fast nichts, begab sich in sein Arbeitszimmer und vertiefte sich in den Fall Lambert, der sich nachgerade zu einem Alptraum für ihn auswuchs.

Das traf sich um so schlimmer, als ihn der Überweisungsbeschluß und der Bericht der Anklagebehörde von Anfang an nicht voll befriedigt hatten. Honoré Cadoux, der Untersuchungsrichter, war ein gewissenhafter, manchmal geradezu aufreizend gründlicher Beamter. Erst vor ein paar Tagen hatten sie über den Fall gesprochen.

»Für dich besteht da kein Zweifel?«

Sie hatten gemeinsam die Juristische Fakultät besucht und duzten sich deshalb.

»Nicht der geringste. So, wie ich die Geschworenen kenne, wäre mir ein Geständnis natürlich lieber gewesen. Aber Lambert ist nicht der Mann, der etwas eingesteht. Ich hatte ihn mindestens sechzigmal in meinem Büro und also Zeit genug, ihn mir eingehend anzusehen. Jouve, sein Rechtsanwalt, hätte lieber auf schuldig plädiert und mildernde Umstände geltend gemacht.«

Es war heller Tag geworden. Die zwei großen Fenster gingen auf die Avenue, aber das Erdgeschoß lag so hoch, daß man nur die Dächer der vorbeifahrenden Wagen sah. Die Bäume waren auf einer Seite schwarz vor Nässe, und die Äste tropften noch. An einem offenen Fenster im Haus gegenüber erschien und verschwand ein Zimmermädchen im weißen Häubchen. Dort wohnten die Paradès. Madame Paradès war eine der schönsten Frauen, die Lhomond je gesehen hatte. Gleich würde die Nurse in ihrem blauen Cape mit den beiden Kindern herauskommen, einem Säugling im Kinderwagen und einem kleinen Jungen, den sie an der Hand nahm, wenn sie die Straßen überquerte.

Zwei- oder dreimal stand er auf und rückte die

Scheite zurecht, ohne daß er hätte sagen können, ob ihm kalt oder warm war, weil bald das eine, bald das andere zutraf.

Als es Zeit war zu gehen, halb zehn, und er seine Papiere in der Ledermappe verstaut hatte, zögerte er, ging dann auf ein Schränkchen unter den Bücherborden zu, das als Likörkeller fungierte.

Für gewöhnlich trank er nicht, bei Tisch mischte er seinen Wein mit Wasser. Aber ein Gläschen Alkohol, Kognak oder Rum, was auch immer, anstelle des Grogs, den er am Abend zuvor nicht getrunken hatte, würde ihn, wie er glaubte, von dieser inneren Leere befreien, unter der er litt. In seinem Arbeitszimmer standen keine Gläser. Statt zu läuten, holte er sich selber eines aus der Anrichte neben dem Speisezimmer, und auf dem Rückweg begegnete er Anna, die die Treppe herunterkam.

Ihm schien, daß sie beim Anblick des Glases verständnisinnig gelächelt hatte, und er schämte sich, denn es war fast, als hätte sie endlich seine schwache Stelle entdeckt. Dennoch goß er sich einen Kognak ein und kippte ihn wie eine Droge auf einen Zug hinunter, so daß ihm das Blut zu Kopf stieg.

Das Gerichtsgebäude lag kaum weiter entfernt als die Apotheke, aber in entgegengesetzter Richtung, am anderen Ende der Avenue, und so fuhr er selten mit dem Wagen dorthin. Er ging zu Fuß und rauchte die einzige Pfeife, die vor der Sitzung zu rauchen er noch Gelegenheit hatte.

Die Stadt war grau, einfarbig grau, mit schwarzen Regenbahnen auf den Steinfassaden. Wie erwartet, standen viele Leute zwischen den Säulen des Gerichtsgebäudes, und zwei oder drei Photographen zückten ihre Apparate und fragten ihn freundschaftlich:

»Wir dürfen doch, Herr Präsident?«

Er war es gewohnt. Ein alter Reporter, der schon seit der Zeit Gerichtsberichterstatter war, da Lhomond als stellvertretender Staatsanwalt dort angefangen hatte, kam auf ihn zu und schüttelte ihm die Hand.

»Behauptet er immer noch, unschuldig zu sein?«

»Gestern hat er sich noch ganz so verhalten.«

»Dann wird er auch nicht mehr davon abgehen. Bis später.«

Lhomond grüßte mehrere Personen mit der Hand, während er die Gänge entlangging, die in sein Arbeitszimmer führten. Kurz vor der Tür kam ihm Gerichtsrat Frissart entgegen, der bereits die Robe angelegt hatte und ihn, so schien ihm, anders als sonst ansah. In seinen Augen lag Neugier, in die sich Mitgefühl mischte, und Lhomond wurde plötzlich rot, weil ihm wieder einfiel, daß er vergangene Nacht, als er das Armando verließ, beinahe Madame Frissart umgerannt hatte. Stellte sich der Gerichtsrat etwa vor, er hätte ...

Er machte schon den Mund auf, um eine Erklärung zu geben, sagte dann aber nichts, denn jede Erklärung wäre lächerlich gewesen und hätte die Sache nur verschlimmert.

»Der Saal ist voll!« verkündete Frissart. »Die Leute stehen im Gang bis zur dritten Kammer.«

»Ah!«

Er hatte noch etwas hinzugefügt, aber wohl so automatisch, daß er sich nicht mehr daran erinnerte. Danach trat er in sein Büro, stellte seine Aktenmappe auf den Schreibtisch, legte seinen Hut und den schwarzen Überzieher ab.

»Guten Tag, Herr Präsident«, sagte ein Schreiber, der gute Landis, der, als er ihm die Robe aus dem Wandschrank holte, den schleichenden Gang eines Sakristans hatte.

»Guten Tag, Landis. Geht es Ihrer Tochter besser?«

»Etwas, ja. Der Doktor sagt . . .«

Seine Tochter hatte eine Hirnhautentzündung hinter sich.

Landis half ihm beim Anziehen, und dabei glaubte Lhomond, wie vorher bei Frissart, einen anderen Ausdruck als sonst auf dem Gesicht des Schreibers wahrzunehmen. Er dachte nicht sofort darüber nach. Er dachte an mehrere Dinge gleichzeitig, das Blut stieg ihm zu Kopf, und eine unangenehme Wärme lag auf seiner Haut.

Gerade wollte er wie beiläufig sagen: »Ich glaube, ich bekomme eine Grippe.«

Vielleicht weil das Telefon klingelte, sagte er es nicht, und erst später fiel ihm Landis' Gesicht und der Ausdruck bekümmerter Verwunderung in seinen Augen wieder ein.

## 2

## *Die Handschuhhändlerin in der Rue des Carmes*

Weniger breit als hoch, erinnerte der Gerichtssaal mit seiner Wandtäfelung in dunkler Eiche und der Kassettendecke an eine Kirche oder genauer: an eine Klosterkapelle.

Schon in dem ebenfalls holzgetäfelten Beratungszimmer, wo der Gerichtshof auf den Augenblick seines feierlichen Einzugs in den Sitzungssaal wartete, dachte Lhomond jedesmal, wenn er seine Kollegen in Robe sah, an Mönche, die sich in der Sakristei einer Kathedrale auf die Messe vorbereiten. Selbst der jähe Übergang von den Geräuschen einer wartenden Menge zu der fast andächtigen Stille in dem Augenblick, da der Gerichtsdiener ankündigte: »Das Hohe Gericht!« erinnerte ihn an eine Art Kirchenstille, und auch er selbst wartete mit gesammeltem Ernst, bis seine Beisitzer Platz genommen hatten, um sich mit fast liturgischer Geste das Barett abzunehmen.

An diesem Tag machte ihn der Gedanke betroffen, daß seine Frau ihn nie in seiner Funktion als Vorsitzender gesehen hatte. Früher war sie manchmal bei Sitzungen der Strafkammer dabeigewesen, aber Vorsitzender des Schwurgerichts war er erst vor vier Jahren geworden, also erst in der Zeit, als sie sich schon in ihr Zimmer zurückgezogen hatte.

Er wußte, daß rechts von ihm Dieudonné Lambert zwischen zwei Gendarmen auf der Anklagebank saß, vermied es aber, nach dieser Seite zu blicken, und ließ statt dessen seinen Blick über die Menge schweifen, diese zwei- oder dreihundert Gesichter, die von drei gewaltigen, an der Decke aufgehängten Kugellampen beleuchtet wurden. Es war sehr warm. Es war im Saal immer entweder zu warm oder zu kalt, und es schien unabänderlich, daß einer der Heizkörper Pfeiftöne von sich gab. Aus Erfahrung konnte Lhomond ebenfalls voraussehen, daß er gleich dem Gerichtsdiener ein Zeichen geben würde, ein oder zwei Fenster zu öffnen. In Wirklichkeit ließen sich die Fenster selbst, die so hoch waren wie ein gewöhnliches Stockwerk, nicht öffnen, sondern in jedem nur eine der einzelnen Scheiben. Da sie außer Reichweite lagen, wurden sie mittels einer Schnur geöffnet, ein Manöver, zu dem der alte Joseph stets mehrere Minuten benötigte, während derer er die allgemeine Aufmerksamkeit auf sich zog.

Richter Delanne, einer der Beisitzer, hüstelte als erster in die Stille, und nun stieß auch Lhomond, sich räuspernd, ein kurzes, trockenes Husten aus. Das war eine Ankündigung, ein Präludium. Als ob er es nicht wüßte, vergewisserte er sich, daß Armemieux, der Oberstaatsanwalt, in seiner roten Robe auf der Bank der Anklagevertretung Platz genommen hatte, und dabei glitt sein Blick auch über das magere Gesicht Jouves, der die Verteidigung übernommen hatte.

Dem Publikum mußte die Zeit lang werden. Er war nie imstande gewesen, eine Verhandlung ohne Umschweife zu beginnen, und wären sie im Theater gewesen, hätten die Zuschauer auf den hinteren Rängen zweifellos angefangen, mit den Füßen zu scharren; selbst hier wurde in den Rängen gehustet, erst einmal, dann wieder und noch einmal, und zuletzt putzte sich jemand geräuschvoll die Nase.

»Wir schreiten nun zur Ernennung der Geschworenen.«

Seiner Stimme mangelte noch die richtige Festigkeit. Er wandte sich nach links, wo an die zwanzig Männer und Frauen, fast alle sonntäglich gekleidet, steif dasaßen und warteten.

Der Schreiber, dessen Stimme, wie seine eigene, noch nicht die richtige Lautstärke hatte, begann die Namen auszurufen, und hinten im Saal schrie ein alter Mann:

»Lauter!«

Die Stimme hob sich um einen Ton.

»Vespéraux, Hubert, Joseph.«

»Hier.«

»Roche, Jean, Marcel, Auguste.«

Eine Frau trat vor und überreichte ein Papier; es war ein ärztliches Attest.

»Patinet, Rosalie, Cathérine.«

»Hier.«

Manch einer im Saal mochte glauben, Lhomond beobachte ihn, während sein Blick in Wirklichkeit die Gesichter nur streifte. ohne sie voneinander zu unterscheiden.

Namen folgten auf Namen. Als der Gerichtsschreiber die Namen verlesen hatte, begann er mit der Auslosung. Der erste Name, den er zog, war der einer Frau.

»Abgelehnt«, rief Jouve von seiner Bank aus.

Später lehnte er noch ein paar andere Frauen ab, während der Oberstaatsanwalt Gaston Roulet ablehnte, den Besitzer der zwei größten Kinos der Stadt.

War der Verteidiger der Ansicht, daß Frauen mit einem Mann, der eine Frau umgebracht hatte, härter ins Gericht gehen würden? Der Ankläger seinerseits schien anzunehmen, daß der Umgang mit dem Unterhaltungsgeschäft, insbesondere mit dem Film, gegen Menschen aus einem bestimmten Milieu allzu nachsichtig mache.

Das wunderte Lhomond, beunruhigte ihn ein wenig.

Sieben Namen mußten durchgebracht werden. Nur eine einzige Frau, Madame Falk, Gattin eines Straßenbauunternehmers, entging, weiß Gott weshalb, Jouves Ablehnung.

Während der Abwicklung dieser Formalitäten hatte Lhomond die ganze Zeit über einen schlechten Geschmack im Mund, und als er unwillkürlich wieder an den Blick dachte, mit dem sein Schreiber ihn vorhin in seinem Arbeitszimmer angesehen hatte, wurde ihm plötzlich klar, daß er nach Alkohol riechen mußte. Er hatte zwar nur ein kleines Glas getrunken, aber vielleicht weil er noch fast nüchtern und sein Magen leer war, wirkte es, als hätte er die ganze Nacht über gesoffen. Er vermied es, sich seinen Beisitzern zuzuwenden, vor allem Frissart, der links von ihm saß und geometrische Figuren auf ein Stück Papier kritzelte.

Glaubten Frissart und seine Frau, daß er nachts öffentliche Lokale aufsuchte, um heimlich zu trinken?

Nur ein Geschworener blieb noch zu ernennen, als Lhomond sich entschloß, zu dem Angeklagten hinüberzusehen. Er begegnete dem auf ihn gerichteten Blick Lamberts. Warum war ihm das peinlich? Er wollte den Kopf nicht abwenden, auch nicht den Blick senken. Der andere, der ihn vielleicht schon seit langem beobachtete, zuckte ebenfalls nicht mit der Wimper, sicher weil er seinerseits dabei war, den Mann, von dem zu einem guten Teil sein Schicksal abhing, zu beurteilen, ihn abzuschätzen.

Er war ein Mann von zweiunddreißig Jahren, schmal und muskulös, kräftig, mit dichtem Haar und frechen braunen Augen. Er zeigte weder Ungeduld noch Nervosität und schien sich zwischen den beiden Gendarmen in betreßten Mützen behaglicher zu fühlen als die meisten Zuschauer.

Wenn er auch nicht gerade lächelte, so lag doch eine Art geringschätzige Ironie in seinen Zügen.

Widerstrebend gingen diejenigen Geschworenen, die nicht ausgelost oder abgelehnt worden waren, aus dem Saal, den sie zuvor mit ihren Blicken vergeblich nach einem leeren Platz abgesucht hatten. Die anderen setzten sich auf die für sie reservierte Bank, in der Mitte Madame Falk, in Schwarz, einen kleinen Federhut auf dem Kopf.

Lhomonds Hände waren feucht. Er war jetzt ganz sicher, daß er Grippe hatte. Da im Saal flüsternd

Unterhaltungen aufgenommen wurden, klopfte er mit dem Hammer auf den Tisch, wischte sich mit dem Taschentuch die Stirn ab und begann, zu Lambert gewandt:

»Name und Vorname.«

Rechtsanwalt Jouve drehte sich zu seinem Klienten und gab ihm einen Wink, daß er aufstehen solle.

»Lambert, Dieudonné, Jean-Marie«, antwortete eine klare Stimme.

»Geburtsort und Geburtsdatum.«

Es war das übliche Abfragen der Personalien, und die Antworten folgten auf die Fragen wie die Responsorien im Messeritual. Lambert, der sorgfältig rasiert war, hatte noch ein wenig Schaum neben dem Ohrläppchen. Er trug einen dunkelblauen Anzug, wie man sie sonntags an den meisten Bauern sieht, und Lhomond fragte sich, ob seine Schuhe nicht gelb waren.

»Name und Beruf Ihres Vaters.«

»Lambert, Auguste, René, Spinnereiarbeiter.«

»Lebt er noch?«

»Keine Ahnung.«

»Sie wissen nicht, ob Ihr Vater noch am Leben ist?«

»Das letztemal habe ich ihn vor fünf Jahren in Roubaix gesehen. Seither haben wir uns nie mehr getroffen oder geschrieben.«

»Ihre Mutter?«

»Marie Lambert, geborene Clérec.«

»Lebt sie noch?«

Im Saal entstand eine kaum merkliche Bewegung, man erwartete seine Antwort mit Spannung.

»Ich nehme es an, wahrscheinlich.«

»Sie sind sich dessen nicht sicher?«

»Nein.«

»Ihr Beruf?«

»Mechaniker in der Garage Hulot und Sandrini, Rue de Bordeaux.«

»Verheiratet?«

Er zögerte eine Sekunde, wandte sich dem Publikum zu, weil er fühlte, daß es an seinen Lippen hing, und ließ das Wort fallen wie eine Herausforderung:

»Witwer.«

»Haben Sie Kinder?«

»Nein.«

Bis jetzt war außer dem üblichen Abfragen der Personalien nichts geschehen, und schon war Unruhe im Saal entstanden. Rechtsanwalt Jouve, der es mit Unbehagen bemerkte, begann auf seiner Bank hin und her zu rutschen.

»Setzen Sie sich.«

Jetzt mußte der Präsident an den Verteidiger die formelhafte Aufforderung richten:

». . . daß Sie nichts sagen, was gegen Ihr Gewissen oder die Achtung vor dem Gesetz verstößt, und daß Ihre Sprache anständig und maßvoll sei . . .«

Jouve, lang und schlaksig, mit schütterem rötlichem Haar und dicken Brillengläsern vor den Augen, nickte Zustimmung und setzte sich dann, wie ein Schuljunge, wieder hin. Er hatte die Dreißig kaum überschritten, und es war sein erster bedeutender Prozeß, überhaupt das erste Mal, wenn Lhomond sich nicht täuschte, daß er eine Verteidigung am Schwurgericht übernahm.

Joseph, der alte Gerichtsdiener, trat zu den Geschworenen, gab ihnen das Zeichen, daß sie aufstehen sollten, und Lhomond richtete an sie die kleine, vom Gesetz vorgesehene Ansprache.

»... Sie schwören vor Gott und den Menschen ...«

Er konnte diese Sätze auswendig.

»Heben Sie die Hand, wenn Sie aufgerufen werden, und sprechen Sie deutlich:

›Ich schwöre!‹«

Das erste zögernde, nervöse Gelächter wurde laut, als Madame Falk, dem Präsidenten fest in die Augen blickend, mit hoher Stimme herausplatzte:

»Ich schwöre es, Herr Richter.«

Jetzt war der Schreiber an der Reihe mit dem Verlesen der Überweisungsakte und der Anklageschrift. Er las monoton, sehr rasch, wohl wissend, daß ihm doch niemand zuhörte, und in den ersten Sitzreihen fingen die Leute an, sich umzudrehen, um zu sehen, wer hinter ihnen saß, und sich zuzuwinken, während der Angeklagte, beide Hände flach vor sich ausgestreckt, eins nach dem anderen die Gesichter musterte.

Frissart beugte sich herüber, flüsterte:

»Um wieviel Uhr wollen Sie die erste Unterbrechung anordnen?«

Die große elektrische Uhr am anderen Ende des Saals, über der Tür, die man wegen der im Gang stehenden Zuschauer offen gelassen hatte, zeigte elf Uhr.

»Wahrscheinlich gegen halb eins«, antwortete Lhomond, wobei er die Hand vor den Mund hielt.

Er kannte die Texte, die vorgelesen wurden, auswendig. Die Geschworenen, denen die Tatsachen aus den Zeitungen bekannt waren, hörten so wenig zu wie er selber, gaben sich aber interessiert, einer kritzelte sogar Notizen auf ein Blatt Papier.

Nach und nach, wie wenn Nebel sich langsam auflöst, tauchten die Zuschauer aus der anonymen Masse, die sie anfangs gebildet hatten, auf und gewannen ihre Individualität zurück. Die Gesichter setzten sich gegeneinander ab, und hier und da erkannte Lhomond ihm bekannte Züge. In der ersten Reihe beispielsweise schien Madame Frissart neben einer Freundin, deren Name ihm entfallen war, die Wichtigkeit ihres Gatten zu teilen. Sie trug einen Persianermantel, und auf ihrem Schoß lag, wie im Theater ein Programm, eine Zeitung.

Viele Anwälte, manche in Robe, warfen einen Blick in den Saal, ehe sie in einer anderen Kammer plädierten, die meisten standen am Eingang des Zeugenraums.

»Aus Paris sollen fünf Journalisten gekommen sein«, flüsterte Richter Delanne, der erste Beisitzer.

Der Heizkörper, der den Geschworenen am nächsten war, gab seine Pfeiftöne von sich, und einer der Männer drehte sich ständig besorgt um, als befürchte er eine Explosion.

Es war sehr warm. Lhomond gab Joseph einen Wink, und während dieser an eines der Fenster ging und die allgemeine Aufmerksamkeit auf sich zog, blieb Lhomonds Blick auf einer Zuschauerin in der achten oder neunten Reihe haften.

Der Schreiber las noch immer, und von einem Ende des Saals zum anderen wurde wie im Wechselgesang gehustet.

Lhomond runzelte die Stirne, denn in seinem Gedächtnis überlagerten sich zwei Bilder: Er war ziemlich sicher, daß die Frau in der achten Reihe dieselbe war, die er vergangene Nacht auf dem Barhocker im Armando gesehen hatte und die ihm schon bei jener Gelegenheit bekannt vorgekommen war.

Jetzt wurde ihm klar, weshalb, und als die Frau sich anschickte, ihm ihr Gesicht zuzuwenden, beeilte er sich wegzusehen. Das lag mindestens sieben Jahre zurück, ja, genau sieben, es war in dem Jahr gewesen, in dem sie ihre Ferien in Royan verbracht hatten. Zwischen der Zuschauerin und Royan bestand keinerlei Zusammenhang, dennoch wußte er, daß beide Ereignisse sich im selben Jahr abgespielt hatten.

Der Name lag ihm auf der Zunge. Mit Vornamen hieß sie Lucienne, dessen war er sicher, weil ihm aufgefallen war, daß sie wie eine Cousine seiner Frau hieß und daß eine gewisse Ähnlichkeit zwischen den beiden Frauen bestand. Méra? Nein. Irgendwo kam ein A in dem Namen vor, aber Méra war es nicht. Es war auch belanglos. Was ihn wunderte, war vielmehr, daß sie noch in der Stadt war. Wohnte sie wohl noch in der Rue des Carmes? Betrieb sie noch immer ihren Handschuhhandel?

Es wäre ihm lieber gewesen, nicht an diese Dinge zu denken, zumal heute. Dennoch fielen ihm die Einzelheiten eine nach der anderen wieder ein, während weiterhin die Stimme des Schreibers zu vernehmen war, neutral und grau wie der Bildhintergrund beim Photographen.

Links von ihm zeichnete Frissart noch immer, jetzt Initialen, die er mit Arabesken umrankte. Der fette, von einem dreifachen Kinn verunstaltete Richter Delanne saß nach hinten gelehnt, die Hände über dem Bauch gefaltet, und seine kleinen Äuglein inventarisierten unter halbgeschlossenen Lidern das Publikum.

Lhomond hatte diese Frau, zu der sein Blick immer wieder zurückkehrte, in der Ersten Zivilkammer kennengelernt, und wenn ihn nicht alles täuschte, war sie damals achtundzwanzig, so daß sie jetzt fünfunddreißig sein mußte. Sie hatte sich kaum verändert. Soweit er es aus der Entfernung beurteilen konnte, hatte sie noch immer, ja in verstärktem Maße diese Eigenschaft, die ihm schon damals an ihr aufgefallen war und die er anders als durch Vergleich schwer hätte beschreiben können.

Laurence beispielsweise oder Madame Frissart, auch die meisten ihrer Freundinnen, besaßen sie nicht. Man spürte, daß sie zu Ehefrauen und Hausfrauen geboren waren, vor allem zu Hausfrauen, die meisten auch zur Familienmutter.

Madame Paradès hingegen, die ebenfalls verheiratet und Hausfrau war und zwei Kinder hatte, besaß diese Eigenschaft fast in gleichem Grad wie die Frau, die hier im Saal saß.

Er war nicht vielen Frauen dieser Art begegnet. Man sah sie gelegentlich im Theater, im Kino, aber vielleicht spielten sie dort auch nur eine Rolle und waren im Alltag ganz anders?

Wäre er glücklicher gewesen, wenn er eine Frau wie diese geheiratet hätte? Er stellte sich diese Frage nicht. Es war etwas Unbestimmtes. Es kam von weither, aus seinen Träumen als junger Mann, als er sich noch die intimen Beziehungen mancher Paare vorzustellen versuchte, denen er auf der Straße begegnete.

»In Sachen Sauveur gegen Girard.«

Der Name war ihm wieder eingefallen. Lucienne Girard! Und es war im Oktober gewesen, kurz nach dem Ende der Gerichtsferien, im eintönigen Grau der Ersten Kammer, die nur von einer Handvoll Prozessierenden, Anwälten und Anklägern bevölkert gewesen war und in die sie einen Schwall duftender Weiblichkeit hineingetragen hatte.

Wie heute war sie auch damals in schwarze Seide gekleidet gewesen, vermutlich war das eine Art Uniform für sie.

Alfred Sauveur, Klempner, Eigentümer des Hauses Nummer siebenundfünfzig in der Rue des Carmes, verklagte seine Mieterin Lucienne Girard auf Räumung der Wohnung sowie auf Zahlung einer erheblichen Summe als Schadenersatz für die Benutzung der gemieteten Räume zu illegalen Zwecken, im vorliegenden Fall zu heimlicher Prostitution.

Auch damals hatte Lhomond sich geräuspert, ehe er gefragt hatte: »Geben Sie den Sachverhalt zu, der Ihnen zur Last gelegt wird?«

Sie hatte einfach geantwortet:

»Nein, Herr Richter.«

»Der Kläger gibt an, daß Sie unter Beihilfe einer gewissen . . .«

Diesen Namen hatte er ganz vergessen. Es handelte sich um ein Mädchen, das zwar schon einundzwanzig Jahre alt, aber so wenig entwickelt und vermutlich blutarm war, daß sie wie siebzehn wirkte. Sie war nicht vor Gericht erschienen. Er sollte sie erst bei einer anderen Gelegenheit sehen.

»Sie ist meine Verkäuferin, Herr Richter. Ich betreibe einen Handschuhhandel in dem Geschäft, das ich bei diesem Herrn gemietet habe und für das ich pünktlich die Miete zahle . . .«

Sie hatte keinen Rechtsanwalt und weigerte sich auch, einen zu nehmen. Dafür hatte sie in ihrer Handtasche Führungszeugnisse mitgebracht, die ihr der Polizeikommissar ihres Viertels und zwei weitere Polizisten ausgestellt hatten.

Es war das einzige Mal in seiner Laufbahn gewesen, daß er sein Amt nicht mit absoluter Unparteilichkeit ausgeübt hatte. Er hatte die Urteilsverkündung um acht Tage verschoben. Zwei Tage später, eines Vormittags um elf, als er allein in seinem Büro war, suchte sie ihn auf. Sie spielte sich nicht als Märtyrerin auf, versuchte nicht, sich für eine junge Unschuld auszugeben.

Warum mußte er gerade jetzt daran denken, wo er sich schon nicht gut fühlte? Er war damals versucht gewesen, die Situation auszunützen, weil er sofort wußte, daß sie deshalb gekommen war, daß ihr Lächeln, ihre Körperbewegungen, ja selbst ihre Stimme eine Aufforderung waren.

Er hatte es nicht getan, aus Angst ebensosehr wie aus Tugend.

Juristisch gesehen lagen übrigens keine schlüssigen Beweise vor, wie fast immer in Fällen von Prostitution. Der Kläger Sauveur hatte keinen Zeugen mitgebracht, der vor Gericht ausgesagt hätte, bestimmte Gunstbeweise mit Geld erkauft zu haben.

Lhomond hatte die Klage abgewiesen. Mehrere Wochen waren vergangen, zwei oder drei Monate, ehe er eines Abends kurz entschlossen und wohl wissend, was er tat und was er suchte, in die enge Rue des Carmes gegangen war. Der Laden war winzig, im Schaufenster lagen ein Dutzend Männerhandschuhe und ein paar Krawatten.

Es war eine der lächerlichsten Episoden in seinem Leben gewesen. Er hatte den Laden mit einem solchen Gefühl der Beklemmung betreten, daß er auf die gleiche Art wie zwei Jahre später Laurence die Hand auf die Brust gelegt hatte. Am anderen Ende des Ladens hing eine dunkle Samtportiere, und die Person, die daraus hervorkam, war nicht, wie er erwartet hatte, Lucienne gewesen, sondern die Verkäuferin, die aussah, als wäre sie erst siebzehn.

»Ist Mademoiselle Girard nicht da?«

Aus dem Abstand der Jahre erschien es ihm unwirklich. Es mußte Dezember oder Januar gewesen sein, da es um fünf Uhr nachmittags bereits dunkel war. Draußen gingen dunkle Gestalten vorüber, und der Laden war so schlecht beleuchtet, daß eine Art gelblicher Staub darin zu wogen schien. Er erinnerte sich an einen Gasofen neben dem Ladentisch.

»Die Chefin ist beschäftigt, aber wollen Sie nicht einen Augenblick hereinkommen?«

Er hatte schon den Mund aufgemacht, um zu sagen, »ich komme später wieder«.

Sicherlich wäre er nie zurückgekehrt. Aber weil sie die Samtportiere schon aufgehoben hatte, war er ihr gefolgt, mehr aus Schüchternheit und Unbeholfenheit als aus einem anderen Grund, und nun standen sie beide in einem winzigen Raum, in dem sich nur ein Divan mit gestreiften Kissen und ein Sessel befanden.

»Waren Sie schon einmal hier?«

»Nein.«

»Kennen Sie Madame Lucienne?«

Sie war zu blond, hatte eine zu helle Haut, und unter ihrem Kleid zeichneten sich birnenförmig die kleinen Brüste ab.

»Glauben Sie, daß sie lange brauchen wird?« fragte er.

Sie wandte sich unwillkürlich gegen die Wendeltreppe, die aus dem Laden ins Zwischengeschoß führte, und lächelte.

»Haben Sie keine Zigarette für mich?«

»Ich rauche nur Pfeife.«

»Das macht nichts.«

Wegen der Enge des Raums hatte er sich auf den Sessel gesetzt, und sie strich zögernd um ihn herum.

»Sind Sie aus Paris?«

»Ja.«

»Sie kennen das Haus nicht?«

»Erst seit ein paar Wochen.«

Kurz entschlossen hatte sie sich auf seinen Schoß gesetzt, und das Gefühl, daß sie unter ihrem Kleid nackt war, weckte Lhomonds Begehren.

Er hatte Lucienne nicht gesehen. Er war nur eine Viertelstunde geblieben, und noch auf der Straße haftete ihm ein Alkovengeruch an.

Er war nicht mehr in die Rue des Carmes gegangen. Soundsooft hatte er einen Bogen geschlagen, um sie zu umgehen. Zum erstenmal seit sieben Jahren sah er die Frau in Schwarz wieder, dort unten in den Reihen der Zuschauer, und bisweilen schien es ihm, als wechselten sie und der Angeklagte verständnisinnige Blicke wie Leute aus dem gleichen Milieu, die sich in einer fremden Menge wiederfinden.

Ihn, Lhomond, sah sie nicht an; wenigstens nicht, solange er sie beobachtete, und plötzlich wurde ihm bewußt, daß die Stimme des Schreibers verstummt war und seine zwei Beisitzer sich ihm zugewandt hatten.

Am liebsten hätte er sein Barett aufgesetzt und die Vernehmung Dieudonné Lamberts auf den Nachmittag verschoben. Frissart gegenüber hatte er von halb eins gesprochen. Jetzt war es noch nicht einmal zwölf. Bis jetzt hatten die Gerichtsreporter noch nichts, was sie an ihre Zeitungen hätten melden können.

Vor der Vernehmung mußten noch die Zeugen aufgerufen werden. Er reichte dem Schreiber die Liste mit ihren Namen.

Jeder der Aufgerufenen stand auf und wurde zu einer kleinen Tür gewiesen, in der er verschwand, so daß im Saal Plätze frei wurden, die aber gleich darauf wieder besetzt waren von Leuten, die aus dem Gang herbeistürmten.

»Stehen Sie auf«, sagte er zu Lambert.

Mindestens zehnmal, genau vierzehnmal hatte er die Rolle schon gespielt, die er heute spielte, aber zum erstenmal empfand er dabei Unbehagen, als läge ein Schleier zwischen ihm und der Wirklichkeit oder als wäre die Wirklichkeit verschoben. Oder war es umgekehrt? War es nicht vielmehr so, daß ihm diesmal die Gesichter in ihrer nackten Wahrheit erschienen?

»Sie haben die Verlesung der Anklageschrift gehört?«

Lambert nickte. Jouve wandte sich zu ihm, um ihm zu sagen, er solle mit »Ja, Herr Präsident« antworten.

»Sind Sie sich der Schwere der gegen Sie erhobenen Anklage bewußt?«

Erwartungsvoll sah Lambert seinen Rechtsanwalt an, damit dieser ihm die Antwort einsage.

»Ja, Herr Präsident.«

»Wenden Sie sich den Herren Geschworenen zu, wenn Sie sprechen.«

Die sieben Köpfe über der Geschworenenbank, der mit dem Federhut gezierte der Madame Falk inbegriffen, mußten dem Angeklagten seltsam vorkommen, denn er konnte ein Lächeln nicht unterdrücken. Und es stimmte, daß sie etwas Lächerliches hatten, wie sie da aufgereiht saßen und sich bemühten, so feierlich auszusehen, als posierten sie für einen Photographen. Dennoch – sie waren es letztlich, die heute oder morgen über Leben oder Tod Lamberts entscheiden würden.

»Jawohl, Herr Präsident.«

Lambert hatte etwas von dem spöttischen Selbstvertrauen eines Dorfgecken auf dem Jahrmarkt.

»Haben Sie eine Erklärung abzugeben?«

Diesmal verständigte er sich nicht mit dem Rechtsanwalt, sondern rief mit klarer Stimme, als hätte er sich die Antwort seit langem zurechtgelegt:

»Ich bin unschuldig.«

Lhomond sah ihn erstaunt an, beugte sich über die Blätter, auf denen er die Fragen vorbereitet hatte, die er ihm stellen wollte.

»Wie oft sind Sie vorbestraft?«

»Dreimal. Das eine Mal, wo ich freigesprochen worden bin, brauche ich doch wohl nicht mitzurechnen?«

»Wie alt waren Sie, als Sie das erste Mal verurteilt wurden?«

»Siebzehn.«

»Welcher Paragraph?«

»Wie bitte?«

»Ich frage Sie, welchen Vergehens Sie sich schuldig gemacht hatten.«

»Fahrraddiebstahl. So haben sie jedenfalls gesagt. Ich behaupte immer noch, und das ist die Wahrheit, daß ich es nur ausgeliehen habe und zurückgeben wollte.«

»Wo war das?«

»In Paris, im 20. Arrondissement.«

»Haben Sie regelmäßig gearbeitet?«

»Wenn ich eine Arbeitsstelle fand.«

Ohne es zu wollen, suchte Lhomond in der Menge nach dem Gesicht der Frau in Schwarz, und er glaubte, eine gewisse Rührung darin zu lesen.

»Nach den Polizeiberichten lebten Sie in dieser Zeit

meist mit Frauen zusammen, die für Ihren Unterhalt aufkamen.«

»Ich hatte Freundinnen.«

»Lassen wir das. Die zweite Strafe?«

»In Marseille.«

»Grund?«

»Körperverletzung. In einer Kneipe im alten Hafen ist eine Schlägerei ausgebrochen, und natürlich hat die Polizei mich herausgegriffen.«

»Sie hielten noch den Hals einer zertrümmerten Flasche in der Hand.«

»Ich habe mich verteidigt.«

Man hätte meinen können, es sei nur ein Spiel für ihn. Im Grund war er stolz, Mittelpunkt der allgemeinen Aufmerksamkeit zu sein, und seine Antworten waren mehr für die Zuschauer bestimmt als für die Richter und Geschworenen.

»Ihre dritte Strafe?«

»Da muß ich erst mal nachdenken.«

Jemand lachte laut auf, und der Präsident griff nach seinem Hammer, aber noch ehe er sich seiner bedienen konnte, war das Lachen verstummt.

»Es war in Lyon. Ich bin in einem Güterzug gefahren.«

»Die Untersuchung hat ergeben, daß Sie in Wahrheit in den Waggon eines Güterzugs eingedrungen sind, aber nicht in der Absicht, kostenlos zu reisen, sondern um Pakete zu stehlen, die Ihr Komplize im Auto in der Nähe eines Bahnübergangs in Empfang nehmen sollte.«

»Ich war neunzehn.«

Lhomond schaute in seinen Notizen nach und nickte.

»Richtig. Hier lese ich, daß Sie Ihren Militärdienst in Algerien abgeleistet haben.«

»Und als Gefreiter bin ich ausgeschieden.«

»Antworten Sie nur auf die Fragen, die ich Ihnen stelle.«

»Jawohl, Herr Präsident.«

»Wann haben Sie Mariette Le Bras kennengelernt?«

»Vor sechs Jahren in Montluçon.«

»Was taten Sie in Montluçon?«

»Ich habe als Lastwagenfahrer bei Michelin gearbeitet.«

»Arbeitete sie in derselben Firma?«

»Nein, sie war Kellnerin in einem Restaurant.«

»Wie alt war sie?«

»Damals?«

Mit gerunzelter Stirn rechnete er nach.

»Achtzehn.«

»Lebte sie bei ihrer Familie?«

»Ihre Familie lebt im Finistère.«

»Lebte sie allein?«

»Jedenfalls als ich sie kennenlernte. Vorher hat sie mal mit diesem, mal mit jenem zusammengelebt.«

Unwillkürlich richtete Lhomond den Blick auf Madame Frissart und sah, wie sie die Augen zum Himmel aufschlug, als sei damit alles gesagt, was sie von der Sache hielt. Sie war ungefähr fünfundvierzig, dunkelhaarig und so schlecht geschminkt, daß ihr Mund wie eine blutende Wunde aussah. Als Frissart sie kennengelernt hatte, war sie, die damals noch Crucher hieß, Verkäuferin in einem Warenhaus in der Rue Gambetta gewesen.

»Sie haben sie nicht gleich geheiratet?«

»Nein, Herr Präsident.«

»Trotzdem lebten Sie wie Mann und Frau.«

»Wir schliefen in demselben Zimmer.«

»Wann haben Sie geheiratet?«

»Zwei Jahre später.«

»Aus welchem Grund haben Sie sich dazu entschlossen?«

»Vermutlich, weil sie es gern wollte.«

»Und Sie selbst?«

»Ich hätte besser die Finger davon gelassen. Dann stünde ich jetzt nicht hier.«

Diesmal mußte Lhomond von seinem Hammer Gebrauch machen, denn aufgeregtes Gemurmel erhob sich im Saal und verstärkte sich.

»Ich bitte die Aufsichtsbeamten, alle Personen, die die Verhandlung stören, umgehend aus dem Saal zu weisen.«

Es trat wieder Stille ein, während der Angeklagte, mit Blick auf das Publikum, zustimmend nickte, als wollte er sagen, das geschehe ihnen recht.

Lhomond brauchte einige Zeit, bis er sich in seinen Aufzeichnungen wieder zurechtfand. Er hatte seine Fragen nicht gestellt, um einen Publikumserfolg zu erringen, sondern in dem aufrichtigen Wunsch, den Geschworenen ein möglichst vollständiges Bild des Angeklagten und seiner Umwelt zu vermitteln. In diesem Fall schien ihm das ebenso wichtig zu sein wie die Tatsachen. Es war nicht seine Schuld, wenn Lambert sich ein Verhalten zulegte, das, wenn er es nicht wieder aufgab, alle Leute gegen ihn aufbringen würde.

Der dicke Delanne flüsterte ihm bereits zu:

»Zyniker!«

Delanne war mit Fünfundvierzig noch Junggeselle, und einige behaupteten, er sei homosexuell. Fest stand, daß man ihn häufiger im Kreis junger Männer sah als unter hübschen Frauen. Seine Fingernägel waren schwarz, seine Kleider schmierig.

»Wo und wann haben Sie geheiratet?«

»In Le Havre, ich weiß nicht mehr, in welchem Jahr. Vor vier Jahren. Rechnen Sie es aus. Am 11. Juni.«

Er führte sich auf wie ein Schauspieler, der es sich nicht versagen kann, seine Rolle zu übertreiben, weil er fühlt, daß das Publikum an seinen Lippen hängt.

»Ich hatte beschlossen, nach Kanada auszuwandern, mir wurde aber gesagt, daß ich Mariette nicht mitnehmen könnte, wenn wir nicht verheiratet wären.«

»Sie sind nicht nach Kanada gegangen?«

»Man hat mir den Paß verweigert.«

»Sie hatten keine Kinder von Ihrer Frau?«

»Nein, keine lebenden.«

Seine Kiefermuskeln spannten sich.

»Wollen Sie damit sagen, daß Sie ein totgeborenes Kind hatten?«

»Ja.«

»Wußten Sie, daß Ihre Frau schwanger war, als sie den Tod fand?«

»Die Sache liegt anders.«

»Drücken Sie sich deutlicher aus.«

»Sie war in vier Jahren mindestens zehnmal schwanger.«

»Und jedesmal hat sie zu abtreibenden Maßnahmen gegriffen?«

»Sie hat sie sich weggemacht.«

»Sie selbst?«

»Ja.«

»Ganz allein?«

»Einer ihrer Freunde hat ihr den Trick gezeigt, ein Medizinstudent.«

»Haben Sie dabei mitgewirkt?«

»Ich habe mich nicht darum gekümmert.«

»War es Ihnen gleichgültig?«

»Es stammte mit größerer Wahrscheinlichkeit von irgend einem anderen als von mir.«

Lhomond griff nach dem Hammer, ohne erst eine erneute Reaktion des Publikums abzuwarten, und so kam es nur zu einem erstickten Aufseufzen.

»Haben Sie Ihre Frau geliebt?«

»Warum wäre ich sonst bei ihr geblieben?«

»Hatten Sie je die Absicht, die Scheidung zu verlangen?«

»Nein.«

»Hatte sie Liebhaber?«

»Haufenweise.«

»Wußten Sie es?«

»Manchmal wußte ich es, manchmal nicht. Anfangs hat sie es heimlich getrieben. Später nicht mehr.«

»Gaben Sie Ihre Einwilligung dazu?«

Lambert warf Lhomond einen derart verächtlichen

Blick zu, daß dieser es bereute, die Frage gestellt zu haben. Doch auch sie betraf einen Charakterzug des Angeklagten, und Lhomond war es sich schuldig, ihn zu beleuchten.

»Waren Sie eifersüchtig?«

»Ja.«

»Nachher werden Zeugen aussagen, daß Sie Ihre Frau geschlagen haben. Geben Sie das zu?«

»Ja.«

»Geben Sie auch zu, daß infolge einer heftigen Auseinandersetzung zwischen Ihnen und Ihrer Frau vor etwa einem Jahr der Arzt sie mehrfach am Kopf nähen mußte?«

Ein befriedigtes Grinsen zog seinen Mund breit.

»Stimmt.«

»Haben Sie während der letzten zwei Jahre für denselben Arbeitgeber gearbeitet?«

»Hulot und Sandrini. Sie können mir nichts vorwerfen.«

»Sie sind jede Woche ein- oder zweimal betrunken, stockbetrunken nach Hause gekommen.«

Er gab keine Antwort, als ob sie sich ganz von selbst verstünde, und dem Richter war, als schmeckte er wieder den Kognak in seinem Mund.

»Sie hatten eine Geliebte, als Ihre Frau starb.«

Keine Antwort.

»Geben Sie es zu?«

»Ich hab mich ab und zu mit Mädchen getroffen.«

»Stimmt es, daß Sie vergangenen Winter ein ganz bestimmtes Mädchen aufsuchten? Ich spreche von Hélène Hardoin.«

»Wir waren gute Freunde.«

»Andere Beziehungen bestanden nicht zwischen Ihnen?«

»Das auch, natürlich.«

»Haben Sie ihr nicht auch gelegentlich gesagt, Sie hätten die Absicht, sie zu heiraten?«

»Gesagt vielleicht, aber die Absicht hatte ich nicht.«

»Wußte Ihre Frau davon?«

»Ja.«

»War sie nicht eifersüchtig?«

»Bei dem Leben, das sie geführt hat, war sie die letzte, die ein Recht hatte, eifersüchtig zu sein.«

»Fest steht jedoch, daß sich Ihre Frau am 7. Januar in einer Bar in der Rue des Merciers auf Hélène Hardoin gestürzt hat, die mit Ihnen an einem Tisch saß, ihr die Handtasche weggerissen, sie auf die Straße geschleudert und dabei geschrien hat:

›Schau, daß du schnell denselben Weg nimmst, oder ich kratz dir die Augen aus!‹«

Lambert verzog keine Miene.

»Trifft das zu?«

»Nur daß Mariette das nicht getan hat, weil sie eifersüchtig war, sondern weil ich kurz vorher Hélène einen Mantel gekauft hatte.«

Es war zwanzig nach zwölf. Trotz des offenen Fensters war es erstickend heiß, aber Lhomond konnte die Vernehmung des Angeklagten nicht durch eine Pause unterbrechen. Die folgenden Fragen stellte er weniger für die Geschworenen als für sich selbst.

Cadoux, der Untersuchungsrichter, zweifelte nicht an der Schuld Lamberts. Madame Frissart hatte vorhin vielsagend zum Himmel emporgeblickt, und Richter Delanne hatte mit seinem geflüsterten »Zyniker« so etwas wie ein unumstößliches Urteil gefällt.

Lucienne Girard, die Frau in Schwarz aus der Rue des Carmes, hatte Lambert zugelächelt, lächelte ihm immer noch zu, als verstünde sie alles, als sprächen beide die gleiche Sprache.

»Erzählen Sie bitte den Herren Geschworenen die Ereignisse vom 19. März mit allen Einzelheiten, die Ihnen bekannt sind.«

Eine Weile trat Lambert schweigend von einem Fuß auf den anderen, weil er nicht wußte,wo anfangen, und blickte ratsuchend den Präsidenten an, bis sich sein Rechtsanwalt halb von seinem Sitz erhob und ihm ins Ohr flüsterte.

»Es war an einem Samstag«, sagte Lambert stokkend. »Ich habe bis sechs Uhr abends in der Garage gearbeitet, und dann bin ich zusammen mit einem Kumpel weggegangen. Wir haben zwei, drei Gläser getrunken, und da hat im Café jemand von Gelino gesprochen.«

»Was wissen Sie über Gelino?«

»Er war einer von Mariettes Liebhabern. Er ist Jahrmarktshändler. Jedesmal wenn er in die Stadt zurückkam, die Taschen voll Geld, hauten sie tüchtig auf die Pauke.«

»Sprechen Sie weiter.«

»Ich wollte ihm nach und ihm die Fresse polieren, aber Fred, mein Kumpel, hat mich wieder beruhigt.«

Er schwieg, als wäre er zu Ende.

»Was ist danach geschehen?«

»Ich hab meinen Freund zum Bus begleitet, und dann bin ich in eine Bar gegangen.«

»Allein?«

»Ja. Es waren andere Gäste da, die ich nicht kannte, aber ich war allein.«

»Erinnern Sie sich an den Namen der Bar?«

»Fer-à-Cheval, neben dem Militärkrankenhaus.«

»Weiter.«

»Ich hab ein paar Gläser getrunken, gezählt habe ich sie nicht, dann hab ich mich auf den Heimweg gemacht.«

»Haben Sie nicht zu Abend gegessen?«

»Nein, dazu war's schon zu spät.«

»In welcher Gemütsverfassung befanden Sie sich?«

Lambert verstand die Frage nicht recht.

»In welcher Absicht sind Sie nach Hause gegangen?«

»Bestimmt hätte ich Mariette eine Szene gemacht. Jedesmal, wenn ich an Gelino dachte oder an einen der andern . . .«

»Und nachher?«

»Bin ich in eine andere Bar gegangen.«

»Welche?«

»Weiß ich nicht mehr. Nicht weit von zu Hause.«

Bei dem anhaltenden Blutandrang in seinem Kopf hatte Lhomond es eilig, fertig zu werden, damit er vor dem Mittagessen vielleicht noch bei Dr. Chouard vorbeischauen und ihn um ein Medikament bitten konnte. Er war sicher, daß er Fieber hatte, und er überraschte sich dabei, wie er sich den Puls fühlte, der ihm viel rascher als sonst zu schlagen schien.

»Ich hab mich vollaufen lassen, bis man mich vor die Tür setzte.«

»Um wieviel Uhr war das?«

»Ich hätte nicht mal mehr auf einer Bahnhofsuhr die Zeit ablesen können.«

»Sie erinnern sich immerhin, daß Sie nach Hause gegangen sind?«

»Ich erinnere mich, daß ich die Tür im Erdgeschoß aufgestoßen habe.«

»Haben Sie sie nicht mit Ihrem Schlüssel geöffnet?«

»Nein.«

»War die Tür denn offen?«

»Ich brauchte sie nur aufzudrücken, das ist alles, was ich weiß. Beinahe wäre ich noch vornüber gefallen.«

»Fanden Sie das nicht sonderbar?«

»Ich hab mir nicht die Mühe gemacht, darüber nachzudenken. Ich hab die Treppe hinaufgeschrien: ›Mariette! Komm her, alte . . .«

Er hielt noch rechtzeitig inne.

»Entschuldigung, bitte.«

»Danach?«

»Ich hab oben im Zimmer ein Geräusch gehört. Ich wollte hinaufgehen.«

»Um was zu tun?«

Lambert sah ihn an, ohne zu antworten.

»Als Sie Ihre Frau sahen . . .«

»Ich habe sie nicht gesehen.«

Er sprach jetzt mit Härte. Auch sein Blick war hart.

»Ich sage noch einmal, daß ich oben ein Geräusch gehört habe. Ich wollte hinaufgehen. Auf den ersten

Treppenstufen bin ich zusammengebrochen, und dort hat mich der Kommissar am nächsten Morgen gefunden. Das ist die Wahrheit. Alles andere ist Erfindung.«

Er sah den Präsidenten durchdringend an, als wollte er ihn herausfordern, ihn Lügen zu strafen, wenn er könne, dann wandte sich sein Blick langsam dem Publikum zu und blieb schließlich auf Lucienne ruhen.

## 3

## *Der Schnellzug von Paris und der Güterzug*

Der dritte Geschworene rutschte unruhig auf seiner Bank hin und her und hob endlich, ermutigt von der neben ihm sitzenden und leise auf ihn einredenden Madame Falk, wie ein Schüler den Finger. Lhomond wußte nicht, wie er hieß, erinnerte sich aber, ihm oft begegnet zu sein, wenn er in seinem Kunststoffmantel, eine gelbe Ledermappe in der Hand, durch die Straßen lief.

Er war ein Mann mittleren Alters, genauso dick wie Richter Delanne, aber mit kindlichen, traurigen Glotzaugen und einem rötlichen Ausschlag auf den Backen.

»Hat der dritte Geschworene eine Frage zu stellen?«

»Wenn Sie gestatten, Herr Präsident.«

Er war aufgestanden, war aber so verschüchtert, daß seine Lippen zitterten.

»Ich möchte wissen, was der Angeklagte getrunken hat, nachdem er die Garage verlassen hatte.«

»Mengenmäßig?«

»Nein, sondern welche Art von Getränken er zu sich genommen hat.«

Lhomond sah in seiner Liste nach und entnahm ihr,

daß der Mann, der sich jetzt erleichtert wieder setzte, Charles Lourtie hieß und Versicherungsagent war. Aufgrund seines Aussehens und seiner Frage wäre der Richter jede Wette eingegangen, daß er einer jener verschämten Alkoholiker war, die immer wieder versuchen, mit Trinken aufzuhören, ohne daß es ihnen je gelingt. Sein Leben mußte gezeichnet sein von kleinen, sich tagtäglich wiederholenden Dramen:

»Heute trinke ich keinen Aperitif . . .«

Oder:

»Heute trinke ich nur einen.«

Vielleicht hatte er alle Arten von Getränken durchprobiert in der Hoffnung, ein Bedürfnis loszuwerden, das sich zum Zwang auswuchs und ihn veranlaßte, sich schamhaft dicht an den Hauswänden entlangzudrücken.

Lhomond betrachtete ihn mit Sympathie und wandte sich dann an den Angeklagten:

»Was haben Sie getrunken, als Sie mit Ihrem Freund zusammen waren?«

»Drei Pernods.«

»Und im Fer-à-Cheval, als Sie allein waren?«

»Da bin ich zu Marc übergegangen. Ich brauchte etwas Stärkeres.«

Lourtie schien das besser als irgend jemand zu verstehen.

»Und in der dritten Bar?«

»Weiß ich nicht mehr. Ich glaube mich aber zu erinnern, daß ich irgendwo Rotwein getrunken habe.«

Lhomond wandte sich dem Versicherungsagenten zu, wie um ihn zu fragen, ob er zufriedengestellt sei, blickte fragend die Geschworenen, den Staatsanwalt und zuletzt den jungen Jouve an:

»Keine Fragen?«

Gleichzeitig schlug er leicht mit dem Hammer auf, nahm sein Barett und sagte leise:

»Die Sitzung wird bis zwei Uhr unterbrochen.«

Sobald er das Barett aufgesetzt hatte, standen im Saal alle auf, außer einigen wenigen, Frauen vor allem, die sich aus Angst, ihren Platz zu verlieren, etwas zu essen mitgebracht hatten, und viele zündeten sich, schon während sie sich durch das Gedränge im Mittelgang schoben, eine Zigarette an. Unauffällig hatten die beiden Gendarmen Lambert fortgeschafft. Er würde die Mittagspause in einem kahlen Raum verbringen, wo ihn nur sein Anwalt aufsuchen durfte.

Im Beratungszimmer sprach Lhomond mit niemandem. Sobald er auf der Straße in der naßkalten Luft war, begab er sich mit langen Schritten zum Haus von Dr. Chouard, das fast an seinem Weg lag.

Chouard, Vater von sechs Kindern, die alle schon verheiratet waren, bewohnte ein geräumiges weißes Haus, in dem er und seine Frau sich wie verloren vorkommen mußten. Sie hatten nur ein Dienstmädchen, und da sich das Dienstmädchen nicht schmutzig machen durfte, weil sie den Patienten aufmachen mußte, besorgte Madame Chouard den größten Teil der Hausarbeit selber.

»Ist der Doktor zu Hause?«

»Er ist noch bei Tisch.«

»Sagen Sie ihm bitte, daß ich ihn nur für einen Augenblick sprechen möchte.«

Angenehme Küchendüfte durchzogen das Haus, das sicherlich das sauberste in der ganzen Stadt war. Fast sofort erschien Chouard, der sich noch mit der Serviette den Mund abwischte.

»Ihre Frau?« fragte er, während er die Tür zum Sprechzimmer öffnete.

»Nein, ich. Seit heute morgen leite ich die Schwurgerichtssitzung, und ich glaube, ich bekomme eine schwere Grippe.«

Der Arzt war zehn Jahre älter als er, und sein buschiger Bart verlieh ihm ein bärbeißiges Aussehen. Wortlos schob er Lhomond ein Thermometer in den Mund, zog eine dicke goldene Taschenuhr aus der Westentasche und begann ihm den Puls zu fühlen.

»Atmen Sie!«

Er hielt ihm erst das eine, dann das andere Nasenloch zu, tastete ihm am Hals die Mandeln ab, führte einen mit einem kleinen Licht versehenen Trichter in sein Ohr ein.

»Wann hat es angefangen?«

»Schon gestern hab ich mich den ganzen Tag nicht gut gefühlt, und am Abend schien mir ... Habe ich Fieber?«

»Achtunddreißig fünf. Eigentlich sollten Sie in Ihrem Bett liegen. Lassen Sie mich in Ihren Hals sehen.«

Anschließend hörte er ihm, unaufhörlich vor sich hin brummelnd, die Brust ab.

»Wie steht's, Herr Doktor?«

»Ich sollte Sie ins Bett schicken, aber vermutlich ist es ausgeschlossen, daß Sie sich vertreten lassen.«

»Ja, ausgeschlossen.«

Vor einem weißen Metallschrank stehend füllte Dr. Chouard eine Spritze mit einer dicken weißlichen Flüssigkeit.

»Linke Hinterbacke«, befahl er.

Und er fügte hinzu:

»Penizillin. Kommen Sie morgen früh wieder, ehe Sie ins Gericht gehen.«

»Ist es Grippe?«

»Ich nehme es an.«

Das war alles. Erst als Lhomond schon auf der Schwelle stand, fügte er noch hinzu:

»Sehen Sie zu, daß Sie sich nicht verkühlen, und gehen Sie früh zu Bett.«

»Kein Grog, kein Aspirin?«

»Nichts.«

Als er nach Hause kam und Anna auf ihn zutrat, um ihm den Überzieher abzunehmen, fragte er gewohnheitsmäßig:

»Hat Madame nach mir verlangt?«

»Nein.«

»Geht es ihr gut?«

»Wie üblich.«

Er betrat das Eßzimmer, wo er immer allein aß, und schlug rechts neben seinem Gedeck die Zeitung auf. Er ging nicht nach oben. Das wäre gegen die stillschweigenden Abmachungen gewesen, zu denen es zwischen Laurence und ihm gekommen war, fast ohne daß es ihnen bewußt geworden wäre. Ein paar Tage lang hatten sie sich so und so verhalten, und nach und nach war dies zur Regel geworden.

Als er Anna zusah, wie sie ihm den Kaffee einschenkte, mußte er an Mariette Lambert denken, ohne recht zu wissen weshalb, dann auch an das Mädchen aus dem Handschuhladen, dessen Name ihm entfallen war. Er hatte das unbestimmte Gefühl, daß eine Art Verwandtschaft zwischen ihnen bestand. Seine Augen brannten. Er war schläfrig und nervös zugleich. Im Haus gegenüber sah er Madame Paradès. Sie zog in einem Zimmer, von dem er wußte, daß es das Kinderzimmer war, die Vorhänge zu.

Laurence und er hatten keine Kinder. Ein heikles Thema. Jetzt hatte es keine Bedeutung mehr, aber jahrelang hatten sie beide es vermieden, diese Frage anzuschneiden. Er selbst war überzeugt, daß es an seiner Frau lag. Unfruchtbarkeit schien ihm zu ihrer körperlichen Erscheinung und zu ihrem Charakter zu passen. Doch ein- oder zweimal hatte er sie dabei überrascht, wie sie mit Freundinnen darüber sprach, und dabei war es ihm vorgekommen, als mache sie ihn dafür verantwortlich. Er hatte sich gedemütigt, zutiefst gekränkt gefühlt, hatte es aber vorgezogen, nicht darüber zu sprechen.

Nur ein einziges Mal, vor ungefähr zehn Jahren, hatte er den Gedanken geäußert, ein Kind zu adoptieren. Nur obenhin, gleichsam um das Terrain zu sondieren und ohne ins Persönliche zu gehen, hatte er von der Möglichkeit einer Adoption im allgemeinen gesprochen und angesichts der Reaktion seiner Frau sofort den Rückzug angetreten.

Er erinnerte sich nicht mehr genau, aber das Wort »Verbrecher« war gefallen. Ein Satz wie:

»Einen kleinen Unbekannten ins Haus nehmen, der vielleicht die Anlage zum Verbrecher hat?«

Es hatte keinen Sinn, darüber nachzudenken. Der Fall Lambert setzte ihm genug zu. Er bekam Bedenken und fragte sich, ob nicht das Fieber womöglich seine Urteilskraft beeinträchtigte. Er hatte nicht zum erstenmal Fieber. Nicht nur der Kaffee und das Essen schmeckten dann nicht wie sonst, nicht nur die Gerüche waren anders, sondern auch die Menschen und die Dinge sah er dann verzerrt. Als Kind beispielsweise hatte er Fieber gern gemocht, weil er dann nur die Augen zu schließen brauchte, um außergewöhnliche Welten zu entdecken.

Er zündete sich eine Pfeife an, wollte sie beinahe wieder weglegen, rauchte sie dann doch weiter, nur um sich zu beweisen, daß er nicht krank sei. Anna half ihm in den Überzieher.

»Geben Sie mir einen Schal.«

»Habe ich nicht gesagt, daß wir Frost bekommen?«

Wenn auch noch nicht Frost herrschte, so doch ein hartes, schneidendes Licht, und am späten Nachmittag würde es sicherlich Frost geben.

»Léopoldine läßt fragen, ob Sie zum Abendessen nach Hause kommen?«

Wenn ein Prozeß an einem Tag abgeschlossen werden konnte, kam es gelegentlich vor, daß sich eine Sitzung bis auf den Abend ausdehnte und erst in der Nacht endete. Im Fall Lambert allerdings war die Aussicht gering, an einem Tag fertig zu werden, und so antwortete er:

»Vielleicht komme ich etwas später als sonst.«

Leute grüßten ihn im Vorübergehen, und er lüftete wie sie den Hut. Vermutlich dachten die meisten, ein Schwurgerichtspräsident sei ein Mann, der seiner selbst und seiner Meinungen sicher sei. Hatte er nicht selbst die gleiche Vorstellung von einem fünfzigjährigen Richter gehabt, als er zum erstenmal das Gericht betrat? Er war damals ehrgeizig gewesen, hatte davon geträumt, seine Laufbahn in Paris zu beenden, eines Tages einer jener großen Gerichtspräsidenten zu werden, denen die schwierigen und berühmten Fälle übertragen werden.

Auf den Stufen vor dem Gericht sah er wieder Zigaretten rauchende Leute. Zwei junge Mädchen, die nach Sekretärinnen oder Verkäuferinnen aussahen, drehten sich nach ihm um und tuschelten miteinander. Er ging kurz in sein Büro, um seine Aktenmappe zu holen. Robe und Barett hatte er im Beratungszimmer gelassen, dessen Tür auf den menschenleeren Gang führte und nur angelehnt war. Er dachte an nichts Besonderes, als er auf sie zuging. Vielleicht deshalb nahm der Satz in seinem leeren Kopf eine solche Bedeutung an. Er erkannte die salbungsvolle Stimme von Oberstaatsanwalt Armemieux, der außerordentlich gebildet war und Vorträge nicht nur in der Provinz, sondern sogar in Paris und im Ausland hielt und der immer vor einem großen Publikum sprach.

»Mich, mein Lieber, überrascht nur, daß ihm das nicht schon früher passiert ist.«

Warum *wußte* er, daß von ihm die Rede war?

Er ärgerte sich, daß er stehenblieb und einen zweiten Satz hörte, der noch deutlicher auf ihn wies:

»Bei dem Leben, das seine Frau ihm seit Jahren bereitet . . .«

Er stieß den Türflügel auf und rammte damit beinahe Armemieux, der hinter der Tür Gerichtsrat Frissart gegenüberstand. Frissart, der eben seine Robe anlegte, verlor für einen Augenblick die Fassung.

»Eben fragte ich mich . . .« stammelte er, nur um etwas zu sagen.

Mit Augen, so groß wie die von Charles Lourtie, dem dritten Geschworenen, sah Lhomond ihn an.

». . . ich fragte mich, ob wir eine Nachtsitzung haben werden.«

Sekundenlang war Lhomond versucht, eine Erklärung abzugeben, ihnen zu sagen, daß er vergangene Nacht zum erstenmal in seinem Leben den Fuß in das Armando gesetzt hatte, nicht etwa um dort zu trinken – er hatte ja wirklich nichts zu sich genommen –, sondern um den Apotheker Fontane anzurufen, dessen Nachtglocke nicht funktionierte.

Wäre das nicht das Vernünftigste, das Natürlichste, was er tun konnte? Er würde ihnen auch sagen – und er würde es vor Landis, seinem Schreiber, der ihn am Morgen so bekümmert angesehen hatte, wiederholen –, daß er nur deshalb nach Alkohol gerochen hatte, weil er am Morgen ein Glas getrunken hatte: als Medizin, damit er überhaupt imstande war, ins Gericht zu kommen. War es nicht Beweis genug, daß er gleich im Anschluß an die Sitzung zu Dr. Chouard gegangen war und dieser ihm eine Penizillinspritze gegeben hatte?

Er schwieg. Zunächst aus Stolz. Vielleicht vor allem

aus Stolz. Aber auch weil er plötzlich überzeugt war, daß sie ihm nicht glauben würden. Die Menschen mißtrauen derart einfachen Erklärungen instinktiv. Er gestand ihnen noch nicht einmal, daß er sich schlecht fühlte und daß es ihn erhebliche Anstrengungen kosten würde, die Verhandlung bis zum Schluß zu leiten.

*Bei dem Leben, das seine Frau ihm seit Jahren bereitet . . .*

Er hatte nie mit jemandem darüber gesprochen, nicht einmal mit seinen besten Freunden. Sein Charakter hatte sich nicht verändert. Er wirkte weder düster noch sorgenvoll. Im Grunde war er es auch nicht. Er hatte eine Gelassenheit gewonnen, die nicht nur Fassade war. Der Rahmen, in dem sich sein Leben abspielte, war zwangsläufig enger geworden, aber das Leben innerhalb dieser Grenzen befriedigte ihn: die Aufteilung seiner Zeit zwischen dem Gericht, seinem Arbeitszimmer im Erdgeschoß des Hauses in der Avenue Sully und abends seinem Schlafzimmer, das vor allem im Winter, wenn im Kamin die Scheite brannten, zu einer kleinen Welt wurde.

Ob Menschen wie Armemieux, die sich verzetteln, die ständig unterwegs sind, immer unter Zeitdruck und unter dem Zwang selbstauferlegter Verpflichtungen, dem Leben mehr Freude abgewinnen?

Delanne kam als letzter, auf seinen Rockaufschlägen waren Essensflecken. Der Gerichtsdiener streckte den Kopf herein, blickte fragend zum Präsidenten, machte die Tür weit auf und verkündete:

»Das Hohe Gericht.«

Auf den ersten Blick war zu sehen, daß die meisten Zuschauer ihre Plätze vom Vormittag wieder eingenommen hatten und daß kaum neue Gesichter dazugekommen waren. Während der Pause war der Saal derart gelüftet worden, daß es nun zu kalt war, und Lhomond fragte sich, ob nicht sogar die Heizkörper abgestellt worden waren. Die Geschworenen hatten Zeit gehabt, Bekanntschaft zu schließen, Madame Falk schien ihrem Nachbarn, dem Versicherungsagenten, bereits Geheimes anzuvertrauen.

»Führen Sie den ersten Zeugen herein.«

Lucienne Girard saß auf ihrem Platz, und ihre Blicke trafen sich mit denen Lhomonds. Trotz der Jahre war es ausgeschlossen, daß sie ihn nicht wiedererkannte. Doch da war nichts von einem Aufzucken, nichts in ihren Zügen ließ vermuten, daß sie sich je begegnet waren. Sie sah ihn ebenso unbeteiligt an, wie sie kurz zuvor die beiden Beisitzer angesehen hatte, und er hatte das Gefühl, daß ihr Verhalten bestimmten ungeschriebenen Regeln gehorchte, die in gewissen Kreisen gewissenhafter eingehalten werden als die Gesetze.

Er fragte sich, ob sie und Lambert sich kannten und konnte sich über die Antwort nicht schlüssig werden. In seiner aggressiven Vulgarität war Lambert ein schöner Mann. Beide gehörten sie mehr oder weniger der gleichen Welt an, beide lebten am Rand der Gesellschaft. Er kam zu dem Schluß, daß man, wenn sie sich früher kennengelernt hätten, heute nicht von einer gewissen Hélène Hardoin sprechen würde, sondern von Lucienne Girard. Er war fest überzeugt, daß sich die Ereignisse dann anders abgespielt hätten, und er verscheuchte ein Bild, das in seiner Erinnerung aufgetaucht war: der Blick der kleinen Verkäuferin am Fuß der Wendeltreppe, ihr Lächeln, als sie gesagt hatte:

»Madame Lucienne ist beschäftigt.«

Er durfte sich nicht seinen Träumen überlassen. Er stand in einer wirklichen, festgefügten Welt, in der er genau umrissene Pflichten zu erfüllen hatte, und so griff er nach dem Bleistift, um bestimmte Passagen der Aussagen zu unterstreichen, die der erste Zeuge in der Voruntersuchung gemacht hatte.

Er wußte im voraus, was jeder Zeuge sagen würde. Ihre Antworten auf die Fragen, die Cadoux ihnen im Verlauf mehrerer Monate gestellt hatte, lagen ihm vor.

»Name, Vorname, Alter und Beruf.«

»Julien Mabille, vierunddreißig Jahre alt, Stellvertretender Stationsvorsteher, Rue des Saules einundvierzig.«

Er war von mittlerer Statur, hatte rundliche Schultern, die seine künftige Leibesfülle vorausahnen ließen, und sein kleiner Schnauzbart machte ihn jünger statt älter. Er war nicht in seiner Uniform gekommen, und der Straßenanzug stand ihm nicht.

»Schwören Sie, die Wahrheit, die ganze Wahrheit und nichts als die Wahrheit zu sagen? Heben Sie die rechte Hand.«

»Ich schwöre.«

»Berichten Sie den Geschworenen, was Sie von den Ereignissen des 20. März dieses Jahres wissen.«

Mabille hatte seine Aussage auswendig gelernt, und

während er sie aufsagte, sah er manchmal zur Decke und suchte ein Wort, das er vergessen hatte.

»An jenem Morgen mußte ich meinen Dienst auf dem Güterbahnhof um sechs Uhr morgens antreten, und zwanzig Minuten vor sechs bin ich von zu Hause weggegangen. Ich wohne in einem kleinen Haus in der Rue des Saules, oberhalb der Rue du Chemin-de-Fer, und um abzukürzen, gehe ich gewöhnlich am Bahndamm entlang zur Arbeit.«

Er blickte zum erstenmal nach oben, fand den folgenden Abschnitt. »Im Winter nehme ich eine Taschenlampe mit, aber im März ist es um diese Zeit schon hell, und als ich in Höhe der Rue du Pot-de-Fer ging, sah ich auf der einen Seite der Gleise etwas auf der Böschung liegen.«

In der Akte, die Lhomond überflog, hatte der Untersuchungsrichter dem Zeugen die Zwischenfrage gestellt:

»Wenn ich nicht irre, verläuft die Rue du Pot-de-Fer im rechten Winkel zur Rue du Chemin-de-Fer. Wo liegt im Verhältnis zu diesen beiden Straßen die Rue Haute?«

Die Lamberts wohnten in der Rue Haute. Das Viertel, es war das älteste der Stadt, bestand aus einem Netz von Gäßchen und Sackgassen, manche Häuser waren bis dreihundert Jahre alt. Seit undenklichen Zeiten plante die Stadtverwaltung, das als »gesundheitsschädlich« bezeichnete Viertel abzureißen, aber die nötigen Kredite waren nicht bewilligt worden.

Auf die Frage des Untersuchungsrichters hatte Mabille geantwortet:

Die Rue Haute mündet gleich unterhalb der Rue du Pot-de-Fer in die Rue du Chemin-de-Fer. Sie liegen nur etwa hundert Meter auseinander.

Vor dem Schwurgericht überging er diese in seinen Augen vermutlich unnützen Angaben. Und doch hätte man jede Wette eingehen können, daß manch einer der Geschworenen, Madame Falk zum Beispiel, sich nie in dieses Viertel verirrt hatte.

»Ich ging schneller«, fuhr der Zeuge fort, »denn ich hatte den Eindruck, daß dort eine menschliche Gestalt lag, und als ich nur noch ein paar Meter entfernt war, sah ich, daß es eine Frau war, der ein durchfahrender Zug den Kopf abgerissen hatte.«

Ein Aufseufzen ging durch den Saal, Gesichter wurden bleich, ein Mann in einer der ersten Reihen verspürte das Bedürfnis, hinauszueilen.

»Der Kopf, oder vielmehr, was vom Kopf übrig war, lag zwischen den Schienen, etwa zehn Meter vom Rumpf entfernt, der von den Gleisen weg auf den Schotter geschleudert worden war. Ich bin zum Bahnhof gelaufen, und von dort hab ich sofort das Polizeikommissariat angerufen.«

Er hatte noch ein Detail ausgelassen, das im Untersuchungsprotokoll stand.

Dort hieß es:

*Frage:* Hatten Sie bereits eine Vorstellung, wer das Opfer sein konnte?

*Antwort:* An ihrem grünen Mantel und ihrem roten Kleid habe ich sie auf den ersten Blick erkannt.

*Frage:* Sie wußten also, daß es sich um Mariette Lambert handelte?

*Antwort:* Ich kannte nur ihren Vornamen, weil ich ihr im Viertel oft begegnet bin und weil über sie geredet worden ist.

War ihm diese Stelle auch entfallen, so erinnerte er sich plötzlich eines anderen Details und beeilte sich, es zu berichten.

»Sofort, als ich die Leiche entdeckte, bemerkte ich, daß an einem Fuß der Schuh fehlte. Der Stationsvorsteher, dem ich den Vorfall berichtete, schickte mich zu Kilometer 409 zurück. Ich sollte dort auf die Polizei warten und ihre Fragen beantworten. Ich war fast zur gleichen Zeit dort wie der Kommissar, der in Begleitung seines Sekretärs und zweier Polizisten kam. Kurz danach stieg ein Arzt, den ich nicht kannte, aus seinem Wagen, dann kam auch noch jemand von der Staatsanwaltschaft und Leute von der Kriminalpolizei, die Aufnahmen machten.

Man hat mir eine Reihe von Fragen gestellt, die ich nach bestem Wissen und Gewissen beantwortet habe.«

Der Ausdruck »nach bestem Wissen und Gewissen« schien ihm zu gefallen, denn er sprach ihn auf eine besondere Art aus und blickte dabei auf den Präsidenten, um die Wirkung festzustellen.

»Nur zwei Züge fahren nachts auf dem Gleis, neben dem die Leiche lag. Zuerst der Schnellzug von Paris um 23.53 Uhr und dann der Güterzug mit der Fischladung um 01.14 Uhr. Manchmal verkehren hier auch andere Güterzüge, aber in dieser Nacht war das nicht der Fall, ich habe es nachgeprüft.«

Lhomond sah die Geschworenen einen nach dem

anderen an und hatte den Eindruck, daß Madame Falk eine Frage habe, aber als er ihr das Wort erteilen wollte, schüttelte sie den Kopf.

»Der Zeuge kann gehen. Führen Sie den nächsten . . .«

Da erhob sich Jouve von der Verteidigerbank.

»Eine Frage, Herr Verteidiger?«

»Ich bitte Sie, den Zeugen zu fragen, unter welchen Umständen er dem Opfer früher begegnet ist.«

»Haben Sie die Frage gehört, Monsieur Mabille? Wenn ich richtig verstanden habe, möchte die Verteidigung erfahren, wo und wann Sie Mariette Lambert getroffen haben.«

»Auf der Straße. Das Viertel, in dem sie wohnte, liegt nah bei meinem. Ich habe oft gesehen, wie sie in eine Bar ging oder aus einer herauskam.«

»In Begleitung von Männern?«

»Fast immer in Begleitung, ja.«

»Ist Ihre Frage damit beantwortet, Herr Verteidiger?«

»Hat der Zeuge sie manchmal betrunken gesehen?«

»Sie können antworten, Monsieur Mabille.«

»Einmal bestimmt. Sie ging mit drei randalierenden Matrosen, die versuchten, die Tür eines Cafés einzuschlagen, weil man sie nicht hineinlassen wollte. Ich glaube sogar, daß die Polizei eingreifen mußte.«

Der Rechtsanwalt, sichtlich befriedigt, setzte sich in der klassischen Attitüde des Verteidigers, der eben einen Punkt für sich gebucht hat. Lhomond hatte schon viele – auch Starverteidiger – diese Komödie spielen sehen, die ihm heute ohne jeden Grund lächerlich vorkam, und der junge Jouve, der sich so angestrengt bemühte, den Anschein von Wichtigkeit zu erwecken, tat ihm beinahe leid.

Lambert schien nicht zugehört zu haben. Er hatte das Kinn auf die Fäuste gestützt und blickte in den Saal, ohne jemand im einzelnen anzusehen. Was um ihn her vorging, schien ihn nicht zu interessieren.

»Name, Vorname, Alter, Beruf.«

»Martin Revers, achtundvierzig, Polizeikommissar im Viertel Boule-d'Or.«

Er hob die Hand, schwor und machte seine Aussage völlig routiniert, im gleichen Ton, in dem er seinen Rapport gemacht hätte.

»Am 20. März dieses Jahres, um 6.10 Uhr morgens teilte mir Wachtmeister Dorval telefonisch mit, daß auf dem Bahngleis auf Höhe der Rue du Pot-de-Fer die Leiche einer Frau entdeckt worden sei. Ich begab mich in Begleitung meines Sekretärs und zweier Polizisten dorthin, nicht ohne vorher noch dem Wachtmeister aufzutragen, den Gerichtsarzt und die Staatsanwaltschaft zu benachrichtigen. Bei Kilometer 409 traf ich den stellvertretenden Stationsvorsteher Mabille, der eben angekommen war, und begann . . .«

Weiter hörte Lhomond nicht zu. Zwei- oder dreimal versuchte er angestrengt, die Worte, die an sein Ohr drangen, in einen Zusammenhang zu bringen, aber gleich darauf wurden sie wieder zum monotonen Gemurmel. Vielleicht kannte er seine Akte zu gut? Er kannte auch den Kommissar: Es war derselbe, der vor sieben Jahren Lucienne Girard ein Führungszeugnis ausgestellt hatte. Er befaßte sich mit Politik, vor allem

Kommunalpolitik, und es wurde behauptet, daß er dem Kandidaten seiner Wahl vier- bis fünfhundert Stimmen einbringen könne.

Er war stämmig, gut gekleidet, sprach selbstsicher. Das rote Bändchen in seinem Knopfloch bezeugte, daß der Staat ihn für einen vortrefflichen Diener hielt.

Ob auch er einmal das Handschuhgeschäft in der Rue des Carmes aufgesucht hatte? Das hatte keinerlei Bedeutung. Sooft seine Gedanken auf diese abschüssige Bahn gerieten, bemühte sich Lhomond, sie in das Hier und Jetzt zurückzuholen. Er führte diese Zwangsvorstellung, deren er sich schämte, auf das Fieber zurück, und wie um sich zu vergewissern, daß seine Temperatur nicht weiter anstieg, fuhr er sich manchmal mit der Zunge über die Lippen.

»Um 7.50 Uhr wurden die sterblichen Reste ins Leichenschauhaus gebracht, wie aus dem Protokoll hervorgeht, und die Kriminalpolizei wurde mit der Untersuchung betraut.«

Der Heizkörper hinter den Geschworenen begann erneut vernehmlich zu zischen. Wieder erhob sich Jouve, und der Präsident erteilte ihm mit einem Kopfnicken die Erlaubnis zu sprechen.

»Das Gericht wird gebeten, den Zeugen zu fragen, ob in seinem Kommissariat Polizeiberichte über Mariette Lambert vorliegen.«

Die Antwort war Lhomond aus der Voruntersuchung bekannt, trotzdem wiederholte er die Frage.

»Nur einer, vom 14. September vergangenen Jahres, wegen Trunkenheit und nächtlicher Ruhestörung auf der Straße.«

»In Begleitung von drei Matrosen?«

»In Begleitung von drei Matrosen. Sie haben alle vier die Nacht auf der Wache verbracht.«

»Ist das alles, Herr Verteidiger?«

Und, da dieser sich wieder setzte:

»Führen Sie den nächsten Zeugen herein.«

Es war Dr. Lazarre, der Gerichtsarzt, mit seinem Schnurrbart, der durch das ewige Zigarettenrauchen gelb geworden war. Er war bekannt für seine hinterhältige Vorliebe, eine Fülle makaberster, abstoßendster Einzelheiten zu berichten.

»Am 20. März, morgens um halb sieben, wurde ich durch einen Anruf aus dem Polizeirevier Boule-d'Or benachrichtigt...«

Es dunkelte allmählich, und über den elektrischen Kugellampen breitete sich Schatten aus. Die Fenster, erst grau, dann dunkelgrau, wurden schwarz, und an den dunstbeschlagenen Scheiben bildeten sich Tropfen und rannen herunter.

Dreihundert Personen saßen bewegungslos und stumm da, den Blick auf den gleichen Punkt gerichtet, und sooft jemand die Füße bewegte oder hustete, klang es wie ein Getöse.

Ein ähnliches Gefühl wie jetzt hatte Lhomond früher als Kind in der Kirche gehabt, vor allem in der Weihnachtszeit: das Gefühl, der Welt und dem Leben entrückt zu sein, und es hatte ihn dermaßen geängstigt, daß er am liebsten geschrien hätte und es als Befreiung empfand, wenn er draußen die Lichter der Stadt, das Geräusch der Straßenbahnen, die Stimmen der Passanten und der Zeitungsverkäufer wiederfand.

Er beobachtete Lambert, der die gleiche Beklommenheit zu verspüren schien. Sein Blick war leer. Woran mochte er denken? Woran dachte Richter Delanne oder Gerichtsrat Frissart, der seiner Frau von Zeit zu Zeit ein Zeichen machte?

Seit dem Morgen waren sie hier versammelt, um über einen Mann zu Gericht zu sitzen, und sie mußten sich an ein unwandelbares Verfahren halten, an dem auch Lhomond als Vorsitzender nichts zu ändern vermochte.

Seit Monaten, genau seit dem Augenblick, in dem der Polizeikommissar am 20. März auf dem Bahngleis erschienen war, lief die Gerichtsmaschinerie. Honoré Cadoux, ein ruhiger, gründlicher Mann, hatte Dutzende von Zeugen vernommen, von denen nur diejenigen für die Verhandlung ausgesucht worden waren, deren Aussage wichtig war. Zehnmal, zwanzigmal hatte er Lambert in Gegenwart von dessen Anwalt die gleichen Fragen gestellt, Untersuchungskommissionen waren in alle Ecken Frankreichs geschickt worden, nach Paris, nach Marseille, nach Lyon.

Fast eine Woche lang hatten vier Richter, darunter Delanne und der Präsident des Appellationsgerichts, Henri Montoire, den Überweisungsbeschluß studiert, der alle Einzelheiten enthielt, alle vom Untersuchungsrichter geduldig zusammengetragenen Anklagepunkte.

Ein letztes Mal hatte Lhomond die Akte durchgearbeitet, und vor einer Woche hatte er Lambert in sein stilles Büro kommen lassen und sich in Anwesenheit von Jouve und dem Gerichtsschreiber bemüht, sich eine eigene Meinung über den Angeklagten zu bilden.

Fast neun Monate waren vergangen, seit die verstümmelte Leiche Mariette Lamberts am frühen Morgen auf der Eisenbahnböschung entdeckt worden war, und nun sollten innerhalb weniger Stunden sechs Männer und eine Frau mit einem lächerlichen schwarzen Hut, die alle ziemlich willkürlich ausgewählt worden waren, nicht nur darüber entscheiden, ob Dieudonné Lambert seine Frau willentlich getötet hatte, sondern auch darüber, ob er den Mord vorsätzlich begangen hatte, in welchem Fall er zur Guillotine verurteilt werden würde.

Der Gerichtsarzt unterzog sich der Mühe, den Geschworenen zu erklären, aufgrund welcher Indizien der ungefähre Zeitpunkt festgestellt werden kann, in dem der Tod einer Person eingetreten ist, und kam zu dem Schluß, daß Mariette Lambert zwischen neun und elf Uhr nachts getötet worden sei.

Das war ein wichtiger Punkt, der später noch von den beiden Sachverständigen, Professor Lamoureux und Dr. Bénis, diskutiert werden würde. Einer der beiden zog die Außentemperatur in Betracht, der die Leiche ausgesetzt gewesen war – sie war in jener Nacht sehr niedrig gewesen, die Metereologen hatten bestätigt, daß es zu Rauhreifbildung gekommen war –, und behauptete, möglicherweise sei der Mord erst nach Mitternacht, das heißt nach der Durchfahrt des Schnellzugs von Paris, begangen worden. Setzte diese These sich durch, so würden auch einige der noch ausstehenden Zeugenaussagen entkräftet werden.

Mariette Lambert war nicht auf den Bahngleisen ermordet worden. Jedenfalls hatten nicht die Räder des Zuges ihren Tod verursacht, denn in dem Augenblick, in dem sie ihr den Kopf abtrennten, war sie, wie Dr. Lazarre eben erklärte, schon seit längerem tot.

Lazarre war aufrichtig. Ebenso war anzunehmen, daß alle, die als Zeugen aussagen würden, aufrichtig waren. Und zweifellos würden sich die sieben Geschworenen alle Mühe geben, sich unvoreingenommen ein Urteil zu bilden.

Aber was wußten sie von Lambert, und was wußten sie von Mariette? Was wußten sie von den Tausenden von Menschen, die wie dieses Paar im Viertel Boule-d'Or lebten, und was von all den Männern, bekannten und unbekannten, mit denen das Opfer intime Beziehungen gehabt hatte?

Delanne hatte Lambert mit einem schneidend gesprochenen Wort abgetan: »Zyniker!«

Vergangene Nacht hatte Frissart über ihn, Lhomond, mit dem er seit Jahren umging, ein Urteil gefällt, nur weil er ihn nach Mitternacht hastig aus dem Armando hatte kommen sehen.

Wieviele Leute würden nun, im Gericht so gut wie draußen in der Stadt, mit betretener Miene tuscheln:

»Lhomond hat angefangen zu trinken.«

Auch der gute Landis! Nur weil sein Atem an diesem Morgen nach Alkohol gerochen hatte!

Einen Aperitif zu trinken, ist erlaubt. Man hat auch das Recht, nach den Mahlzeiten ein Gläschen zu trinken. Aber nur ein Säufer gießt sich um neun Uhr früh einen Schnaps hinter die Binde.

*Bei dem Leben, das seine Frau ihm seit Jahren bereitet . . .*

Was würden sie sagen, wenn sie wüßten, was ihm mit der Arzneiflasche passiert war? Und was würde zum Beispiel geschehen, wenn Laurence an diesem Nachmittag, jetzt, während er sich im Gericht aufhielt, sterben würde?

Würde Chouard sich nicht daran erinnern, daß Lhomond ihn früher einmal gefragt hatte, ob eine zu starke Dosis der Arznei wegen des darin enthaltenen Strychnins nicht gefährlich sein könnte?

Chouard hatte damals ungefähr so geantwortet:

*»Ich glaube nicht, daß Ihre Frau in Versuchung kommt, eine Überdosis zu nehmen.«*

Anders gesagt, nach Überzeugung des Arztes war Laurence nicht die Frau, sich selbst das Leben zu nehmen.

Gesetzt aber, sie nähme dennoch eine zu hohe Dosis, sei es um Selbstmord zu begehen, sei es aus Unachtsamkeit, gesetzt, sie würde daran sterben und Dr. Lazarre würde aussagen, er habe Strychnin in ihrem Magen gefunden . . .

Chouard hatte es gesagt: Selbstmordgefahr bestand nicht. Auch Chouard war aufrichtig. Er war ein achtbarer Mann. Er hatte eine Frau, Kinder, Enkel, er besaß das bestunterhaltene Haus in der ganzen Stadt.

Apotheker Fontane war nicht minder redlich. Konnte er verschweigen, daß Lhomond ihn mitten in der Nacht aufgeweckt hatte, um sich auf Rezept nochmals die gleiche Medizin herstellen zu lassen, die erst vor zwei Tagen geholt worden war?

Er hatte sich gewundert. Und er hatte es auch gesagt. Lhomond hatte ihm geantwortet:

»Ich habe die Flasche fallen lassen, und sie ist zerbrochen.«

In fünf Jahren war ihm das nicht ein einziges Mal passiert. Wo war Léopoldine, wo war Anna, als das geschah? Er hatte nicht auf sie achtgegeben. Ausgeschlossen war es nicht, daß mindestens eine von ihnen einen heftigen Wortwechsel gehört hatte. Er war an diesem Abend aufgebraust. Er hatte die Geduld verloren. Sie konnten es bezeugen, daß sich das Ehepaar gestritten hatte.

Am Morgen hatte er kaum etwas gegessen, und statt dem Dienstmädchen zu läuten, um sich ein Glas bringen zu lassen, war er höchstpersönlich in die Anrichte gegangen. Um halb zehn hatte er in seinem stillen Winkel ganz allein ein Glas Kognak getrunken, hatte es auf einen Zug geleert wie einer, der sich Mut machen möchte.

Landis hatte seinen Atem gerochen. Auch andere mochten ihn gerochen haben.

Während der Vormittagssitzung hatte er Lambert gefragt:

*»Stimmt es, daß Sie eine Geliebte hatten?«*

Jetzt glaubte er zu verstehen, warum der Angeklagte ihn so vorwurfsvoll angeblickt hatte. Sein Blick war nicht eine Klage über die Verständnislosigkeit des Vorsitzenden gewesen, sondern Empörung über den Tiefschlag, den er ihm mit dieser Frage versetzt hatte.

Lhomond hatte dennoch nicht locker gelassen, und Hélène Hardoin stand auf der Liste jener Zeugen, denen er Fragen über ihre intimen Beziehungen stellen würde. Zwar würde sie nicht sofort erscheinen, da noch andere Zeugen vor ihr vernommen werden mußten, aber die Reihe würde auch an sie kommen.

Würde man Lucienne Girard vor Gericht laden, damit sie über den Besuch aussage, den sie Lhomond damals in seinem Büro abgestattet hatte, ehe er über ihren Fall entschied?

Und die junge Verkäuferin, die beinahe ein Albino war, die unter dem Kleid nackt gewesen und deren Name ihm entfallen war?

Man würde gar nicht so weit in die Vergangenheit zurückgehen müssen. Sicherlich würde irgend jemand entdecken, daß es da eine gewisse Germaine Stévenard gab, und dies um so eher, als der Staatsanwalt selbst ihm ihre Adresse verschafft hatte – in allen Ehren, denn er ließ seine Vorträge und historischen Abhandlungen von Germaine Stévenard abschreiben.

Und würde man zuletzt nicht auch auf Justin Larminat zu sprechen kommen, der zwar nicht mehr in der Stadt wohnte, aber doch jedes Jahr mit seiner Frau hierher kam, um seine Schwiegereltern zu besuchen?

Das lag fünf Jahre zurück, war aber nichtsdestoweniger die Ursache von all dem, was nachher passierte.

Frissart beugte sich zu ihm und flüsterte hinter vorgehaltener Hand:

»Er hört sich gern reden.«

So war es. Dr. Lazarre zog seine Aussage in die Länge, schmückte sie mit blumigen Sätzen aus, und erstaunlich war nur, daß er noch keinen Anlaß gefunden hatte, einen seiner makabren Späße einzuflechten, mit denen er sonst seinen Zuhörern ein gequältes Lächeln abrang.

Das Dunkel oben wurde dichter, es schien auf dem lichten Teil des Saals zu lasten, ihn nach und nach zu erdrücken. Lambert, zu einem der beiden Gefangenenwärter gebeugt, der etwa sein Alter hatte und ihm entfernt ähnlich sah, erzählte, um die Zeit totzuschlagen, halblaut eine Geschichte, während der Wärter verlegen auf den Präsidenten schielte, aus Angst, zur Ordnung gerufen zu werden.

Plötzlich trat Stille ein. Der Gerichtsarzt war verstummt und blickte nun nacheinander auf die Geschworenen, die Richter, den Staatsanwalt, den Verteidiger, wie um sie aufzufordern, ihm Fragen zu stellen.

Niemand regte sich. Die Gesichter waren in diesem Augenblick in jenem Ausdruck von Langeweile erstarrt, den man bei den von diffusem Licht umflossenen Gestalten auf den alten Bildern im Louvre sehen kann.

Wie um seinen Alptraum abzuschütteln, schlug Lhomond hart den Hammer auf und murmelte, während er sein Barett aufsetzte:

»Die Verhandlung wird für zehn Minuten unterbrochen.«

Worauf sich, während das Publikum aufstand, um sich die Beine zu vertreten, der Gerichtshof zurückzog.

## 4

## *Der Schuh auf der Straße*

Ohne den Kopf zu wenden, den er gesenkt hielt, bemerkte Armemieux:

»Sie sind heute offenbar nicht recht im Schuß.«

Er hatte sich eine Zigarre angesteckt. Sie waren zu viert oder zu fünft in den für Richter reservierten Toiletten, und Lhomond und der Oberstaatsanwalt standen, der Wand zugekehrt und nur durch ein schmales Mäuerchen voneinander getrennt, einer neben dem anderen. Beide hatten die Robe hochgerafft, um Wasser zu lassen.

Als Kind hatte Lhomond schallend aufgelacht, als er seinen Vater zum erstenmal auf diese Weise die Robe schürzen sah. Es waren noch dieselben Toiletten, die seither nicht modernisiert worden waren. Die Fliesen waren noch gelber und rissiger geworden.

Armemieux hatte es in freundschaftlichem Ton gesagt. Lhomond hätte antworten können, daß er Grippe hatte. Vielleicht hätte das den Gerüchten ein Ende gesetzt, die sich langsam zu verbreiten begannen. Er tat es nicht, noch immer aus Trotz, weil ihm diese Lösung zu einfach gewesen wäre, und brummelte bloß:

»Ein Schnupfen.«

Hinter ihnen standen andere, zigarettenrauchend, und warteten, bis sie an die Reihe kamen. Es lag ein Geruch in der Luft wie in einer Theaterpause.

»Ich hoffe, daß wir morgen abend fertig werden«, fuhr Armemieux fort. »Ich muß am Mittwoch in Angoulême einen Vortrag halten.«

Seltsam, daß Lhomond gerade jetzt an seinen Vater denken mußte, als der Staatsanwalt neben ihm stand. Aber tatsächlich bestand eine gewisse Ähnlichkeit zwischen den beiden Männern, und trotz des Generationsunterschieds hätte man glauben können, daß sie der selben Zeit angehörten.

Wie der Vater Lhomonds war der Staatsanwalt früh, schon um die vierzig, Witwer geworden, und keiner der beiden Männer hatte daran gedacht, nochmals zu heiraten. Eines schönen Tages hatte Armemieux, sei es, weil er nichts Besseres zu tun hatte, sei es aus Koketterie, eine Monographie über Berryer Sohn geschrieben, den berühmten Rechtsanwalt aus der Mitte des neunzehnten Jahrhunderts. Der Umstand, daß Berryers aufsehenerregendste Prozesse während des Zweiten Kaiserreichs geführt worden waren, hatte Armemieux veranlaßt, sich eingehender mit dieser Epoche zu beschäftigen. Er hatte sich mit solcher Wonne in die Arbeit gestürzt, daß ihm die Zeit des Second Empire vertrauter wurde als seine eigene. Kaiserin Charlotte, Drouyn de Lhuys, Madame d'Agoult, der Duc de Morny und Hunderte weniger glanzvolle Gestalten, die nur noch dem auf diese Epoche spezialisierten Historiker bekannt sind, waren für ihn so lebendig wie seine Zeitgenossen.

Auch Alain Lhomond hatte die letzten zwanzig oder dreißig Jahre seines Lebens außerhalb der Zeit gelebt, wenn er sich auch nicht in eine so weit zurückliegende Zeit geflüchtet hatte.

Als Richter hatte er keinerlei Ehrgeiz entwickelt und nie einen anderen Posten angenommen als den des Friedensrichters. In einer Zeit geboren, in der man noch von seinen Zinsen lebte, als Kind einer Familie, die etwa zehn Bauernhöfe in der Gegend besaß, war er nur zum Gericht gegangen, um nicht müßig zu sein. Seine eigentliche Domäne war der 1880 gegründete Cercle de l'Harmonie an der Place Suffren gewesen, zu dessen letzten Mitgliedern er gehört hatte.

Der Klub – Xavier Lhomond hatte ihn noch gekannt – bestand nicht mehr. Die weiße Säulenfassade gegenüber dem Rathaus stand noch unverändert, aber innen war das Haus zu einem Kino umgebaut worden.

Wenn man in früheren Zeiten gegen Abend auf dem linken Gehsteig der Place Suffren entlangging, warf man ganz automatisch einen Blick auf die hohen Fenster, um dahinter die Kristallüster, die in Rot und Gold gehaltene Wandverkleidung und die Porträts der alten Männer mit Backenbart zu sehen, die in Fräcke und hohe Kragen eingezwängt waren und fein plissierte Hemden trugen.

In Sesseln, so reich geschnitzt wie Throne, verbrachten andere alte Männer, lebendige, auch wenn sie sich kaum mehr bewegten als die Konterfeis ihrer Vorgänger, zeitunglesend oder kartenspielend Stunde um Stunde, während Diener in enganliegenden Kniehosen lautlos hin und hergingen.

In dem Haus in der Avenue Sully gab es noch ein Bild, auf dem Alain Lhomond als Dreißigjähriger, das Monokel an einem langen schwarzen Seidenband, porträtiert war.

Für ihn wäre der Fall Lambert ganz einfach gewesen. Nie hätte ihn der Gedanke auch nur gestreift, sich zu fragen, was der Angeklagte denken mochte.

Hatte er die Welt wirklich so simpel in Schwarz und Weiß gesehen, oder war das nur eine Pose? Lhomond wußte es nicht, denn nie hatte sein Vater mit irgend jemand über seine heimlichen Gefühle gesprochen, schon gar nicht mit seinem Sohn. Eine derartige Zurückhaltung entsprach seiner Vorstellung von einem Mann von Welt.

Vor zehn Jahren war er gestorben, in einer Welt, die er nicht akzeptierte, die er verabscheute oder zu verabscheuen vorgab. Seine Bauernhöfe waren einer nach dem andern verkauft worden, bis auf einen, der nicht viel wert war, und so mußte er zum Schluß von seiner mageren Beamtenpension leben. Aber bis zu dem Tag, an dem die Räume seines Klubs eingerissen wurden, hatte er seine Nachmittage und seine Abende unter den Kristallüstern des Hauses an der Place Suffren verbracht, von Dienern in längst fadenscheinig gewordenen Livreen umsorgt, die genauso alt waren wie er.

Hatte nicht auch sein Sohn sich zuletzt eine eigene Welt geschaffen und sich in ihr wie in einem schützenden Gehege verkrochen? Dieser Gedanke ängstigte Lhomond mit einemmal. Er fragte sich, ob es nicht überhaupt das Schicksal des Menschen sei, sich von einem bestimmten Zeitpunkt an aus dem Leben wegzustehlen und sich in einer beruhigenden privaten Welt einzuschließen?

Aber wenn dies so war, welche Möglichkeit blieb dann noch, die anderen zu verstehen? Es gab keinen Grund, anzunehmen, daß nicht auch Dieudonné Lambert seine eigene Welt hatte, ebensogut wie Mariette und alle anderen – eine Welt, die nicht minder unzugänglich war wie früher der Cercle de l'Harmonie?

Genau diese Erfahrung hatte er vor drei Jahren mit Germaine Stévenard gemacht. Bis zu dieser Zeit hatte er sich damit begnügt, jedesmal, wenn er nach Paris reiste, was etwa einmal im Monat geschah, ein bestimmtes Haus in dem Viertel um die Place de l'Etoile aufzusuchen, wo er sicher war, in einem diskreten und geschmackvollen Rahmen einer gefälligen jungen Frau zu begegnen.

Abgesehen von dem Vorfall mit der Handschuhhändlerin, war ihm nie etwas Ähnliches in seiner eigenen Stadt unterlaufen, nicht aus Heuchelei oder aus Angst vor Gerede, sondern aufgrund seiner Vorstellungen von Pflicht und Verantwortlichkeit. Aus demselben Grund hatte er sich auch in seiner eigenen Gesellschaftsschicht nie das geringste Abenteuer gestattet.

Was hatte ihn dazu getrieben, einen Essay über »Die Wandlungen des Schuldbegriffs« zu schreiben? Vielleicht ein Gespräch, das er mit keinem andern als Armemieux geführt hatte. Sie hatten sich eines Tages über Änderungen in der Rechtssprechung und die immer wichtigere Rolle der Psychiater in Strafprozessen unterhalten. Lhomond hatte viel geredet, und als er fortging, hatte Armemieux ihm gesagt:

»Sie sollten das zu Papier bringen. Ich bin sicher, daß die ›Revue de Paris‹ Ihren Artikel mit Vergnügen veröffentlichen wird.«

Er selbst, Armemieux, war ein regelmäßiger Mitarbeiter der Zeitschrift. Aber erst viel später, während der langen Abende, an denen er in seinem Schlafzimmer auf das Läuten seiner Frau wartete, hatte Lhomond begonnen, Material für seinen Essay zu sammeln, den er, sobald er niedergeschrieben war, dem Staatsanwalt vorlas.

»Lassen Sie ihn auf der Maschine abschreiben und vertrauen Sie ihn mir an.«

Lhomond war zu gewissenhaft, als daß er einen Angestellten im Gericht mit dieser Arbeit beauftragt hätte.

»Kennen Sie eine Schreibkraft?«

»Gehen Sie zu Madame Stévenard, Rue Neuve achtzehn, und berufen Sie sich auf mich. Sie ist zuverlässig und muß sich ihren Lebensunterhalt selbst verdienen.«

Eines Nachmittags war er vom Gericht aus zu der angegebenen Adresse gegangen. Im zweiten Stock eines ruhigen Hauses hatte ihn eine Frau empfangen, die noch keine vierzig war. Sie war brünett wie Lucienne Girard, hatte etwa die gleiche Figur wie sie, ihre Rundungen waren von derselben Sanftheit, ihr Fleisch von derselben Weichheit. Die Wohnung war klein, aber geschmackvoll und so adrett und sauber wie eine Klosterzelle.

»Nehmen Sie Platz, Herr Richter. Der Herr Oberstaatsanwalt hat mir schon angedeutet, daß Sie vielleicht Arbeit für mich haben.«

Er war jenes erste Mal nur ein paar Minuten geblieben, war aber in den folgenden Wochen mehrmals wiedergekommen, da er den nun getippten Text noch einmal fast gänzlich umschrieb.

Zehn Jahre war sie mit einem Bürovorsteher der Stadtverwaltung verheiratet gewesen, der nach einem langen Sanatoriumsaufenthalt an Tuberkulose gestorben war, und da die Aussicht, in einem Büro arbeiten zu müssen, ihr zuwider war, hatte sie sich dafür entschieden, Arbeiten zu übernehmen, die sie zu Hause ausführen konnte.

Lhomond gewöhnte sich daran, zu ihr zu gehen. Ohne in sie verliebt zu sein, fühlte er sich gelöst, wenn er bei ihr war, er mochte ihre Ruhe, ihre Gelassenheit, die keine Selbstsicherheit war, denn er hatte herausgefunden, daß sie schüchtern war.

Ein ganzer Winter hatte vergehen müssen, bis er sie eines Tages, ehe er wegging, in die Arme schloß. Sie hatte keinen Widerstand geleistet, hatte sich nicht versteift, ihn aber – auch das war ihm begreiflich –, statt ihm Intimitäten im Salon zu gestatten, der ihr Arbeitsraum war, in ihr Schlafzimmer gezogen und das Licht gelöscht.

In demselben Sinn, in dem er vorhin bei der Vernehmung über die Beziehung zwischen Lambert und Hélène Hardoin gesprochen hatte, hätte man sagen können, daß sie seine Geliebte war. Man würde es auch sagen. Vielleicht wurde da und dort bereits darüber getuschelt?

Aber außer der knapp bemessenen Zeit, die er bei jedem Besuch in ihrem Schlafzimmer verbrachte, bestand keine Verbindung zwischen ihnen. Sie nannte ihn nach wie vor »Herr Richter«, er sagte weiterhin »Madame« zu ihr. Waren sie wieder im Salon, küßten sie sich nicht mehr, erlaubten sich auch keinerlei Anspielungen auf das vorher Geschehene. Ruhig und respektvoll sagte sie:

»Am Freitag sind Ihre zwanzig Seiten fertig.«

Warum am Freitag? Das hatte sich so ergeben. Jeden Freitag ging er zu ihr. Das gehörte von nun an zu seinen Lebensgewohnheiten. Jedesmal brachte er ihr Arbeit mit, und ihretwegen war seine Studie über den Schuldbegriff zu einem umfangreichen Werk angewachsen, das vielleicht nie erscheinen würde.

Spielten sich die Dinge auf die gleiche Weise ab, wenn Armemieux ihr Manuskripte zum Abschreiben brachte? Gab es andere Männer, die wie er an festgesetzten Tagen die Schwelle des Schlafzimmers überschritten? Möglich war es. Der Gedanke daran war ihm nicht lieb, aber an Eifersucht litt er nicht.

Wie stellte Richter Delanne es an, seine sexuellen Bedürfnisse zu befriedigen, gesetzt, daß er wirklich homosexuell war? Für ihn mußte das weit schwieriger und gefährlicher sein.

Noch Tage nach dem Vorfall im Handschuhgeschäft hatte Lhomond sich gefragt, ob Lucienne Girard nicht die Situation ausnützen und ihn erpressen würde. Selbst bei Madame Stévenard war er sich am Anfang nicht sicher gewesen.

Was würde zum Beispiel passieren, wenn ein siebzehnjähriger Junge Delanne mit einem Skandal drohen würde? Delanne hatte kein Vermögen, entstammte einer bescheidenen Familie und hatte sich seinen Aufstieg hart erarbeitet. Trotz seines unkonventionellen Aussehens galt er als ein erstklassiger Jurist und hatte gute Aussichten, seine Laufbahn an der Spitze eines Appellationsgerichts zu beenden.

Wie würde er sich verhalten, was würde er tun, wenn all das von einem Tag auf den andern in Frage gestellt und sein ganzes weiteres Leben lediglich von dem Wort eines jungen Kriminellen abhängen würde?

Längst war Lhomond in das Beratungszimmer zurückgekehrt, wo man sich halblaut unterhielt und eine Rauchschwade sich unter den Lampen ausbreitete. Er sah Frissarts Blick auf sich gerichtet, wandte sich zur Uhr und beeilte sich zu sagen:

»Meine Herren, ich trinke ein Glas Wasser, dann setzen wir die Verhandlung fort.«

Bei jedem etwas längeren Prozeß konnte man das gleiche Phänomen beobachten. Am Morgen hatten die meisten Menschen, die sich im Gerichtssaal versammelten, noch keinerlei Kontakt zueinander gehabt, und vielen war auch die Szenerie fremd. Zum gegenwärtigen Zeitpunkt konnte kaum einer glauben, daß der Prozeß nicht schon Tage dauerte, denn jeder hatte Zeit gehabt, sich ans Ganze zu gewöhnen, seine Nachbarn kennenzulernen, sich mit dem Verhalten nicht nur des Angeklagten, sondern auch der Richter und der Geschworenen vertraut zu machen. War nicht sogar zwischen Lambert und seinen zwei Wärtern eine gewisse Vertraulichkeit entstanden?

»Das Hohe Gericht!«

Lucienne Girard, auf demselben Platz wie zuvor, unterhielt sich mit einer alten Dame, die Lhomond als die Witwe eines Obersten wiederzuerkennen glaubte.

»Führen Sie den nächsten Zeugen herein.«

Es würde an diesem Tag vermutlich der letzte sein, falls Lhomond beschloß, die Sitzung zur Abendessenszeit abzubrechen und erst am nächsten Morgen wiederaufzunehmen. Kommissar Belet, der Leiter der mobilen Brigade, war für die Ermittlungen verantwortlich gewesen und hatte eng mit Untersuchungsrichter Cadoux zusammengearbeitet.

Er war vierzig, wirkte aber wegen seiner sportlichen, eleganten Erscheinung weit jünger als er war, fast zu jung für den Posten, den er bekleidete. Er war ein Polizeibeamter der neuen Schule und hatte ein gründliches Hochschulstudium hinter sich.

»Sie schwören, die Wahrheit, die ganze Wahrheit, nichts als die Wahrheit zu sagen . . .«

»Ich schwöre.«

»Wenden Sie sich bitte den Geschworenen zu und machen Sie Ihre Aussage.«

Delanne flüsterte ihm ins Ohr:

»Der ist von anderem Format als der Polizeikommissar!«

Aber dann fügte er unglücklicherweise hinzu:

»Wetten, daß er ein Tennisspieler ist.«

Und das war ein Fehler, denn in seinem Munde

wurde die Bemerkung zweideutig und Lhomond, peinlich berührt, gab keine Antwort.

»Am 20. März dieses Jahres wurde ich um sieben Uhr morgens . . .«

So knapp wie möglich erstattete er Bericht über sein Eintreffen auf dem Bahndamm, in Begleitung von drei Inspektoren, darunter zwei Spezialisten des Erkennungsdienstes.

»Um meine Ausführungen zu verdeutlichen, habe ich einen Plan der Örtlichkeit anfertigen lassen. Er liegt dem Gericht vor.«

Lhomond gab dem alten Joseph ein Zeichen, der Gerichtsdiener holte das Dokument von dem Tisch, auf dem die Beweisstücke lagen, und reichte es dem ersten Geschworenen. Dieser besah es kopfschüttelnd, gab es an seinen Nachbarn weiter, und so vergingen einige Minuten, ehe der Kommissar fortfuhr:

»Das Kreuz zwischen den Schienen bezeichnet die Stelle, wo der Kopf des Opfers gefunden wurde. Die zwei Striche zwischen dem linken Gleis und der Mauer stellen die Leiche dar. Die Entfernung zwischen beiden Punkten beträgt genau dreizehn Meter. Schließlich bezeichnet der Kreis am unteren Rand die Stelle auf dem Gehsteig der Rue du Chemin-de-Fer, wo der eine Schuh des Opfers gefunden wurde.«

Er wandte sich an den Präsidenten.

»Vielleicht wäre es nützlich, wenn ich eine kurze Beschreibung der Örtlichkeit gäbe für diejenigen unter den Geschworenen, die sie nicht kennen?«

Lhomond nickte, und der Zeuge wandte sich wieder den Geschworenen zu.

»Die Bahngleise verlaufen parallel zur Rue du Chemin-de-Fer und sind so hoch verlegt, daß die Züge etwa auf der Höhe des zweiten Stocks der Gebäude fahren. Eine ungefähr sechs Meter hohe Steinmauer trennt den Bahndamm von der Straße. Die Mauer fällt senkrecht ab und ist oben durch eine Brüstung abgeschlossen. Aber an einer Stelle, zwischen der Rue Haute und der Rue du Pot-de-Fer ermöglicht eine Treppe, eine einzige, den Zugang zu den Gleisen. Auf dem Plan ist die Treppe durch die waagrechte Strichelung eingezeichnet. Wie Sie sehen, wurde der Kopf des Opfers kaum fünf Meter von den obersten Stufen entfernt gefunden, und das legt die Vermutung nahe, daß der Körper über die Treppe getragen worden ist.«

Jouve gab Zeichen mit der Hand, um die Aufmerksamkeit des Präsidenten auf sich zu lenken, und setzte an:

»Es möge mir gestattet sein . . .«

»Die Verteidigung wird später das Wort haben.«

Lhomond kannte den Einwand des Rechtsanwalts im voraus. Für den Kommissar schien seit Beginn seiner Aussage festzustehen, daß Mariette Lambert auf das Gleis *getragen* worden war, daß sie sich nicht selbst dorthin begeben hatte.

Auch Lambert zeigte jetzt größere Aufmerksamkeit. Er fixierte den Rücken des Polizeibeamten, der mit dem Gesicht den Geschworenen zugewandt stand.

»Mir war aufgefallen, daß einer der Schuhe fehlte, und so beauftragte ich einen meiner Leute, in der Umgebung danach zu suchen. Wenige Minuten später wurde der fehlende Schuh gefunden, nicht auf dem Gleis oder der Böschung, sondern auf dem Gehsteig der Rue du Chemin-de-Fer, an der Steinmauer, nicht weit von der Stelle, wo die Rue Haute einmündet.«

Wieder wandte er sich an den Präsidenten.

»Vielleicht sollte man den Geschworenen jetzt . . .«

Lhomond gab Joseph einen Wink, der Gerichtsdiener holte vom Tisch einen Frauenschuh aus schwarzem Lackleder und stellte ihn vor den ersten Geschworenen. Madame Falk war die einzige, die den sehr hochhackigen Schuh nicht berührte, aber während Lourtie, der glotzäugige Versicherungsagent, ihn in seinen Händen hielt, beugte sie sich so vor, daß sie die Fabrikmarke darin sehen konnte.

»Wie der Schuh, der am Fuß des Opfers geblieben war, wies auch dieser keine erheblichen Schrammen auf. Schrammen aber wären zu erwarten gewesen, wenn Mariette Lambert auf dem spitzen Schotter des Bahndamms gegangen wäre.«

Jouve litt ununterbrochen daran, daß er nicht zu Wort kam, und Lhomond fragte:

»Wurde dazu nicht ein Versuch durchgeführt?«

In der Akte war er erwähnt. Es verdroß Lhomond, daß Belet nicht ehrlich genug war, von selbst die Rede darauf zu bringen.

»In der Tat haben wir eine Person von annähernd gleichem Gewicht gebeten, in fast identischen Schuhen den Weg zwischen der Treppe und den Gleisen zurückzulegen. Das Ergebnis war insofern nicht aufschlußreich, als ein Schuh am Absatz verkratzt war, der andere aber unbeschädigt blieb.«

Weil er fürchtete, der Präsident werde ihn abermals zur Ordnung rufen, gestand er noch etwas ein:

»Ich muß hier eine Ansicht wiederholen, die ein Bahninspektor mir gegenüber geäußert hat. Er ist auf die Ermittlung bei Unfällen auf Bahngleisen spezialisiert. Es sei nicht selten, sagte er, daß ein Mensch, der vom Zug gestreift oder überfahren werde, die Schuhe verliere, sogar bei Männerschnürschuhen sei dies schon der Fall gewesen. Als Beispiel führte er einen Unglücksfall auf der Strecke Agen–Toulouse an, bei dem ein Schuh über fünfzig Meter weit fortgeschleudert worden sei.«

Mit einer Miene, als wollte er sagen: »Sie sehen, daß ich objektiv bin«, wartete er auf die Anerkennung des Präsidenten.

Man spürte, daß ihn die Angelegenheit brennend interessierte, nicht Mariettes oder Lamberts wegen, sondern wegen der technischen Probleme, die sie stellte.

»Soll ich diesen Punkt zu Ende führen«, fragte er, »oder soll ich in der chronologischen Reihenfolge fortfahren und über meinen Besuch in der Rue Haute berichten?«

»Fahren Sie lieber in der chronologischen Reihenfolge fort.«

Die Geschworenen hätten sonst den Faden verlieren können. Lhomond rief Joseph und trug ihm auf, die Fotos A und B den Geschworenen zu bringen. Auf dem einen war Mariettes Kopf zu sehen, oder genauer, was von ihm noch übrig war, als man ihn fand, auf dem anderen der zusammengeknickte Körper mit einem ausgestreckten Arm, der am Rand der Böschung lag.

»Schon aufgrund unserer ersten Ermittlungen am Tatort und der gerichtsärztlichen Untersuchung konnten bestimmte Feststellungen gemacht werden. Erstens ist trotz peinlich genauer Nachforschung kein Strick, keine Schnur, kein Streifen Stoff, Leder oder anderen Materials gefunden worden, der dazu hätte dienen können, das Opfer auf die Gleise zu binden und bis zur Durchfahrt des Zuges darauf festzuhalten. Überdies hatte das Opfer weder an Beinen noch Handgelenken Schnürspuren, die man in diesem Fall hätte finden müssen.«

Die Geschworenen reichten sich die Fotos weiter und versuchten, sie möglichst kaltblütig zu betrachten, aber einigen unter ihnen, besonders Lourtie, wurde offensichtlich schlecht.

»Die zweite Feststellung ist die, daß die Leiche keine Spuren einer Verletzung aufwies, die durch eine Feuerwaffe oder eine Stichwaffe wie Messer, Dolch oder Stilett verursacht worden wäre. Die nachträgliche Autopsie hat ergeben, daß das Opfer auch nicht vergiftet worden ist. Bei der toxikologischen Untersuchung der Eingeweide sind lediglich unverdaute Speisen und eine erhebliche Menge Alkohol festgestellt worden.«

Der Versicherungsagent notierte ein paar Worte auf das vor ihm liegende Blatt, und Lhomond wäre jede Wette eingegangen, daß er es tat, damit er nicht zu fragen vergaß, welche Speisen, vielleicht auch welche Art alkoholischer Getränke es gewesen waren.

»Es blieb also die Möglichkeit eines Kopfschusses, aber dies konnte durch die Autopsie ausgeschlossen werden. Es standen sich also zwei Hypothesen gegenüber. Erstens: Mariette Lambert wurde an einem beliebigen Ort – die Möglichkeit, daß es auf den Gleisen geschah, nicht ausgeschlossen – mittels eines stumpfen Gegenstandes durch einen oder mehrere Schläge auf den Kopf getötet und danach so auf das Hochgleis gelegt, daß ihr Hals auf der Schiene zu liegen kam.«

Lambert war ernst, aber gelassen. Man hätte meinen können, auch er setze sich mit den Gegebenheiten des Falls auseinander.

»Die zweite Hypothese: Mariette hat in stark angetrunkenem Zustand die Steintreppe benutzt, um über die Gleise ins Viertel Les Genettes zu gelangen, was die Leute, die dort in der Nähe wohnen, wie ich erfahren habe, häufig tun, obwohl es verboten ist. In diesem Fall ist sie gestolpert und entweder ihres Sturzes oder ihrer Trunkenheit wegen bis zur Durchfahrt des Zuges bewußtlos liegen geblieben. Diese Theorie scheint jedoch widerlegt zu sein durch die Ansicht der Sachverständigen, derzufolge sie bereits einige Zeit tot war, als der Zug ihr den Kopf vom Rumpf trennte. Woraus gefolgert werden müßte . . .«

Lhomond unterbrach ihn schroff.

»Der Zeuge hat nicht zu folgern.«

»Ich bitte um Entschuldigung, Herr Präsident. Aber es fällt mir schwer, eine Zusammenfassung meiner Ermittlungen zu geben und zu erklären, in welche Richtung sie gingen, ohne . . .«

»Kommen Sie zu dem, was Sie getan haben, während Ihre Inspektoren Aufnahmen machten.«

Frissart runzelte die Brauen, denn es geschah selten, daß Lhomond bei einer Verhandlung einen Zeugen so hart anfaßte, zumal einen Vertreter der Behörde, der sich voll eingesetzt zu haben schien. Peinlicher aber war für den Präsidenten der dankbare Blick, den der junge Jouve ihm zuwarf.

»Da mir der stellvertretende Stationsvorsteher, Julien Mabille, der sich am Ort befand, gesagt hatte, er glaube das Opfer zu kennen, es handle sich um eine gewisse Mariette, deren Nachname ihm unbekannt sei, die seines Wissens aber in der Rue Haute wohne, ging ich in diese Straße, und dort wies mir eine Frau, Josephine Brillat, die eben die Tür aufmachte, um die Milch von der Schwelle zu holen, sofort das Haus der Lamberts. Ich fand die Tür angelehnt und drückte sie auf. Schon beim Eintreten fiel mir ein starker Schnaps- oder Weingeruch auf. Eine zerbrochene Rotweinflasche lag mitten im Raum.«

Stirn und Nacken Lhomonds waren schweißbedeckt, er hatte den Eindruck, daß sein Hals geschwollen war und die Augen ihm aus dem Kopf traten. Doch drang jedes einzelne Wort deutlich in sein Bewußtsein, nur daß die von den Worten hervorgerufenen Bilder durch das scharf Umrissene und gleichzeitig Verzerrte etwas von Halluzinationen hatten.

Dabei vergaß er keineswegs die Pflichten, die sein Amt ihm auferlegte, ja er fühlte sich plötzlich imstande, gleichzeitig an mehrere Dinge zu denken, ohne sie durcheinanderzuwerfen. Es wurde fast zu einem Spiel. Jedes Gesicht im Saal war scharf umrissen wie ein polizeiliches Erkennungsbild, und dennoch folgten seine Gedanken dem Zeugen in das Haus der Lamberts, das er nur vom Plan und von Fotos her kannte.

»Reichen Sie den Geschworenen die Dokumente fünf und sechs«, sagte er zu Joseph.

Belet wartete, bis es geschehen war.

»Wie aus dem Plan ersichtlich, hat das Haus, das genauso alt und baufällig ist wie die meisten Häuser in diesem Viertel, zwei Zimmer im ersten Stock, aber weder Dachboden noch Mansarden. Nach der dürftigen Möblierung zu schließen, ist der erste Raum im Erdgeschoß Eßzimmer und Aufenthaltsraum in einem. Von dort führt eine Stiege direkt in den ersten Stock. Der zweite Raum ist die Küche, wo ich eine zu drei Vierteln geleerte Flasche Rum und zwei benutzte Gläser vorgefunden habe. Die elektrische Birne, die von der Decke hängt, brannte noch, als ich ankam, obwohl es längst Tag war. Ich sah den Angeklagten. Er lag, den Kopf in der Armbeuge, quer auf der Treppe, scheinbar in tiefem Schlaf.«

Jouve zappelte, und zwar mit Recht. Das »scheinbar« war überflüssig.

»Er trug einen zerknitterten grauen Anzug. Seine Krawatte war gelockert, sein Hemdkragen stand offen. Sein Atem roch stark nach Alkohol. Da er auf mein Rufen keine Antwort gab, rüttelte ich ihn an der Schulter, und endlich schlug er die Augen auf. Er erhob sich nicht sofort und brauchte einige Zeit, um zu sich zu kommen.«

Ein ironisches Lächeln huschte über Lamberts Lippen. War Belet noch nie betrunken gewesen und mit einem Kater aufgewacht? War eine derart eingehende Beschreibung seines Zustands nötig?

Lhomond, der nicht lächelte, dachte, wie wohl Frissart seinen, Lhomonds, Zustand beim Verlassen der Armando-Bar beschreiben würde, und stellte sich vor, wie Fontane aussagen würde, daß der Vorsitzende keine Krawatte getragen habe, als er in die Apotheke gekommen sei. Als Laurence mit dem Silberglöckchen geläutet hatte, war er in Pyjama und Schlafrock gewesen, er hatte sich eilig angezogen und zum erstenmal in seinem Leben die Krawatte vergessen. Erst als er zurückgekommen war, hatte er es bemerkt.

»Ehe ich ihm eine Frage stellen konnte, musterte er mich von Kopf bis Fuß und fragte mich, ob ich von der Polente sei.«

Der Saal lachte, wie vorgesehen. Belet hatte es absichtlich gemacht. Nicht nur Zeugen, auch manche Gerichtspräsidenten haschen nach solchen kleinen Publikumserfolgen.

»Als ich ihn fragte, wo seine Frau sei, gab er zur Antwort, das ginge mich nichts an. Er war inzwischen aufgestanden, und ich bemerkte, daß er die zerbrochene Rotweinflasche auf seltsame Weise anstarrte.«

Wenn man den Äußerungen Lamberts Glauben schenken wollte, war die Erklärung für diesen Blick einfach. Er hatte mit Fred mehrere Pernods getrunken. Danach hatte er allein Marc getrunken. Er erinnerte sich, daß er danach noch in mindestens einer weiteren Bar gewesen war, in welcher, wußte er nicht mehr, und daß er irgendwo Rotwein getrunken hatte. Aber er erinnerte sich nicht mehr daran, daß er eine Flasche gekauft und nach Hause mitgenommen hatte. Beim Anblick der Glasscherben und des verschütteten Weins wunderte er sich und strengte sich an, das Ende des Abends in seinem Gedächtnis wiederherzustellen.

Aber das setzte voraus, daß er unschuldig war, und dagegen sprachen alle Vermutungen.

»Als ich auf meiner Frage nach seiner Frau beharrte, zeigte er auf die Treppe:

›Sehen Sie oben nach‹, warf er hin, ›und wenn der Schweinehund noch in ihrem Bett liegt, dann rufen Sie mich, damit ich ihm die Fresse poliere.‹«

Diesmal klang das Lachen im Saal nervös, wohl auch, weil Lambert herausfordernd in die Menge sah.

War es nicht sein gutes Recht, zu reden, wie es ihm paßte, selbst mit einem Kommissar der mobilen Brigade? Waren es etwa die Neugierigen, die da im Saal aufgereiht saßen wie für einen Gladiatorenkampf, welche in jener Nacht stockbetrunken nach Hause gekommen und zu Recht oder zu Unrecht der Meinung gewesen waren, ihre Frau schlafe mit einem anderen?

Belet blickte zum Präsidenten, um sich seines Beifalls zu vergewissern, aber von Lhomonds fast angeekeltem Gesichtsausdruck ging keinerlei Ermutigung aus. Das nahm dem Kommissar den Schwung, und im folgenden bemühte er sich um Knappheit.

»Nachdem ich ihn ersucht hatte, hinaufgehen zu dürfen, obwohl kein Haussuchungsbefehl vorlag, und eine bejahende Antwort erhalten hatte . . .«

So lautete die amtliche Formel. Aber Belet wäre genauso die Treppe hinaufgegangen, wenn Lambert versucht hätte, es zu verhindern. Das war nur eine kleine Schwindelei, die am Wesen der Sache nichts änderte. Bei früheren Prozessen waren schlimmere Dinge vorgekommen, ohne daß Lhomond es für nötig gehalten hätte, einzugreifen, ja oft sogar, ohne daß er sie auch nur bemerkte. Heute mußte wohl das Fieber seine Empfindlichkeit übermäßig verstärkt haben, denn er verspürte eine echte Entrüstung und war nahe daran, den verdienten Beamten seine plötzliche Antipathie spüren zu lassen.

Belet fühlte das. Er konnte aber nicht begreifen, warum der Vorsitzende sich so verhielt, und so geschah es, daß er nun mehrmals zerstreut war und den Faden verlor.

»In Begleitung des Angeklagten ging ich nach oben. Ich befand mich nun in einem Schlafzimmer, in dem ein ungemachtes Bett stand. Auf dem Boden lagen zwei schiefgetretene Frauenschuhe ziemlich weit auseinander, als wären sie auf gut Glück in die Gegend geworfen worden. Ein schmutziger, zerrissener Nylonstrumpf lag am Fußende des Bettes, ein anderer zusammengerollt auf einem Stuhl.

Es gibt in diesem Haus kein fließendes Wasser. In einer Steingutschüssel stand noch Seifenwasser, und auf dem Spiegel und dem Aufsatz über dem Waschtisch waren Puderspuren.

Ich fragte den Angeklagten, der an der Tür stand, ob seine Frau einen Teil der Nacht oder des Vortages in ihrem Bett verbracht habe, und er gab mir zur Antwort, er wisse es nicht, wenn sie aber mit ihrem Liebhaber davon sei, um so besser, so sei er sie los.

Auf die Frage, wo er die Nacht über gewesen sei, erklärte er, er sei in verschiedenen Bars gewesen, aber viel zu betrunken nach Hause gekommen, um zu wissen wann, dann habe er, wie er meine, Stimmen im ersten Stock gehört, sei auf der Treppe zusammengebrochen und eingeschlafen.

In diesem Augenblick kam einer meiner Inspektoren dazu, und wir untersuchten zu zweit die Räumlichkeiten. Aus bestimmten Feststellungen, auf die ich hier nicht eingehen will, und aus den anschließend im Labor vorgenommenen Untersuchungen geht hervor, daß innerhalb der fünfzehn Stunden vor der Haussuchung . . .«

Er sah aus, als bitte er den Präsidenten um die Erlaubnis, weitersprechen zu dürfen. Vermutlich war es ihm peinlich, daß unter den Geschworenen eine Frau war.

». . . geht hervor, sagte ich, daß in diesem Bett ein Paar gelegen hatte und daß es zum Geschlechtsverkehr zwischen ihnen gekommen war.«

Lambert zog höhnisch die Oberlippe hoch, und Lhomond suchte im Saal das Gesicht von Lucienne Girard, die herablassend lächelte. Mußte es ihr nicht aberwitzig vorkommen, daß man einer so einfachen Sache in aller Öffentlichkeit solche Bedeutung zumaß? Madame Falk hatte den Kopf abgewandt. Gerichtsrat Frissart fragte leise:

»Läßt sich denn nicht durch Analyse feststellen, ob sie mit ihm oder mit einem andern . . .?«

Belet fuhr weiter:

»Eins der Handtücher auf dem Waschtisch wies zwei unbedeutende Blutflecken auf. Das Labor hat bestätigt, daß das Blut zur selben Gruppe gehört wie das des Opfers.«

Die Uhr über der Eingangstür stand auf fünf. Eine noch junge Frau verließ auf Zehenspitzen den Saal, sicherlich weil es Zeit für sie war, das Abendessen zuzubereiten. Eine andere folgte kurz danach ihrem Beispiel. Man hatte den Eindruck, daß sich die Gesichter mit fortschreitender Zeit versteinerten, daß sie ihre Farbe verloren und anfingen Wachsgesichtern zu gleichen. Wenn man von draußen bisweilen das Motorengeräusch eines Autobusses hörte, war es, als käme es aus einer anderen Welt.

Auch Belet spürte eine gewisse Müdigkeit und griff einmal sogar in die Tasche, weil er gern seine Notizen zu Rate gezogen hätte, die er vermutlich im Zeugensaal nochmals überlesen hatte, deren er sich aber während der Verhandlung nicht bedienen durfte.

Damit die Pausen nicht zu lang wurden, kam Lhomond, dem die Akte vorlag, ihm mehrmals zu Hilfe.

»Haben Sie Fingerabdrücke abgenommen?«

»Ja. Als die Fotografen mit ihrer Arbeit auf dem Bahndamm fertig waren, kamen sie zu mir in die Rue Haute. Auf der Straße hatte sich inzwischen ein Menschenauflauf gebildet, und die örtliche Polizei richtete einen Ordnungsdienst ein.«

»Berichten Sie uns über die Fingerabdrücke.«

Er wies Joseph an, den Geschworenen weitere Fotos zu bringen.

»Zunächst fanden sich auf dem Hals der zerbrochenen Flasche deutliche Abdrücke von Daumen und Zeigefinger des Angeklagten. Danach wurde die in der Küche aufgefundene Rumflasche untersucht.

Sie wies Fingerabdrücke des Opfers auf sowie die eines Mannes, die auch auf einem der beiden Gläser festzustellen waren.«

»Sie können jetzt sagen, von wem diese Fingerabdrücke stammen.«

»Von einem gewissen Justin Gelino, einem mehrfach vorbestraften Markthändler, den eine Nachbarin als den Mann bezeichnet hat, der am neunzehnten März, also am Vorabend der Entdeckung der Leiche, gegen sieben Uhr abends mit dem Opfer ins Haus gegangen ist.«

»Was für Fingerabdrücke haben Sie im ersten Stock festgestellt?«

»Die des Angeklagten, des Opfers und Gelinos. Gelino ist am Tag darauf verhaftet worden und hat ausgesagt . . .«

Lhomond schnitt ihm das Wort ab.

»Er ist als Zeuge vorgeladen, die Geschworenen werden zu gegebener Zeit seine Aussage hören. Sagen Sie uns, auf welche Art das Opfer Ihres Wissens den Nachmittag des neunzehnten März, der ein Samstag war, verbracht hat.«

»Da einer unserer Sachverständigen in ihrem Haar Spuren einer frischen Wasserwelle und einer Spülung festgestellt hat, habe ich in den Friseursalons der Stadt Erkundigungen einziehen lassen. In einem Salon in der Rue Deglane, Chez Maurice, hat man sich an den

Besuch Mariette Lamberts erinnert, die dort Stammkundin gewesen ist. Sie war für drei Uhr angemeldet gewesen, aber da die vorhergehende Kundin zu spät gekommen war, mußte sie ziemlich lange warten, und statt wie erwartet um fünf Uhr fertig zu sein, verließ sie den Salon erst um sechs Uhr zehn. Die Kassiererin hat bemerkt, daß von dreiviertel fünf an ein junger Mann auf dem Bürgersteig auf und ab gegangen ist und von Zeit zu Zeit hereingeschaut hat. Sie hat sogar Mariette Lambert gegenüber die Bemerkung gemacht:

›Ich glaube, da ist jemand, der Sie mit Ungeduld erwartet.‹ Worauf sie geantwortet haben soll:

›Der soll bloß machen, daß er fortkommt. Ich habe die Nase voll von diesen Grünschnäbeln, die sich einbilden, sie hätten's geschafft.‹«

Zum erstenmal seit Beginn des Prozesses war auf Lamberts Gesicht ein fast gelöstes Lächeln zu sehen, eine Art von Rührung schien seine Züge zu entspannen. War es, weil er die Sprache seiner Frau wiedererkannte, die Art, wie sie mit bestimmten Männern umging?

Auch Lucienne Girard in der neunten Reihe lächelte, als ob sie verstünde.

Lhomond fragte:

»Wartete der junge Mann immer noch, als sie den Salon verließ?«

»Die Kassiererin war beschäftigt und hat nicht darauf achtgegeben.«

»Sagen Sie bitte den Geschworenen, was die Ermittlungen über diesen Mann ergeben haben.«

»Die Kassiererin hat ihn bei einer Gegenüberstellung wiedererkannt. Er ist als Joseph Pape identifiziert worden, achtzehn Jahre alt. Er lebt mit seiner Mutter, einer Putzfrau, in der Rue des Minimes im Viertel Boule-d'Or, nicht weit von der Rue Haute. Joseph Pape arbeitete zu der Zeit als Laufbursche im Lebensmittelgeschäft Martel in der Avenue Gambetta. Da er schon früh um sieben auf seinem Posten sein mußte, um am Güterbahnhof Waren abzuholen, verließ er seinen Arbeitsplatz immer bereits um halb fünf. Abends arbeitete er von sieben Uhr an als Platzanweiser im Kino Excelsior. Etwa einen Monat nach dem Tod Mariette Lamberts hat er sich freiwillig zum Militär gemeldet und ist angenommen worden. Ich glaube, daß . . .«

Lhomond wußte, was er sagen wollte.

»Richtig. Joseph Pape befindet sich im Zeugenzimmer und wird ebenfalls aussagen.«

Mindestens zweimal während der letzten halben Stunde war der Präsident nahe daran gewesen, die Sitzung aufzuheben. Noch nie hatte er den Zeiger der großen Uhr so langsam vorrücken sehen. Sein Kopf war schwer und schmerzte, und von Zeit zu Zeit mußte Lhomond sich jäh einen Ruck geben, damit ihm nicht die Augen zufielen. Er wußte, was alles noch ausstand, welche Aussagen noch angehört werden mußten, und fühlte sich entmutigt. Alles dies schien ihm plötzlich derart nichtig, derart fern von der Wirklichkeit.

Noch am Abend zuvor hatte er die Akte, wenn sie ihn auch nicht gänzlich befriedigte, doch als ausreichende Grundlage für die Verhandlung betrachtet und war überzeugt gewesen, daß man der Wahrheit so nahe kommen würde, wie dies menschenmöglich war.

Jetzt zerflossen die nämlichen Zeugenaussagen wie Wasser, und sooft er eine Behauptung aufstellen hörte, hätte er am liebsten gefragt: »Was weiß der schon?« oder »Was beweist das?«

Ein Mann, den niemand im Saal, den jedenfalls kein Mitglied des Gerichtshofs und kein Geschworener kannte, war angeklagt, seine Frau getötet zu haben. Selbst sein Rechtsanwalt war von der Beweisführung der Staatsanwaltschaft so beeindruckt gewesen, daß er seinem Klienten geraten hatte, sich schuldig zu bekennen, um auf diese Weise mildernde Umstände oder wenigstens die Mindeststrafe zu bekommen.

Vom praktischen Standpunkt aus hatte Jouve recht. Es war ausreichend erwiesen, daß Mariette mit einer großen Zahl von Männern intime Beziehungen gehabt hatte, darunter in letzter Zeit mit Gelino und dem jungen Pape, der zum Militär gegangen war.

Es war auch anzunehmen, daß Lambert mit einer gewissen Leidenschaft an ihr gehangen hatte, wenn er sie nach zwei Jahren gemeinsamen Lebens geheiratet hatte und danach, trotz ihres Lebenswandels und obwohl sie ihm keinerlei materielle Vorteile brachte, vier Jahre bei ihr geblieben war.

Die Ermittlungen wie auch die Voruntersuchung hatten ergeben, daß er am Samstag, als er nach Hause ging, betrunken gewesen war, und das sprach gegen einen vorsätzlichen Mord.

Lag es unter diesen Umständen nicht nahe, auf Totschlag im Affekt zu plädieren?

Man hätte dabei gegen bestimmte Voreingenommenheiten der Geschworenen anzukämpfen, gegen den schlechten Eindruck, den Lamberts Vorstrafen auf sie gemacht hatten, oder sein Lebenswandel, vor allem aber seine Beziehungen zu anderen Frauen und sein Eheversprechen – ob aufrichtig gemeint oder nicht – gegenüber einer gewissen Hélène Hardoin.

Für einen Mann aus einer anderen Gesellschaftsschicht und von anderem Charakter wäre ein Freispruch nicht ausgeschlossen, aber in seinem Fall wäre kaum damit zu rechnen; daß er den schwersten Strafen entgehen würde, wäre hingegen so gut wie sicher.

Er hatte nein gesagt, eindeutig und scharf, und sich nach dem Vorschlag zwei Tage lang geweigert, seinen Anwalt zu sprechen, wie Jouve, tief bekümmert, Lhomond im Vertrauen mitgeteilt hatte.

Cadoux, der im Verlauf einer langen Untersuchung mehr als irgend jemand mit Lambert umgegangen war, hatte zu Lhomond gesagt:

»Er hat eine niedere Stirn und buschige, über der Nase zusammengewachsene Brauen, was immer ein Zeichen für Starrsinn ist. Einen Mann wie diesen wird niemand umstimmen. Er hat vor dem Kommissar der mobilen Brigade erklärt, er sei unschuldig, und das wird er bis zu seinem Tod wiederholen.«

Vielleicht hatte Cadoux recht. Alles war möglich: Lambert konnte unschuldig oder schuldig sein; solange das Gegenteil nicht bewiesen war, konnte Mariette Selbstmord begangen haben oder mit dem Kopf auf die Gleise gestürzt und durch einen Unglücksfall getötet worden sein.

Was Lhomond seit dem Morgen verfolgte, war das plötzlich in ihm erwachte Bewußtsein, daß es dem Menschen unmöglich war, einen anderen Menschen zu verstehen.

Belet sprach noch immer. Die Uhr zeigte auf sechs. Lhomond wartete das Ende des Satzes ab, den er nur noch als Rhythmus wahrnahm, und schlug, sobald der Zeuge Atem holte, mit dem Hammer auf.

»Die Verhandlung wird morgen um zehn Uhr fortgesetzt.«

Er bemerkte, daß seine zwei Beisitzer sich fassungslos ansahen und Armemieux nicht wußte, was er denken sollte. Es war ihm gleichgültig.

Er würde sich ins Bett legen, sobald er zu Hause war, wie Chouard es ihm geraten hatte.

## 5

## *Das Silberglöckchen*

Es war die längste Nacht seines Lebens. Mehrmals in ihrem Verlauf kehrte er schweißgebadet und keuchend vor Angst aus den Abgründen eines Alptraums in die Wirklichkeit zurück. Die Scheidelinie zwischen Traum und Wirklichkeit war nicht immer scharf, und wenn er sich das eine Mal gegen das Gefühl, einen schwindelerregend steilen Abhang hinunterzurutschen, zur Wehr setzte und sich an Vorsprüngen anklammerte, die plötzlich zu nichts zerfielen, so lag er das andere Mal mit beinahe erkaltetem Körper und offenen Augen auf dem Rücken, sah in den roten Lichtkreis, der aus dem Zimmer nebenan kam, und horchte auf die Atemzüge seiner Frau.

Als er im Anschluß an die Verhandlung nach Hause gekommen war, ohne ein Taxi zu nehmen, weil ihm das für einen so kurzen Weg lächerlich erschienen wäre, hatte er durch die offene Tür, während ihm Anna aus dem Überzieher half, ein Gedeck für ihn auf dem Eßtisch liegen gesehen.

»Sagen Sie Léopoldine, daß ich nicht essen werde. Sie soll mir nur gleich ein Glas Milch heraufbringen.«

Sie hatte offenbar gemerkt, daß sein Kopf rot war und seine Augen mehr als gewöhnlich glänzten.

»Soll ich nicht den Arzt rufen?«

»Ich war schon bei ihm.«

Sie ging nicht weiter darauf ein. Für sie waren reiche Leute – und alle Dienstherren waren in ihren Augen reiche Leute – aus anderem Holz geschnitzt als alle übrigen Sterblichen, und man sollte erst gar nicht versuchen, sie zu verstehen. Diese Vorstellung war das Gegenstück zu der Vorstellung, die sich Alain Lhomond seinerzeit von den sogenannten einfachen Leuten gemacht hatte.

Die Aktenmappe in der Hand ging er die Treppe hoch, trat, wie er es gewohnt war, zuerst in sein Schlafzimmer und ging dann geräuschlos bis zur Verbindungstür, um Laurence nicht zu stören, falls sie schon schlief. Im Bett sitzend, betrachtete ihn seine Frau unter zusammengezogenen Brauen hervor. In ihren Augen stand eine Frage.

»Ich habe eine leichte Grippe«, sagte er obenhin. »Ich war bei Chouard, und er hat mir für alle Fälle eine Penizillinspritze gegeben. Ich möchte lieber nicht zu Abend essen. Ich habe keinen Hunger. Ich lege mich jetzt ins Bett und trinke dann ein Glas Milch.«

Warum beobachtete er sie, als käme er von einer langen Reise zurück und müßte sich aufs neue mit ihrem Anblick vertraut machen? Sie war in den fünf Jahren, die sie nun schon im Bett verbrachte, stark abgemagert und sehr gealtert. Ihr Haar war grau. In seinen Augen war sie jetzt eine alte Frau, und wenn er sich vor dem Spiegel rasierte, fragte er sich gelegentlich, ob er ebenso alt aussah wie sie. Er fühlte sich jung, er konnte sich nicht an den Gedanken gewöhnen, daß er fünfundfünfzig war und daß einige seiner Freunde Söhne hatten, die selber schon Rechtsanwälte, Ärzte, Marineoffiziere waren.

»Glaubst du, daß du morgen ins Gericht gehen kannst?«

»Ich muß wohl. Du hast hoffentlich keinen schlechten Tag gehabt?«

»Es ging.«

Zeitungen lagen auf ihrem Bett verstreut. Die, welche eben erst erschienen waren, berichteten bereits über die Verhandlung am Vormittag und einen Teil der Nachmittagssitzung. Es mißfiel ihm und beunruhigte ihn, daß sie sie gelesen hatte.

»Du willst doch nicht sofort schlafen?« fragte sie weiter.

»Ich glaube nicht. Ich will versuchen, im Bett meine Akte durchzusehen.«

Alle Tage sprachen sie so miteinander und alle Tage empfanden sie es als peinlich. Ihre Stimmen, ihre Bewegungen waren ganz normal. Sie sagten gewöhnliche Sätze, wie zwei Menschen, die zusammen leben, sie eben austauschen, aber es war immer, als müßten ihre Worte eine Leerzone durchqueren, ehe sie den Empfänger erreichten. Er war davon überzeugt, daß die Silben eigenartig klangen, als würden sie unter einer Glasglocke gesprochen.

Dennoch war er ihr nicht böse. Hundertmal war er drauf und dran gewesen, ihr die Hand hinzustrecken. Er hatte es wirklich versucht, linkisch und ungeschickt vielleicht, aber in aller Aufrichtigkeit. Sie war es, die diese Öde zwischen ihnen schuf und sich außerhalb seines Lebens stellte. Einmal hatte er ihr den Arm um die Schultern gelegt und angefangen:

»Schau, Laurence, es ist ja nicht deine Schuld . . .«

Es gab Tage, an denen er so dachte. Sie tat ihm von Herzen leid. Nur daß bei seinen Versuchen, sie auf diese Weise zu sich zurückzuholen, nichts ins Schwingen kam, nichts erschauerte, nichts in ihm sich erwärmte. Sie fühlte es, wußte, daß er nur noch ein Fremder für sie war, mit dem sie aus nahezu unerklärlichen Gründen zusammenlebte.

Sie hatte sich losgemacht, hatte einen Finger auf den Mund gelegt:

»Scht! . . .«

Oder sie hatte ihn gebeten, die Karaffe mit frischem Wasser zu füllen.

Sein Mitleid wollte sie nicht, und etwas anderes hatte er ihr nicht zu bieten.

Er kleidete sich aus und zog seinen Pyjama an, während Anna, die eben heraufgekommen war, sein Bett aufschlug.

»Soll ich die Scheite brennen lassen?« fragte sie.

Er sagte ja, ohne die Frage verstanden zu haben, und richtete sein Kopfkissen so, daß er, die Aktenmappe in Reichweite, in der gleichen Haltung wie Laurence im Bett sitzen konnte.

»Wenn du etwas brauchst«, sagte er laut, »dann ruf mich. Ich bin nicht so krank.«

Er holte die Akte heraus, um sein Gewissen zu beruhigen, brachte aber nicht mehr die Energie auf, gleich zu lesen. Die maschinengeschriebenen Buchstaben verschwammen vor seinem Blick, und nachdem er eine Weile auf die brennenden Scheite gesehen hatte, schloß er die Augen. Er hörte Anna hinuntergehen und später mit dem Abendessen für Laurence wieder heraufkommen.

Sein Fehler war gewesen, daß er sie geheiratet hatte, aber damals war ihm das nicht bewußt gewesen, vielmehr hatte er geglaubt, sich wie die meisten anderen Männer zu verhalten. Vielleicht hatte er sich alles in allem auch wie die meisten anderen Männer verhalten.

Er war damals einunddreißig. Sein Vater war noch am Leben und hatte sein Amt als Friedensrichter noch nicht niedergelegt. Er selbst war Stellvertreter des Oberstaatsanwalts Pellé, der wenige Jahre später bei einem Flugzeugunglück umkam.

Er hatte Laurence während eines Abendessens mit anschließendem Tanz bei Freunden kennengelernt. Sie war damals neunundzwanzig. Wie sollte er sie beschreiben? Sie war ziemlich groß, kräftig gebaut und hatte knappe, fast männliche Bewegungen.

In ihrem Kreis war sie eines der wenigen noch unverheirateten Mädchen. Ihre Schwester, Renée, hatte einen Grafen Vaux d'Arbois geheiratet und lebte in Paris. Ihr jüngerer Bruder, Daniel, der ebenfalls verheiratet war, schickte sich an, die Geschäfte des Vaters zu übernehmen.

Ihren Namen konnte man auf den Hauswänden und in den Schaufenstern von Lebensmittelgeschäften lesen. Biskuit Pierjac war zwar nicht die größte französische Firma, aber doch ein bedeutendes Unternehmen, dessen Fabrikgebäude am Fluß ein Gelände von mehreren Hektaren einnahmen.

Warum hatten sie geheiratet? Wie war es dazu gekommen? Nur in bezug auf sich selbst konnte er diese Frage mit einiger Sicherheit beantworten. Seine früheren Liebeleien hatten immer nur ein paar Wochen gedauert, selbst wenn er geglaubt hatte, verliebt zu sein. Danach hatte er, meist von einem Tag auf den andern, seine Skepsis und seinen kühlen Kopf wiedergewonnen.

Er war nicht erregt, wenn Laurence zugegen war. Sie wirkte auf ihn eher wie ein guter Kamerad und besaß vor anderen jungen Mädchen den Vorzug, ruhig zu sein und ihm das Leben nicht zu komplizieren. In all den Wochen, in denen er sie wie aus Zufall auf allen Abendveranstaltungen traf, die er besuchte, wäre er nicht einmal auf den Gedanken gekommen, sie zu küssen oder ihre Hand zu nehmen, und hätte er es getan, hätte sie ihn sicherlich ironisch angesehen und gesagt: »Was soll das?«

Solche Kindereien waren nichts für sie beide, und er bedauerte diejenigen unter seinen Freunden, die sich auf so etwas noch einließen.

Sechs von den Bauernhöfen Alain Lhomonds waren verkauft worden. Es war vorauszusehen, daß auch die restlichen vier, einer rascher als der andere, dahingehen würden. Die Pierjacs waren reich. Roger Pierjac, der Vater, der mit sechzig plötzlich von einem Heißhunger nach Vergnügungen gepackt worden war, hatte es eilig, seine Tochter loszuwerden. Und wie immer in solchen Fällen hatten Freunde sich verschworen, die beiden zusammenzubringen.

Es wäre falsch gewesen zu sagen, er hätte Laurence

ihres Geldes wegen geheiratet, aber ebenso sicher war, daß er sie nicht aus Liebe geheiratet hatte. Sie gab ihm ein gewisses Gefühl der Sicherheit, das ihm fehlte, eine Regelmäßigkeit der Lebensführung, die ihm, wie er meinte, gut tun würde.

Als Mitgift hatte Roger Pierjac ihnen das Haus in der Avenue Sully mit dem gesamten Mobiliar gegeben und sich dazu verpflichtet, die Steuer dafür sowie den Lohn für zwei Dienstboten zu zahlen, solange er am Leben war.

Letzten Endes hatte jeder geglaubt, das Beste getan zu haben. Roger Pierjac konnte nun ungehindert nach Paris, Dauville, Cannes und anderswohin fahren oder in seiner Stadtvilla Frauenbesuche empfangen. Und Laurence, die immer darunter gelitten hatte, daß ihre Familie nicht gesellschaftsfähig war, erfüllte es mit Befriedigung, nun dem Kreis der Richter und Staatsanwälte anzugehören.

Alain Lhomond, sein Vater, sprach sich nie über diese Heirat aus. Als sein Sohn sie ihm ankündigte, sah er ihn nur neugierig an und zuckte die Achseln.

Es verwirrte Lhomond ein wenig, als er entdeckte, daß Laurence noch Jungfrau war. Aber nie sprachen sie auch nur andeutungsweise über sexuelle Fragen oder Fragen des Gefühls. Laurence war keine Geliebte, sie war in der Intimität des gemeinsamen Schlafzimmers kaum eine Ehefrau. Sie war eher Freundin und Hausfrau.

Beide wären nie auf den Gedanken gekommen, sich ihre geheimen Wünsche und Gedanken anzuvertrauen. Lange Zeit redeten sie sich sogar noch mit Sie an und hörten damit erst auf, als Renée, die Schwester, die Comtesse geworden war, eines Tages bei einem Besuch hell auflachte und sagte, das sei doch ein alter Zopf.

Guten Willens waren sie beide. Lhomond hätte seine Hand dafür ins Feuer gelegt, daß jeder tat, was er konnte, um das gemeinsame Leben angenehm zu machen. Nach dem Tod des Vaters Pierjac, der auf einer seiner Parisreisen an einem Schlaganfall gestorben war, erbte Laurence ein Drittel der Fabrikaktien und verwaltete von da an ihr persönliches Vermögen selber, ohne daß je ein Wort darüber gefallen wäre.

Vielleicht wären sie eine Familie wie jede andere geworden, wenn sie Kinder gehabt hätten? Aber auch darüber wurde nie gesprochen. Renée in Paris hatte eine Tochter und zwei Söhne. Wenn Lhomond und seine Frau sie in ihrer kleinen Villa in der Rue Dominique besuchten und sich die Kinder auf Laurence stürzten, schien diese sich zu fragen, was sie mit ihnen anfangen sollte, und war nach ein paar Minuten von ihrem Geschrei erschöpft.

Lhomonds Zukunft war ein Thema, das sie oft besprachen und über das sie sich ganze Abende lang auslassen konnten. Eben dieser Zukunft wegen hatte Lhomond die Staatsanwaltschaft aufgegeben, um Richter zu werden, und er sah die Zeit gekommen, wo in Paris ein Richteramt frei würde.

»Sehen Sie nach, ob Monsieur nichts braucht«, sagte Laurence im Zimmer nebenan zu Léopoldine.

»Ist Ihnen nicht zu warm, Madame?«

Jeden Abend kam Léopoldine Laurence gute Nacht

sagen, ehe sie in den zweiten Stock hinaufging. Sie betrat das Zimmer Lhomonds.

»Ich habe gehört, daß Sie krank sind?«

»Eine leichte Grippe.«

»Ich hoffe, Sie gehen morgen nicht ins Gericht? Draußen setzt jetzt strenger Frost ein. Sie sollten lieber Ihre Akten Akten sein lassen und schlafen. Soll ich sie auf den Sekretär legen?«

»Danke, Léopoldine, jetzt noch nicht.«

Léopoldine hatte viele Jahre ihres Ehelebens miterlebt. Was dachte sie wohl über sie? Und was wußte sie von dem, was vor fünf Jahren geschehen war? War sie wie Anna der Ansicht, daß man nicht versuchen sollte, das Verhalten der reichen Leute verstehen zu wollen?

Sie hatte ihre eigenen Probleme. Sie sprach zwar nicht darüber, aber man brauchte nur ihr Gesicht anzusehen, um zu wissen, wann ihr Sohn sie besucht hatte. Er war fünfundzwanzig oder sechsundzwanzig und wäre ohne sein weibisches Gebaren das gewesen, was man einen hübschen Kerl nennt. Bei ihm war sich Lhomond nicht im Zweifel: Er war homosexuell und zeigte es offen, ohne jede Scham. Er arbeitete für einen Schaufensterdekorateur mittleren Alters, Auguste Forestier, und lebte mit ihm zusammen in einem weitläufigen Haus, in dem sich, wie es hieß, die meisten Homosexuellen der Stadt trafen. Ob auch Richter Delanne dort verkehrte?

»Gute Nacht, Monsieur. Ich weiß, was ich tun würde, wenn ich Sie wäre, aber die Ärzte haben ja heute andere Ansichten . . .«

Sie hätte ihm, wie sich selbst, wenn sie sich nicht wohl fühlte, Blutegel angesetzt.

»Gute Nacht, Léopoldine. Sagen Sie Anna Bescheid, daß ich um sieben geweckt werden will.«

»Sind Sie sicher?«

»Es geht nicht anders.«

Er fürchtete allmählich, daß er am nächsten Tag nicht würde sprechen können, denn seine Stimmbänder waren entzündet, und jedes Wort war eine Anstrengung für ihn.

»Soll ich die Deckenlampe ausmachen?«

»Seien Sie so gut.«

Um nicht länger über sich und Laurence nachzudenken, zwang er sich, einige Seiten der Gerichtsakte zu lesen, und sofort nahm Lambert, den er den ganzen Tag über auf der Anklagebank gesehen hatte, Gestalt an vor seinen Augen.

Er war mit Kommissar Belet noch nicht ganz fertig, der morgen früh seine Aussage abschließen würde. Die nachfolgenden Zeugen hatten wenig zu sagen. Es ging lediglich darum, festzustellen, daß Lambert an jenem Abend betrunken gewesen war, und die Zeit seiner Rückkehr nach Hause möglichst genau zu bestimmen.

Alfred Mouveau oder Fred, wie der Angeklagte ihn nannte, der in derselben Garage wie Lambert arbeitete, hatte bestätigt, daß sie zusammen im Café des Sports gewesen waren. Er hatte dort nur einen Pernod getrunken, Lambert aber drei. Mouveau war vierundzwanzig, verheiratet, Vater eines dreijährigen Töchterchens. Seine Frau erwartete ein Kind.

Ein gewisser Sanzède, ein Dicker, Besitzer des Café des Sports, hatte Lambert selbst bedient und Mouveaus Aussage bestätigt.

Auch ein gewisser Miquet, Kellner im Fer-à-Cheval, hatte Lambert bedient, als er dort seinen Marc de Bourgogne getrunken hatte.

»Er war nicht anders als alle anderen Männer, die am Samstag trinken kommen«, hatte er bei der Untersuchung gesagt.

Die Kriminalpolizei hatte auch die dritte Bar, von der Lambert gesprochen hatte, ausfindig gemacht. Es war die Bar des Amis im Viertel Boule-d'Or, und Piéri, der Besitzer, hatte vor dem Untersuchungsrichter erklärt:

»Ich kenne Lambert, er kommt oft zu mir. Von Zeit zu Zeit trinkt er sich einen Rausch an, aber ich habe ihn nie randalieren sehen. An diesem Abend war er sternhagelvoll, und ich hatte Angst, daß er mir an der Theke einschläft. Er hat zwei Gläser Marc getrunken. Er hat nicht mal gesagt, was er trinken wollte, sondern nur auf die Flasche gedeutet. Als ich ihm geraten habe, heimzugehen, hat er sich über die Theke gebeugt, sich eine angebrochene Flasche Rotwein geangelt und sie mitgenommen. Ich hielt es für klüger, ihn gewähren zu lassen, zumal ich wußte, daß er am nächsten Tag oder später kommen und sie bezahlen würde.«

Die Liste der Zeugen war noch lang, und Lhomond fragte sich, ob er morgen mit allen durchkommen würde. Das war vor allem dann zweifelhaft, wenn der Oberstaatsanwalt anfing, Fragen zu stellen. Bisher hatte Armemieux geschwiegen, was bei ihm ziemlich verwunderlich war. Allerdings waren bis jetzt nur seine Zeugen aufgetreten.

Hortense Vavin, die sich als Hausfrau ausgab und den Lamberts gegenüber wohnte, behauptete, gesehen zu haben, daß Mariette gegen sieben Uhr in Begleitung eines Mannes heimgekommen war, der nach der Personenbeschreibung Gelino sein mußte. Sie hatte ihn auch bei einer Gegenüberstellung wiedererkannt. Ihr zufolge hatte eine Zeitlang nur im Erdgeschoß Licht gebrannt. Nach einer Weile, einer guten Viertelstunde, schätzte sie, war im ersten Stock die Deckenlampe angegangen.

In Cadoux' Bericht stand:

*Frage*: Waren die Vorhänge zugezogen?

*Antwort*: Sie haben nie andere Vorhänge gehabt als leichte Gardinen, durch die man alles sehen kann. Eben deswegen bringe ich am Abend meinen Mann oft nicht dazu, schlafen zu gehen. Ein Glück, daß meine Tochter verheiratet ist. Sie lebt mit ihrem Mann in Algerien.

*Frage*: Was haben Sie gesehen?

*Antwort*: Ich hab Mariette splitternackt am Fenster vorübergehen sehen.

*Frage*: Den Mann, der sie begleitet hat, haben Sie nicht gesehen?

*Antwort*: Nicht im Licht. Von unten kann man die Leute nur sehen, wenn sie sich nahe beim Fenster aufhalten. Ich hätte nach oben gehen müssen, aber ich hatte anderes zu tun. Er lag sicher im Bett.

*Frage*: Ihr Mann war nicht zu Hause?

*Antwort*: Samstags kommt er immer erst gegen Morgen zurück.

*Frage*: Haben Sie das Paar weggehen sehen?

*Antwort*: Nein.

*Frage*: Sind Sie den ganzen Abend zu Hause gewesen?

*Antwort*: Ja, aber ich war nicht die ganze Zeit im Vorderzimmer.

*Frage*: Haben Sie Lambert heimkommen sehen?

*Antwort*: So deutlich, wie ich Sie sehe.

*Frage*: Um welche Zeit?

*Antwort*: Kurz nach acht. Er hatte eine Flasche unter dem Arm und schwankte dermaßen, daß ich Angst hatte, er würde gleich längelang auf der Straße hinschlagen.

*Frage*: Brannte um diese Zeit noch das Licht im ersten Stock?

*Antwort*: Ich glaube schon.

*Frage*: Sie sind sich dessen aber nicht sicher?

*Antwort*: Wenn ich gewußt hätte, daß es so wichtig ist, hätte ich genau hingeschaut. Aber damals wußte ich es noch nicht.

*Frage*: Haben Sie Mariette oft in Begleitung von Gelino nach Hause kommen oder weggehen sehen?

*Antwort*: Mit diesem und einem Haufen anderer.

*Frage*: Standen Sie gut mit Mariette Lambert?

*Antwort*: Ich sagte guten Morgen und guten Abend zu ihr wie zu allen Nachbarn, aber ich hätte nicht mit ihr verkehren mögen.

Die Buchstaben tanzten ihm vor den Augen. Er rutschte tiefer in sein Bett und schob die Akte von sich weg. War Laurence im Zimmer nebenan eingeschlafen? Würde sie einen Anfall bekommen, um ihn dafür zu strafen, daß er krank war? Aber das war es nicht, was er eigentlich meinte. Es war schwer zu erklären. So wie er es auffaßte, lag darin keinerlei Bosheit. Er verstand, was seine Frau dazu trieb, so zu handeln. Wenigstens war heute die Arzneiflasche nicht zerbrochen, er würde sich also nicht wieder mitten in der Nacht anziehen und bei Fontane klingeln müssen.

Als er nach Hause gekommen war, hatte er vergessen, einen Blick auf die Flasche zu werfen. Irgendwann am Nachmittag hatte er sich vorgenommen, es vorsichtshalber zu tun. Auch in diesem Punkt wußte er genau, was er tat und warum. Er beschuldigte Laurence keiner bösen Absicht. Aber wenn es möglich gewesen wäre, hätte er dafür gesorgt, daß sie die Zeitungen nicht zu lesen bekam. Er hatte sie nicht gelesen, aber sicher berichteten sie ausführlich über Mariette. Sie, um die sich zu ihren Lebzeiten kein Mensch gekümmert hatte, ein armseliges kleines Flittchen, wie es sie zu Dutzenden auf der Straße gibt, war durch ihren Tod plötzlich zu einer Art Heldin geworden.

Auch das stimmte nicht ganz. Es war nicht das richtige Wort, aber da er wußte, was er meinte, spielte es keine Rolle. Er hatte keine Kraft mehr, sich zu berichtigen.

Auch er hatte Mariette nie gesehen, nicht einmal als Tote. Das war nicht seine Sache. Er stand zu weit oben in der Hierarchie. Bis letzte Woche hatte er auch

Lambert noch nie zu Gesicht bekommen. Die einzige Begegnung, ehe er ihn auf der Anklagebank wiedersah, hatte in seinem Büro stattgefunden. Es war das abschließende Verhör gewesen, im Grund nur eine Formalität.

Plötzlich störte ihn das, vor allem in bezug auf die Zeugen. Zwar wußte er, was sie dem Kommissar oder seinen Inspektoren oder dem Untersuchungsrichter gesagt hatten, aber bis zu dem Augenblick, in dem Joseph ihre Namen aufrief und sie in das Zeugenzimmer führte, war ihm gänzlich unbekannt, wie sie aussahen. sie waren nur Namen für ihn, unbekannte Größen, und erst während sie aussagten, konnte er sie richtig beobachten.

Es ging ihm nicht darum, die Strafprozeßordnung zu kritisieren. Dazu war er auch viel zu müde. Sein Kopfkissen war schon naß vor Schweiß. Er sah nicht mehr in das flackernde Kaminfeuer, auch nicht zur Decke hoch, horchte auch nicht mehr auf Geräusche, die aus dem Zimmer nebenan kommen konnten.

Er hielt die Augen geschlossen. Kleine leuchtende Pünktchen tanzten unter seinen Lidern wie Funken. Eigentlich meinte er damit nur, daß Belet derjenige war, der die Beteiligten und die Räumlichkeiten unmittelbar kannte. Oder nicht einmal Belet, sondern seine Inspektoren, denn es war anzunehmen, daß Belet nicht persönlich überall hingegangen war, sondern sich nur die wichtigsten Zeugen vorbehalten hatte. Also kannte selbst Belet manche Einzelheiten nur aus zweiter Hand.

Danach war Cadoux auf den Plan getreten. Er hatte

sich auf den Bahndamm begeben, wahrscheinlich auch – sicher war es nicht – in das Haus in der Rue Haute und hatte sich im Schauhaus die Leiche angesehen.

Menschen waren in seinem Büro an ihm vorbeigezogen, aber er war nicht in ihren Häusern gewesen, hatte sie nicht in ihrer Umwelt gesehen, kannte die Örtlichkeiten, die sie ihm beschrieben, nicht aus eigener Anschauung.

Der Staatsanwalt und die vier Richter der Anklagebehörde kannten die Tatsachen überhaupt nur theoretisch. Man hatte ihnen eine Akte vorgelegt, Fragen und Antworten, und aufgrund dieser Bruchstücke hatten sie sich eine Meinung gebildet.

Es war zum ersten Mal, daß ihm das auffiel. »Vom Konkreten zum Abstrakten«, so müßte der Titel lauten. Er würde einen Essay über das Thema schreiben und ihn Madame Stévenard zum Abschreiben bringen.

Die Anklagebehörde hatte die Akte an den Präsidenten des Appellationsgerichts, Henri Montoire, weitergeleitet, der ein hochgestellter Richter war und nichts weiter getan hatte, als die Akte ihm, Lhomond, weiterzureichen, der bis dahin von dem ganzen Fall nicht das geringste gewußt hatte.

Das Viertel Boule-d'Or, die Rue Haute, die Lamberts, die kleinen Cafés und Bars, der Frisiersalon, das Haus der Madame Vavin, von dem aus man in Mariettes Zimmer sehen konnte, Gelino, der junge Pape, der zum Militär gegangen war, das kleine Mädchen, das dem Paar begegnet war, der Schuhmacher Baudelin, all das und noch andere Menschen: Hélène Hardoin, Madame Bernet, die Hebamme aus der Rue du Chemin-de-Fer, all das war ohne Leben, ohne Fleisch und Blut, war aufs rein Abstrakte reduziert worden.

Die am Ende der Kette schließlich, diejenigen, die in letzter Instanz entscheiden würden, die Geschworenen, wußten weniger als irgend jemand und hatten nicht einmal die Akte je zu Gesicht bekommen. Sie hatten auf ihrer Bank Platz genommen, man reichte ihnen einen Schuh, Planskizzen, mehr oder minder abstoßende Fotos, und sie bemühten sich, sie mit möglichst unbeteiligter Miene anzusehen. Menschen, mit denen sie nichts verband, zogen an ihnen vorbei und erzählten ihre Geschichten. Sie hatten nicht einmal das Recht, Fragen direkt zu stellen, sondern mußten wie in der Schule den Finger heben und die Vermittlung des Präsidenten in Anspruch nehmen.

Wie war noch der Titel gewesen? »Vom Konkreten zum ...«

Er war sich bewußt, daß er seinem Fieber ausgeliefert war und daß ihm die Wirklichkeit schon halb entglitten war. Der beste Beweis dafür war, daß die Gesichter zu all den Namen, die ihm nach und nach einfielen, ebenso stark verzerrt waren wie die in Gustav Dorés Illustrationen zu der Balzac-Ausgabe, die unten in seinem Arbeitszimmer stand, oder wie auf einem Gemälde von Breughel.

Auch daß er sich – was er ganz genau wußte – in seinem Bett in der Avenue Sully befand und gleichzeitig auf der Richterbank im Gerichtsgebäude, war ein Beweis dafür. Nun ist es aber für einen Menschen unmöglich, gleichzeitig an zwei Orten zu sein. Und noch unmöglicher ist es für einen Präsidenten des Schwurgerichts, in seinem eigenen Prozeß das Urteil zu sprechen.

Wessen sollte man ihn auch anklagen? Er hatte nichts getan. Er hatte nicht einmal, was man auch immer behaupten mochte, Laurence ihres Geldes wegen geheiratet. Es war zwar praktisch, daß sie welches besaß, aber das hatte bei seinem Entschluß nur eine nebensächliche, ihm kaum bewußte Rolle gespielt. Er konnte nichts dafür, daß er sie nicht geliebt hatte, und wenn überhaupt, dann war sie genauso schuldig wie er, denn sie hatte ihn auch nicht geliebt. Weder sie noch er waren schuldig. Sie waren anständige Menschen und hatten getan, was sie konnten. Lambert hatte gar keinen Grund, höhnisch zu grinsen. Wahrscheinlich konnte er sich ebensowenig wie Anna vorstellen, daß Leute, die ein großes Haus in der Avenue Sully besitzen, die gleichen Probleme und die gleichen Reaktionen wie andere Menschen haben.

Er hatte ja Laurence nicht vergiftet, und er war sicher, daß die Anklage von selbst in sich zusammenfallen werde. Armemieux, der als Staatsanwalt amtierte, war wohl auch nicht recht überzeugt, übrigens hatte er ihm vorhin, als sie nebeneinander in der Toilette standen, sogar zugezwinkert. Das Allerseltsamste aber war, daß sich sogar sein Vater eingefunden hatte, obwohl er doch tot war, aber das würde sich wohl mit allem übrigen aufklären. Zuletzt findet sich immer für alles eine Erklärung.

Zu beweisen war, daß seine Frau selbst die Tropfen

in das Glas Wasser gegossen hatte – zweiundfünfzig Tropfen, wie Dr. Lazarre behauptete, der den Magen- und Darminhalt analysiert hatte.

Lhomond hatte nie mehr als zwölf Tropfen gegeben, die er vorsichtshalber, um Laurence zu beruhigen, laut abzählte. Denn daß sie ihm mißtraute, war ihr zuzutrauen. Sie mißtraute jedermann. Weshalb sollte man auch den Menschen nicht mißtrauen, da es doch unmöglich war, zu wissen, was sie dachten?

Die Wahrheit war – und wenn Jouve das Zeug dazu hatte, würde er es in seinem Plädoyer beweisen–, daß Laurence sich schämte, daß sie sich weigerte, es einzugestehen, daß sie sich ihr ganzes Leben lang weigern würde, es einzugestehen.

Vielleicht hatte sich auch Mariette Lambert geschämt? Nein! Jedenfalls hatte sie nicht die gleiche Art von Scham empfunden . . . Mariette hatte den Gedanken nicht ertragen können, daß sie nur eine kleine Kellnerin in einem Restaurant war, die niemanden interessierte.

Er war sich sicher, bei klarem Bewußtsein zu sein. Er arbeitete sich wieder nach oben. Das war mühsam, und dicke Tropfen rannen ihm über die Stirn. Es schien ihm, daß er schon wieder die Scheite knistern hörte, und daraus schloß er, daß er seinem Schlafzimmer nicht mehr fern war.

Zuletzt war sie mit allen Männern ins Bett gegangen – Mariette, nicht seine Frau. Um vor sich selbst etwas glanzvoller dazustehen. Einen nach dem andern würde sie verrückt machen, hatte sie sich vermutlich gesagt. War es nicht so? Warum rief man ihn dann zur

Ordnung? Er hatte nichts gesagt, was die Strafprozeßordnung nicht zugelassen hätte. Er beschuldigte niemanden. Sie hatte einen Mann gefunden, der sie liebte und der darunter litt, daß sie nur eine kleine Schlampe war. Damit er also noch mehr litt, und damit er sie schlug . . .

Armemieux in seiner roten Robe zuckte die Achseln. Wie sein Vater war auch er der Ansicht, daß es pure Zeitverschwendung war, diese Leute verstehen zu wollen. Wer war es doch noch, der gut ein Drittel der Bevölkerung, wenn nicht mehr, in diesem einzigen Wort zusammengefaßt hatte:

»Kanaille!«

Wie erklärte sich Armemieux den Fall Laurence? Lag er denn so anders? Glaubte er daran oder nicht, daß sie fähig gewesen war, sich zu vergiften, damit ihr Mann angeklagt würde und es zu einem großen Prozeß käme? Und damit, sobald sie tot wäre, alles an den Tag käme, was sie ihr Leben lang so geschickt vertuscht hatte?

Er keuchte, sein Atem ging pfeifend. Er bemerkte es, und auch das war ein Zeichen. Ihm war zu heiß, aber Joseph war nicht da, um das Fenster zu öffnen.

Pape sah ihn verlegen an, als hätte er ihn am liebsten um Entschuldigung gebeten. Es war aber gar nicht Pape. Er trug nicht die Militäruniform, sondern einen schwarzen Anwaltstalar. Nur Lhomond wußte von Anfang an, wer er war.

Jetzt sah man deutlich sein kleines braunes Schnurrbärtchen, und, wenn er gestikulierend die Arme hob, den goldenen Siegelring, den er an der linken Hand trug. Er war nicht blond wie Joseph Pape, sondern dunkelhaarig wie Lambert.

Übrigens hatte nie jemand bemerkt, daß er Lambert ein wenig ähnelte. Beide waren sie junge Raubtiere mit weißen Zähnen, die spielerisch zubissen und gewaltige Tatzenhiebe austeilten.

Er hieß Justin, Justin Larminat, und war der Sohn seines guten Freundes Larminat, mit dem er früher einmal im Quartier Latin ein Zimmer geteilt hatte und der später nach Oran berufen worden war.

*Mein lieber Xavier,*

*mein Sohn Justin, der eben sein Jurastudium beendet hat . . .*

Er besaß den Brief noch. Er würde ihn den Geschworenen vorlegen lassen.

Wenn er sich jetzt noch etwas mehr anstrengte, gab es keine Geschworenen mehr. Er wußte ja bereits, daß es nicht stimmte, daß er nicht im Gericht war. Und Laurence war nicht tot. Sie lag nebenan in ihrem Zimmer. Vielleicht versuchte sie seine Atemzüge zu erlauschen, wie er selbst oft auf die ihren horchte.

Er hatte Durst. Sobald er ein Glas Wasser getrunken hätte, würde er seinen Alptraum endgültig los sein und ganz ruhig über all das nachdenken können, was er schon so lange hatte klären wollen. Zwar war der Augenblick schlecht gewählt: Seine Grippe und der Prozeß setzten ihm schon genug zu, aber er konnte nicht anders.

»Schläfst du?«

Laurence sprach von ihrem Bett aus zu ihm. Vermutlich hatte er sich im Bett gewälzt und dabei ein Geräusch gemacht. Am liebsten hätte er keine Antwort gegeben, um seine Ruhe zu haben, aber sie hatte so feine Antennen, daß sie es sofort spürte, wenn er mogelte.

»Nein. Ich bin gerade eben aufgewacht.«

Er kam wie von weit her, betrachtete dankbar die Scheite im Kamin, atmete ihren angenehmen Duft.

»Brauchst du nichts?« fuhr sie fort.

Sie würde nicht aufstehen, sondern nach Léopoldine klingeln.

»Nein. Und du?«

»Auch nichts. Du hast so schwer geatmet.«

»Soll ich aufstehen?«

»Bemüh dich nicht. Versuch zu schlafen.«

»Hast du noch nicht geschlafen?«

»Es ist erst zehn Uhr. Ich lese noch.«

»Gute Nacht.«

»Gute Nacht.«

Es war wichtig, daß sie sein Mitleid nicht spürte, denn dann würde sie wirklich leiden und wäre zu allem fähig. Sie mußte denken, daß er sich quälte. Das tröstete sie und gab ihrem Leben einen Sinn.

Der Brief Larminats existierte nicht nur in seinem Traum. Er hatte ihn wirklich aufbewahrt, wie er fast alle Briefe seiner Freunde aufhob. Larminat war Staatsanwalt in Oran. Sein Sohn mußte nach beendetem Studium sein Praktikum machen und war nicht gern in Nordafrika.

*Du sollst ihn nicht protegieren, denn an Protektion glaube ich nicht. Ich bitte dich nur, daß du ihn von Zeit zu Zeit zu Dir nach Hause einlädst, damit er kein Heimweh hat. Seine Mutter hat ihn verwöhnt, und der Junge ist sensibel, allzu sensibel für meinen Geschmack, und in der ersten Zeit . . .*

Wenn er all diese Gedanken zu Ende dachte, ehe er wieder einschlief, bestand vielleicht weniger Gefahr, daß sie als Alptraum wiederkehrten.

Ob sich alle Väter in ihren Söhnen täuschten? Hatte sich auch sein Vater in ihm getäuscht? Justin Larminat war ungefähr so sensibel wie ein Krokodil, und vom Krokodil hatte er übrigens auch die spitzen Zähne. Er war ein hübscher Junge mit warmen, schmeichelnden Augen. Ihr damaliges Dienstmädchen hatte geseufzt:

»Ein Jammer, daß einer mit solchen Augen ein Mann ist!«

Wahrscheinlich hatte er sie einmal zwischen Tür und Angel vernascht. Lhomond trug es ihm nicht nach. Ein paar Monate später war ihm klar geworden, daß der junge Larminat mit den meisten Mädchen, denen er begegnete, geschlafen hatte, ob das nun die Sekretärinnen im Gericht waren oder die jungen Damen, mit denen er in Gesellschaft verkehrte.

Er hatte eine zynische und zugleich zärtliche Art, die Frauen anzuschauen, zudem hatte er sich etwas Kindliches erhalten, das sie entwaffnete, selbst wenn sie sich vorgenommen hatten, böse zu werden.

Anfangs war er einmal wöchentlich zum Abendessen in die Avenue Sully gekommen, dann zweimal in der Woche, am Dienstag und am Freitag, und Lhomond hatte nichts gemerkt, wie er ja auch in den vergangenen Jahren nicht gemerkt hatte, daß Laurence allmählich eine reife Frau geworden war.

Sie war damals achtundvierzig. Sie hatte nie etwas Strahlendes gehabt, und mit dem Alter war sie noch unscheinbarer geworden, hatte eine Art Patina angesetzt. Sie verlor nicht, wie manche ihrer Freundinnen, die Figur, nahm weder zu noch ab, wurde aber immer härter und geschlechtsloser.

Er war so sehr an ihren Anblick gewöhnt, daß ihm die Veränderungen, die mit ihr vorgingen, nicht auffielen. Monate vergingen, bevor er bemerkte, daß sie kokett geworden war und ihr Gesicht so voll wurde, wie es nicht einmal mit neunundzwanzig Jahren gewesen war.

In aller Harmlosigkeit freute er sich darüber, während vermutlich schon die ganze Stadt Bescheid wußte. Als er eines Abends Laurence zusah, wie sie mit Justin tanzte, sagte er zu Frissart:

»Man könnte meinen, daß meine Frau immer jünger wird.«

Auch das trug er ihr nicht nach, nicht einmal, daß sie ihn bei ihren gemeinsamen Freunden zum Gespött gemacht hatte. In Wahrheit verübelte er ihr gar nichts.

Sie hatte ein paar Monate eine unsinnige Leidenschaft ausgekostet. Ihm selber war so etwas nie widerfahren. Eines Nachmittags hätte er beinahe Lucienne Girard in den Armen gehabt, aber die war an jenem Tag anderweitig beschäftigt gewesen, und so hatte er sein Begehren auf das blutarme junge Ding abgelenkt.

Jetzt hatte er jeden Freitag Madame Stévenard.

Nicht er war zu bedauern, sondern Laurence. Sie war in einem Alter Frau geworden, wo andere darauf verzichteten, es zu sein. Und plötzlich hatte sie aus der Zeitung erfahren, daß Justin Dominique Dupré aus dem Warenhaus Dupré Frères heiratete, die achtzehn und die reichste Erbin der Stadt war.

Justin hatte nicht den Mut gehabt, es ihr zu sagen. Von einem Tag auf den anderen sah man sich nicht mehr, und eines Abends hatte Lhomond, als er nach Hause kam, Dr. Chouard und zwei Krankenschwestern im Schlafzimmer seiner Frau vorgefunden.

Er hatte bis dahin nicht den geringsten Verdacht gehabt. Selbst danach hatte er nicht nach den Einzelheiten geforscht. Laurence hatte versucht, sich mit Veronal zu vergiften, und nicht nur zum Schein. Wäre nicht Léopoldine wie durch ein Wunder nach oben gegangen und hätte die Schlafzimmertür aufgemacht, weil sie glaubte, ein Röcheln zu hören, wären alle Bemühungen um sie umsonst gewesen.

Als sie im Lauf der Nacht wieder zu sich gekommen war, hatte sie sich geweigert, ihn zu sehen. Drei Tage lang waren nur der Arzt und die Krankenwärterin in ihrem Zimmer zugelassen. Damals war es noch ihr gemeinsames Schlafzimmer gewesen, aus dem Lhomond damals ins Gästezimmer umgezogen war.

An dem Tag, an dem sie ihm hatte sagen lassen, er könne zu ihr kommen, hatte sie, jetzt fast eine alte Frau, gemurmelt:

»Ich habe viel durchgemacht, Xavier. Tu, was du willst, aber stell mir keine Fragen.«

In fünf Jahren war das die einzige Anspielung auf den Vorfall gewesen. Der Name Justin wurde nicht mehr ausgesprochen. Niemand von ihren gemeinsamen Freunden durfte mehr zu Besuch kommen, und das Telefon ließ sie aus ihrem Schlafzimmer in das Zimmer nebenan verlegen.

Das war alles. Larminat lebte in Paris und war vermutlich so glücklich, wie ein Mensch es nur sein kann. Von da an hatte Laurence ihr Schlafzimmer nicht mehr verlassen. Vielleicht, dachte er, würde sie den Rest ihres Lebens damit verbringen, Buße zu tun.

Oder ihn, ihren Mann, zu strafen! Es war ihm klar, daß Menschen wie Frissart, wie Delanne oder wie Armemieux nicht verstehen würden, was er damit sagen wollte, aber er war sicher, daß zum Beispiel Lucienne Girard es verstehen würde.

Denn ihn machte seine Frau für das verantwortlich, was geschehen war, nicht nur für den Kummer, für ihre Enttäuschung, sondern auch für die Demütigung, die sie erlitten hatte.

Und noch mehr verübelte sie es ihm vielleicht, daß er es vermochte, sie tagtäglich zu sehen, ohne ihr den geringsten Vorwurf zu machen, ohne Schmerz oder Zorn zu zeigen.

Er hatte oft darüber nachgedacht, hatte die verschiedensten Lösungsmöglichkeiten redlich geprüft. Zuletzt hatte er sich gesagt, daß sie beide vielleicht eines Tages, wenn sie schon sehr alt wären, sich plötzlich ansehen und in schallendes Lachen ausbrechen würden.

Wenn er sie auch nie geliebt hatte, so war sie doch

der Mensch, den er am ehesten hätte lieben können, für den er, wenn schon nicht Liebe, so doch brüderliche Zuneigung empfand.

Nein, das stimmte nicht. Wieder einmal hatte er sich etwas vorgelogen, und so etwas spürte sie gewöhnlich, noch ehe es ihm selbst bewußt geworden war. Was er ihr gegenüber empfand, war ein Gefühl der Betretenheit, wie es einen befällt, wenn man ein Tier am Straßenrand leiden sieht, dem man nicht helfen, ja nicht einmal durch Zuspruch Erleichterung verschaffen kann, weil es die Worte nicht versteht.

Das war das eigentlich Tragische. Nichts Gemeinsames bestand zwischen ihnen, nichts Verbindendes, außer daß sie vierundzwanzig Jahre lang in diesem großen Haus zusammen gelebt hatten, das nicht einmal ein Zuhause war.

Das würde sie ihm nie verzeihen, und deshalb haßte sie ihn.

Aus Diskretion hatte er Chouard nicht weiter befragt, aber aus der Art, wie der Arzt sie behandelte, ging hervor, daß er sie nicht in Gefahr glaubte. Sie hütete das Zimmer, um nicht vor die Stadt treten zu müssen, die alles wußte. Dennoch hatte sie Angst vor der Einsamkeit, und was ihr blieb, war ihr Mann.

Sie konnte ihn nicht daran hindern, ins Gericht zu gehen. Um aber sicher zu sein, daß er abends und in der Nacht immer da war, hatte sie sich ihre Anfälle und das Silberglöckchen ausgedacht.

*Bei dem Leben, das seine Frau ihm seit Jahren bereitet . . .*

Armemieux hatte nur ausgesprochen, was alle ihre

Freunde dachten. Man hätte es verstanden, wenn er zu trinken angefangen hätte. Man hätte jede Kopflosigkeit verstanden, die er begangen hätte, um der erstickenden Atmosphäre zu entkommen, die seine Frau um ihn schuf.

Hätte man es nicht auch verstanden, wenn er eines Tages die Geduld verloren und sie getötet hätte?

Um keinen Preis durfte Laurence auf diesen Gedanken kommen. Er glaubte schon das bleiche Lächeln auf ihren Lippen spielen zu sehen, während ein bestimmter Gedanke in ihrem Kopf Gestalt annahm.

Gestern abend, als die Flasche zerbrochen war, hatte sie nicht aufgepaßt. Der Gedanke war ihr nicht gekommen, daß Fontane sich wundern würde, wenn man nach zwei Tagen schon wieder die gleiche Medizin bei ihm holte, und daß ihr Mann vor dem Armando Frissart begegnet war, konnte sie nicht wissen. Auch daß er um neun Uhr morgens ein Glas Kognak getrunken und mehrere Personen im Gericht seinen Atem gerochen hatten, wußte sie nicht.

Was Lhomond beunruhigte, war, daß der Prozeß Lambert, über den sie in den Zeitungen las, ihre Gedanken möglicherweise in eine gefährliche Richtung lenkten. Es wurde zuviel über Mariette geschrieben. Auch wenn man hart mit ihr ins Gericht ging, so hatte sie doch als Tote eben jenes Prestige gewonnen, das sie zu ihren Lebzeiten um jeden Preis hatte erringen wollen. Und ihretwegen würde Lambert, der Mann, der sie liebte und der sie in seinen Eifersuchtsanfällen schlug, verurteilt werden.

Er hatte die Augen offen und fühlte sich fast ruhig.

Sein Atem ging wieder regelmäßig, so daß seine Frau hätte glauben können, er sei wieder eingeschlafen. Ob das nicht ein Anreiz für sie wäre, das Silberglöckchen zu läuten?

Er fürchtete sich davor, und zugleich wünschte er es. Es schien ihm, daß sie ihm recht gab, wenn sie es tat, weil sie dadurch bewies, daß sie es nicht ertragen konnte, daß er ruhig war. Er mußte also weiterhin den Eindruck erwecken, daß er schlief. Er sah zur Decke hinauf, angestrengt bemüht, nicht wirklich einzuschlafen.

Um sich wach zu halten, fühlte er sich den Puls, der ihm langsamer und ruhiger zu gehen schien als zu Beginn des Abends, aber in der Stellung, in der er lag, konnte er es nicht nachprüfen, denn er sah den Wekker nur von der Seite, und sich zu bewegen wagte er nicht.

Lag auch sie wach? Belauerte sie ihn, wie er sie belauerte?

Fast wäre er mit einem Satz aus dem Bett gesprungen, als es tatsächlich klingelte, aber dann spielte er die Komödie zu Ende und wartete geraume Zeit, ehe er mit verschlafener Stimme brummte:

»Was ist?«

Dann stand er auf wie jemand, der gerade wieder zu sich kommt, warf seinen Schlafrock über und ging in das Zimmer nebenan.

Sie lag in ihrer üblichen Stellung, eine Hand auf die linke Brust gepreßt, den Mund halb geöffnet, als ob sie nicht genügend Luft bekäme. Mit einem knochigen Finger zeigte sie auf die Arznei, und er goß ein wenig Wasser ins Glas und neigte die mit einem Tropfenzähler versehene Flasche. Halblaut zählte er:

»Eins . . . zwei . . . drei . . .«

Er wußte, daß sie seine Hände nicht aus den Augen ließ.

». . . neun . . . zehn . . . elf . . . zwölf . . .«

Er konnte nicht anders; wie um sich gegen eine Anklage zu verteidigen, wiederholte er:

»Zwölf!«

Und bei dem Blick, den sie lange auf ihm ruhen ließ, war ihm, als hätte sie verstanden.

## 6

## *Die Aussage der Hebamme*

Er hatte noch zwei oder drei weitere Alpträume in der Nacht. In einem fiel er – er war erst zwölf Jahre alt – von einem Apfelbaum und erkannte den Bauernhof wieder, auf den ihn sein Vater jedes Jahr in die Ferien geschickt hatte. Er erwachte in dem Augenblick, in dem er ins Leere stürzte, und war überzeugt, daß er einen markerschütternden Schrei ausgestoßen hatte, vernahm aber, so sehr er auch horchte, keinerlei Geräusch aus dem Zimmer seiner Frau. Sie schlief. Offenbar hatte er den Mund lautlos aufgerissen, wie ein Fisch. Der Wecker stand auf zwei Uhr zwanzig. Er schlief abermals ein und schlug erst gegen fünf Uhr die Augen wieder auf.

Als Anna ihm den Kaffee brachte und die Verbindungstür schloß, war er schlaff und empfand ein Leeregefühl im ganzen Körper, fühlte sich aber gereinigt und geistig frisch, und weil er stark geschwitzt hatte, waren seine Züge markanter, seine Haut reiner als gewöhnlich.

Er ging nicht zu Laurence, aß nichts, aus Angst, wieder schwer und träge zu werden, trank lediglich ein Glas Milch und begab sich dann zu Dr. Chouards weißer Villa. Draußen herrschte Frost. Sein Atem bildete eine kleine Wolke vor seinem Mund, und das Straßenpflaster schien härter zu sein als sonst und stärker zu hallen.

Chouard mußte seinem Dienstmädchen Bescheid gesagt haben, denn statt ins Wartezimmer, wo ein Dutzend Patienten entlang der Wand saßen, führte sie ihn über eine Hintertreppe in einen Abstellraum, in dem er hören konnte, was im Sprechzimmer geredet wurde.

»Können Sie mir schwören, Herr Doktor, daß es nicht ansteckend ist?«

»Seien Sie ganz beruhigt, Madame. Wenn Sie meine Anordnungen befolgen, ist in acht Tagen nichts mehr zu merken.«

»Was bin ich Ihnen schuldig?«

Aus Diskretion bemühte er sich, die Honorarforderung des Arztes zu überhören. Das Rascheln von Geldscheinen und das Klicken einer Handtasche, die geschlossen wurde, drangen zu ihm. Er sah die Patientin nicht, denn Chouard ließ sie durch eine andere Tür hinausgehen, glaubte aber die Stimme von Madame Frissart erkannt zu haben.

»Wie haben Sie die Nacht verbracht?« fragte ihn der Arzt, als er ihn im Sprechzimmer empfing.

»Schlecht. Aber jetzt fühle ich mich besser.«

Das Thermometer wurde ihm in den Mund geschoben, sein Puls gefühlt.

»Habe ich noch Fieber?«

»Sie haben Untertemperatur. Besteht die Aussicht, daß Sie heute abend mit dem Prozeß Lambert fertig sind?«

»Unmöglich ist es nicht, aber auch nicht sicher.«

»Dann gebe ich Ihnen lieber eine zweite Spritze. Rechte Hinterbacke, heute.«

In der Säulenhalle vor dem Gerichtsgebäude erkannte er einige Gesichter wieder, die er am Tag zuvor im Saal gesehen hatte, aber Lucienne Girard sah er nicht. Es waren vor allem Männer, die hier auf und ab gingen, um bis zur letzten Minute Zigaretten zu rauchen.

Im Beratungszimmer waren seine zwei Beisitzer, bereits im Talar, und Armemieux zog eben den seinen an, während er sich mit Henri Montoire, dem Präsidenten des Appellationsgerichts, unterhielt. Montoire, im Straßenanzug, benahm sich wie ein Besucher, aber Lhomond begriff dennoch, daß er seinetwegen da war, und errötete, als wäre er ertappt worden.

»Und dieser Schnupfen?« ließ Montoire beiläufig fallen, während er einen durchdringenden Blick auf ihn richtete.

»Ich fühle mich heute morgen viel besser. Ich habe die ganze Nacht geschwitzt.«

Man hatte ihm wohl gesagt, daß Lhomond sich gestern anders als gewöhnlich verhalten hatte. Wer mochte es auf sich genommen haben, mit ihm zu sprechen? Armemieux, der einer seiner Vertrauten war? Frissart, der vermutlich von seiner Frau angetrieben, sich immer nach vorn zu drängen suchte?

»Schonen Sie sich, mein Lieber. Sie dürfen jetzt nicht krank werden. Wie läßt sich der Prozeß an?«

»Gut . . .«

Lhomond fühlte sich an den alljährlich einmal stattfindenden Besuch des Inspektors in der Schule erinnert. Er hoffte, Montoire werde sich nicht, wie er es manchmal tat, hinter die Geschworenen setzen.

Warum überkam ihn plötzlich Schuldbewußtsein? Er zog die Robe an, legte die Akte zurecht, sah auf die Uhr, und ein paar Minuten später öffnete Joseph weit die Tür und rief feierlich:

»Das Hohe Gericht!«

Er bemerkte sofort, daß Lambert statt der einfarbigen Krawatte vom Vortag eine weißgepunktete Fliege trug, durch die er unternehmungslustiger wirkte, und er fragte sich, ob er das Lucienne Girards wegen getan hatte. Er war auch heute sorgfältig rasiert, sein Haar noch feucht.

Lucienne Girard kam erst eine Viertelstunde später. Der alte Herr, der auf demselben Platz saß wie gestern, hatte ihr den ihren reserviert. Madame Falk trug einen Hut mit einem kleinen Schleier, der die Hälfte ihres Gesichts verdeckte. Lourtie, der Versicherungsagent, hatte wässrige Augen, als hätte er am Abend zuvor zuviel getrunken, und war während der Vormittagssitzung nicht recht auf der Höhe. Manchmal schien ihm die Luft auszugehen, gelegentlich wurde er blaß. Oscar Lamoureux, der erste Geschworene, ein Möbelhändler, der früher im Stadtrat gewesen war, bat, sobald Kommissar Belet seinen Platz im Zeugenstand eingenommen hatte, eine Frage stellen zu dürfen. Er wollte wissen, ob man im Haar des Opfers nach Rotweinspuren gesucht habe und ob solche Spuren gefunden worden seien.

»Der Zeuge wird gebeten, die Frage zu beantworten.«

Es ging um die zerbrochene Flasche.

»Das Laboratorium hat sich damit befaßt, aber keine Spur dieser Art gefunden. Alle Gegenstände im Haus, mit denen der Mord hätte begangen werden können, sind ohne greifbare Ergebnisse untersucht worden.«

Der erste Geschworene gab sich damit nicht zufrieden.

»Fehlte nicht irgend etwas im Schlafzimmer oder in den anderen Räumen?«

Die Frage war scharfsinnig und machte zugleich deutlich, daß Belet an alles gedacht zu haben schien.

»Einer meiner Inspektoren hat in einer Schublade in der Küche eine Beißzange, zwei Schraubenzieher, einen Schraubenschlüssel, eine Drahtzange und einen Fahrradschraubenschlüssel gefunden. Es wunderte ihn, daß kein Hammer dabei war, der doch in jedem Haus das meistbenützte Werkzeug ist. Der Angeklagte hat auf entsprechende Fragen nur ausweichend geantwortet. Gewöhnlich liege ein Hammer in der Schublade, doch vermute er, daß seine Frau ihn vor ein paar Tagen einer Nachbarin geliehen habe, welcher, wisse er nicht. Umfragen bei den Nachbarn haben zu keinem Ergebnis geführt.«

Belet sagte noch etwa eine Viertelstunde lang aus, und der Saal erwärmte sich allmählich, ohne noch wirklich durchwärmt zu sein. Mehrere Leute schneuzten sich. Lhomond war offenbar nicht der einzige, der Schnupfen oder Grippe hatte.

Die folgenden Zeugen kamen und gingen. Jeder hatte nur über einen einzelnen Punkt auszusagen, und kaum hatten sie den Eid geleistet, verließen sie den Zeugenstand auch schon wieder und schritten ernst durch den Saal hinaus.

Alfred Mouveau, Lamberts Freund, der in derselben Garage wie er arbeitete, war rothaarig und hatte ein pockennarbiges Gesicht. Sanzède, der Besitzer des Café des Sports – grauer Anzug und knarrende Lackschuhe, über dem Bauch eine dicke, goldene Uhrkette – hatte das selbstsichere Auftreten eines Lokalpolitikers, während Miquet, der Kellner im Fer-à-Cheval, in die Gattung der Hanswurste gehörte und eine Schau abzuziehen versuchte. Man mußte ihn vom Zeugenstand geradezu losreißen.

Es war wie im Zirkus. Jeder führte sein kleines Kunststück vor, um sich interessant zu machen. Auf diese Weise traten Unbekannte aus der anonymen Masse heraus, spielten für eine kurze Weile eine Rolle auf der würdigen Bühne des Schwurgerichts und sanken dann wieder in ihr glanzloses Dasein zurück. Immerhin würde ihr Name in der Zeitung erwähnt werden.

Sébastien Piéri aus der Bar des Amis brachte den Saal mit einem Witz zum Lachen, der Lhomond entging, weil er gerade in seinen Aufzeichnungen blätterte. Dann kam Hortense Vavin an die Reihe, die Nachbarin, aus deren Wohnung man »alles sehen konnte«, und sorgte ebenfalls dafür, daß die Menge ihren Spaß hatte.

Der nächste Zeuge war strenggenommen keiner

und durfte nicht vereidigt werden. Es war ein zwölfjähriges Mädchen, das mit seinen Eltern drei Häuser von den Lamberts entfernt wohnte. Ihr Vater war Vorarbeiter in der Biskuitfabrik Pierjac. Ihre Mutter, eine beleibte Frau um die Vierzig, hatte es für nötig befunden, ihr für die Verhandlung das Haar zu kräuseln wie für eine Erstkommunion.

»Du heißt Jeanine Rieu und bist zwölf Jahre alt?«

Sie war, wie sich herausstellte, noch das größere schauspielerische Talent als die Erwachsenen.

»Ja, letzten Monat bin ich zwölf geworden.«

»Weißt du, warum wir dir Fragen stellen wollen?«

»Ja, Monsieur.«

Und sie zeigte, sich der Anklagebank zuwendend, mit dem Finger auf Lambert.

»Was hast du am 19. März dieses Jahres gesehen?«

»Ich habe gesehen, wie er die Straße überquert hat und in sein Haus gegangen ist. Meine Mutter hat mich Brot holen geschickt. Sie hatte vergessen, daß am nächsten Tag Sonntag war und hatte am Morgen nicht genug eingekauft. Ich weiß, daß es acht Uhr war, denn wie ich beim Bäcker warten mußte, bis ich an der Reihe war, habe ich auf die Uhr geschaut.«

»Hast du nicht auch jemand aus dem Haus der Lamberts herauskommen sehen?«

»Nein, Monsieur. Aber ich hab Angst gehabt, weil ich gehört habe, wie die Flasche kaputtgeschlagen worden ist.«

»Wann war das?«

»Gleich nachdem er ins Haus gegangen ist.«

»Hast du Schreie oder Stimmen gehört?«

»Nein.«

Die Mutter bestätigte unter Eid, daß ihre Tochter um acht Uhr aus der Bäckerei heimgekommen war.

Lhomond hatte kein Fieber mehr. Kalt und mit klarem Kopf sah er voll Ungeduld zu, wie die Zeugen an ihm vorbeizogen. Dieser Aufmarsch, den jeder feierlich und würdig zu gestalten suchte, kam ihm eher grotesk vor.

Baudelin, der Schuster, der das kleine Mädchen im Zeugenstand ablöste, hatte sich bei einem Unfall die Wange aufgerissen, und dadurch war sein Gesicht so aus der Fasson geraten, daß es aussah, als ob ihm der Mund bis zu den Ohren reiche. Er wohnte in der Rue du Pot-de-Fer, hatte dort auch seine Werkstatt und sagte aus, er habe an jenem Abend um halb acht, als er Mariette am Arm eines Mannes vorübergehen sah, noch gearbeitet.

»Kannten Sie sie gut?«

»Ich habe ihre Schuhe repariert.«

»Können Sie den Geschworenen sagen, wie sie gekleidet war?«

»Sie trug ein rotes Kleid und ihren grünen Mantel.«

»Haben Sie den Mann erkannt, der sie begleitete?«

»Die Herren von der Polizei haben mir ein Foto gezeigt, auf dem ich ihn wiedererkannt habe.«

»Wurde Ihnen nur ein Foto vorgelegt?«

»Nein, ungefähr zwanzig, von verschiedenen Männern, aber ich habe sofort auf den richtigen gezeigt.«

»Handelt es sich um Gelino?«

»Ja, man hat mir gesagt, er heiße so.«

»Ist Ihnen irgend etwas Besonderes aufgefallen?«

»Sie haben gestritten.«

»Gerade eben haben Sie erklärt, daß sie an seinem Arm gegangen ist.«

»Das ist doch kein Hinderungsgrund. Sie gingen eingehängt wie ein Liebespaar, aber gestritten haben sie trotzdem.«

»Es war März und die Temperatur niedrig. Ich nehme an, daß die Tür zu Ihrer Werkstatt geschlossen war.«

»Sie war offen, denn meine Werkstatt ist nicht größer als so – er zog ein Rechteck im Raum –, und wegen dem Ofen würde ich ersticken, wenn die Tür zu wäre.«

»Was haben Sie gehört?«

»Mariette hat zu ihm gesagt:

›So blöd bin ich denn doch nicht. Mit mir kannst du da nicht rechnen.‹«

»Ist das alles, was Sie verstanden haben?«

»Auf das übrige habe ich nicht achtgegeben. Sie sind weitergegangen.«

»In welche Richtung?«

»Dem Stadtzentrum zu, daß heißt von der Bahnlinie weg.«

»Die Rue du Pot-de-Fer und die Rue Haute laufen parallel. Wäre es nicht der kürzere Weg gewesen, wenn sie durch die Rue Haute gegangen wären?«

»Das war ihre Sache. Hätte ich hinausgehen und es ihnen sagen sollen?«

»Hatten Sie getrunken?«

»Nur meine zwei Liter Rotwein, wie alle Tage. Der Arzt hat mir geraten . . .«

Lambert, der während der letzten Aussagen mit aufgestützten Ellenbogen wie geistesabwesend in seiner Bank gesessen hatte, richtete sich auf, als er Louise Bernet hereinkommen sah, eine kleine, etwa fünfzigjährige Frau mit muskulösem Körper und resolutem Gang.

»Name, Vorname, Beruf...«

»Louise Bernet, Hebamme, Rue du Chemin-de-Fer zweiundsechzig.«

»Wenden Sie sich den Geschworenen zu und sagen Sie ihnen, was Sie an Fakten über diesen Fall wissen.«

»Meine Wohnung liegt in der Rue du Chemin-de-Fer, zwischen der Rue Haute und der Rue du Pot-de-Fer, im zweiten Stock und ist eine der wenigen in der Straße, die einen Balkon hat. Am Samstag, am 19. März, wurde ich durch eine Entbindung in der Stadt aufgehalten und kam erst nach halb elf zu Hause an. In unserem Beruf muß man sich daran gewöhnen, zu allen Tages- und Nachtzeiten zu arbeiten.«

Hinten im Saal entstand eine gewisse Bewegung. Lhomond sah von weitem den Polizisten vom Dienst mit einer Frau diskutieren, die keinen Hut aufhatte. Er sagte sich, daß der Polizist sie wohl aus diesem oder jenem Grund nicht hereinließ, und maß der Sache keine Bedeutung zu.

»Sprechen Sie weiter. Sie sind kurz nach halb elf zu Hause angekommen.«

»Ja, Herr Präsident. Ich war mittags um zwölf aus dem Haus gegangen, und deshalb hatte meine arme Katze noch keine Abendmahlzeit bekommen. Ich ging in die Küche, um ihr Futterchen herzurichten.

Während es auf dem Feuer stand, habe ich mit ihr gesprochen, denn sie versteht alles, was ich ihr sage, wie ein Mensch. Es ist ein Irrtum, wenn man glaubt, daß Tiere . . .«

»Bleiben Sie bei der Sache.«

»Gut! Ich habe dazu ungefähr zehn Minuten gebraucht, denn ich habe meinen Hut und meinen Mantel abgelegt und beides weggeräumt, und ich hab auch den Katzenteller noch waschen müssen, weil er von Mittag her noch schmutzig war. Dann hab ich die Balkontür aufgemacht, denn ich lasse die Katze immer auf dem Balkon fressen, damit sie mir die Wohnung nicht schmutzig macht. Während sie fraß, bin ich in die Küche zurück, um aufzuräumen. Das hat alles seine Zeit gebraucht. Schließlich bin ich wieder auf den Balkon hinausgegangen, um nachzusehen, ob die Katze gefressen und ihr Geschäftchen verrichtet hat, und da habe ich einen Mann gesehen, der die Treppe, die zu den Gleisen führt, heruntergekommen ist.«

»Das war ungefähr um Viertel vor elf?«

»Eher gegen elf, wenn Sie mich fragen.«

»War der Mann allein?«

»Ja.«

»Hatte er eine Taschenlampe brennen?«

»Nein. Ich habe kein Licht gesehen.«

»Gibt es in der Nähe der Treppe eine Straßenlaterne?«

»Ungefähr dreißig Meter von dort steht eine. Ich hab mir zuerst gesagt, das ist einer, der aus Les Genettes kommt und die Abkürzung gegangen ist.«

»Wird diese Abkürzung häufig benützt?«

»Gelegentlich. Ich bin selber schon einmal über die Gleise gegangen, weil mich eine Patientin hat holen lassen und ich sonst vielleicht zu spät gekommen wäre.«

Ihre Haut war grau, ihr Blick ohne Wärme. Lhomond, dem sie seit Beginn des Gesprächs gegen den Strich ging, stellte ihr die Fragen absichtlich in anderer Reihenfolge als Cadoux, damit sie nicht den Monolog aufsagen konnte, den sie vorbereitet hatte. Ihre Aussage wog von allen am schwersten, so schwer, daß sie allein für eine Verurteilung Lamberts ausreichen konnte.

»Fahren Sie fort. Sie haben einen Mann die Treppe herunterkommen sehen.«

Noch einmal wurde er durch eine ungewöhnliche Bewegung im Saal abgelenkt. Der Polizist war zögernd die Hälfte des Mittelgangs nach vorn gegangen, und Joseph, dem er offenbar ein Zeichen gemacht hatte, ging ihm entgegen. Es schien Lhomond, als übergebe der Polizist Joseph ein Papier oder einen Umschlag, wobei er, auf die Richterbank deutend, leise auf ihn einredete.

»Ich bin mir nicht sogleich sicher gewesen, daß ich ihn kannte.«

Die Zerstreutheit des Präsidenten irritierte sie, und sie wollte nun ebenfalls sehen, was hinter ihr los war.

»Schien der Mond in jener Nacht?«

»Ich erinnere mich nicht mehr, Herr Präsident. Ich weiß, daß mir in diesem Augenblick seine Gestalt bekannt vorkam. Der Mann ging rasch und hatte die Hände in den Taschen.«

»Hatte er einen Hut auf?«

»Ich glaube eher, daß er eine Mütze aufhatte.«

Cadoux gegenüber hatte sie zuerst von einem Hut, dann von einer Mütze gesprochen.

»Sind Sie sicher, daß es kein Hut gewesen ist?«

Cadoux hatte ihr den perlgrauen Hut gezeigt, den Gelino in jener Nacht getragen hatte. Lambert hatte auf dem Heimweg von der Arbeit eine Mütze aufgehabt, und der einzige Hut, den man bei ihm gefunden hatte, war braun.

»Ich bin sicher, ich weiß, was ich sage. Ich habe gewartet, bis er unter der Straßenlaterne war, damit ich ihn besser sehen konnte.«

»Aus welchem Grund? Ich nehme an, Sie wußten zu diesem Zeitpunkt noch nicht, daß Sie als Zeugin würden aussagen müssen?«

»Wie hätte ich das wissen können?«

Armemieux auf seiner Bank ließ eine gewisse Nervosität erkennen. Er hatte nicht damit gerechnet, daß sich Lhomond der Zeugin gegenüber feindselig verhalten würde. Zwar blieb der Präsident in den Grenzen seiner Befugnisse, und man konnte ihn wegen seines Mangels an Unparteilichkeit nicht angreifen, aber sein Widerwille gegen die Hebamme war um so auffallender, als er sich bisher sehr geduldig gezeigt hatte.

»Ich nehme an, daß Sie von Ihrem Balkon aus die Gleise überschauen können.«

»Selbstverständlich, ich liege ja höher.«

»Auf der Böschung oder auf den Gleisen haben Sie an diesem Abend nichts bemerkt?«

»Es war zu dunkel. Die Gleise sind an dieser Stelle

nicht beleuchtet, sondern erst viel weiter unten, am Stellwerk.«

»Erkannten Sie den Mann eindeutig, als er bei der Laterne ankam?«

»Ja, Herr Präsident.«

»Ging er auf dem Gehsteig, der den Häusern gegenüberliegt?«

Cadoux hatte diese Frage nicht gestellt, und Armemieux machte sich eine Notiz auf ein Blatt Papier. Mittlerweile hatte sich Joseph, der so lautlos ging, als müßte er nicht einmal Luft verdrängen, hinter Lhomond gestellt und flüsterte, zu ihm herabgebeugt:

»Da ist ein Brief von einer Frau, die dringend gebeten hat, ihn sofort an Sie weiterzugeben.«

»Die Frau, die mit dem Polizisten gesprochen hat?«

»Ja.«

»Wo ist sie?«

»Sie ist gleich wieder fortgegangen.«

Der Umschlag, den Joseph ihm reichte, war einer von denen, die in den kleinen Lebensmittelläden in Halbdutzendpäckchen billig verkauft werden. Er trug weder den Namen des Empfängers noch seine Adresse, und Lhomond, der in Gedanken war, öffnete ihn nicht sofort.

»Wer war der Mann, den Sie gesehen haben?«

Sie vollführte, als hätte sie nur auf den Augenblick gewartet, eine Kehrtwendung zur Anklagebank, streckte einen Arm aus und wies mit dem Finger in Richtung Dieudonné Lambert.

»Der ist es.«

Das Publikum im Saal war wie elektrisiert. Auch

Lambert registrierte den Schlag und fuhr sich mit der Zunge über die trocken gewordenen Lippen.

»Sind Sie sicher, ihn erkannt zu haben?«

»Absolut. Noch dazu hat er den hellgrauen Anzug angehabt, in dem ich ihn oft auf der Straße gesehen habe.«

»Ging er wie ein Betrunkener?«

»Keineswegs. Er ging wie Sie und ich.«

»Wohin ging er, als er an der Straßenlaterne vorüber war?«

»Er wird wohl nach Hause gegangen sein.«

»Konnten Sie von Ihrem Balkon in der Rue du Chemin-de-Fer aus sehen, daß er in sein Haus in der Rue Haute ging?«

»Das konnte ich nicht, wie Sie sehr wohl wissen. Wenn ich sage, er ist nach Hause gegangen, so ist das nur eine Vermutung, weil er an der Straßenecke verschwunden ist.«

»Die Laterne, sagten Sie, ist etwa dreißig Meter von der Treppe entfernt.«

»Das habe ich gesagt, ja.«

»Wie weit ist diese Treppe von der Ecke der Rue Haute entfernt?«

»Ungefähr genauso weit. Ein oder zwei Meter mehr.«

»Mit anderen Worten, die Laterne befindet sich auf dem gegenüberliegenden Gehsteig ungefähr in Höhe der Rue Haute.«

»Ungefähr.«

»Hätte jemand, der die Treppe vom Bahndamm herunterkam in der Absicht, in die Rue Haute zu gehen, nicht abgekürzt, vor allem, wenn er es eilig hatte, und die Straße schräg überquert, statt erst bis an die Laterne zu gehen und dann rechtwinklig abzubiegen?«

Da sie keine Erklärung fand, antwortete sie trokken:

»Jeder handelt, wie er es versteht. Es ist nicht meine Sache, es zu erklären.«

Lhomond hatte den Umschlag geöffnet und warf einen Blick auf das Blatt, das er enthielt. Es waren zwei mit Bleistift in ungelenker Schrift geschriebene Zeilen, in einer Ecke des Blatts war ein Fettfleck.

*Fragen Sie doch die Bernet, ob sie nicht die Tante des jungen Pape ist.*

Armemieux beobachtete ihn von seiner Bank aus. Lambert hatte sich zu seinem Anwalt hinübergebeugt und sprach mit einiger Heftigkeit auf ihn ein. Er schien empört zu sein, und Jouve bemühte sich, ihn zu beruhigen.

»Sie bleiben dabei, Madame Bernet, und sind sich dabei bewußt, daß Sie unter Eid aussagen?«

»Ich bin keine Lügnerin. Wenn ich sage, daß er es gewesen ist, dann sage ich es, weil er es gewesen ist.«

»Sie haben nie Beziehungen zu Lambert unterhalten?«

»Nie. Ich kannte ihn vom Sehen.«

»Aber seinen Namen kannten Sie?«

»Wie man eben die Namen der Leute kennt, die im Viertel wohnen.«

»Haben Sie auch nie mit Mariette Lambert gesprochen?«

Sie zögerte, setzte offensichtlich zu einer Lüge an, besann sich aber im letzten Augenblick eines Besseren.

»Sie hat einmal bei mir angeklopft.«

»Weshalb?«

»Das können Sie sich denken. Ich habe ihr gesagt, daß ich sowas nicht mache.«

Lambert hatte zugegeben, daß seine Frau Abtreibungen an sich vorgenommen hatte, nachdem ein Medizinstudent ihr gezeigt hatte, wie sie es machen mußte. Es war durchaus möglich, daß sie nach einer Abtreibung, die schwieriger gewesen war als die früheren, auf den Gedanken gekommen war, eine Hebamme aufzusuchen.

»Wann hat dieser Besuch stattgefunden?«

»Ungefähr vor zwei Jahren. Es war im Dezember, das ist alles, woran ich mich erinnere. Ich hab sie nicht mal hereingebeten.«

Er sah sie eine Weile schweigend an, während seine Finger mit dem Briefchen spielten, das er eben bekommen hatte. Er war sich noch nicht schlüssig, ob er sich dieser anonymen Information bedienen sollte; denn war sie falsch, dann würde die Frage, die er auf der Zunge hatte, scharf kritisiert werden – darüber war er sich im klaren.

Jedermann im Saal mußte spüren, daß dieses Schweigen der Auftakt zu einem dramatischen Zwischenfall war, und alle Hälse waren nach vorn gestreckt.

»Ich bitte die Zeugin, den Geschworenen zu sagen, ob zwischen ihr und einem Zeugen, der noch nicht ausgesagt hat, ein Verwandtschaftsverhältnis besteht?«

Der Schlag saß. Das Gesicht der Hebamme erstarrte, sie preßte die Kiefer aufeinander. Es sah aus, als würde sie gleich ihrer Wut freien Lauf lassen und den Präsidenten mit Beschimpfungen überschütten, doch sie besaß die Kraft, sich zu beherrschen.

»Ich verstehe nicht, was das hier soll oder was es an der Sache ändert.«

»Ich bitte die Zeugin, die Frage zu beantworten.

»Ja.«

»Mit welchem Zeugen sind Sie verwandt?«

»Mit Joseph Pape.«

»Wie nahe?«

»Ich bin seine Tante. Seine Mutter und ich sind Schwestern.«

»Stehen Sie gut mit Ihrer Schwester?«

»Warum sollten wir nicht gut miteinander stehen?«

»Hatten Sie in Gegenwart Ihres Neffen oder ohne ihn eine Unterredung mit Ihrer Schwester, ehe Sie sich am 24. März dieses Jahres zur Kriminalpolizei begaben und dort berichteten, was Sie jetzt hier wiederholen?«

Lambert sah den Richter überrascht an, als traue er seinen Ohren nicht. Armemieux spielte nervös mit seinem goldenen Bleistift. Lucienne Girard strahlte vor Freude, ja es schien Lhomond, daß sie ihm mit einem Blick dankte. Madame Falk musterte die Hebamme mit geschärfter Aufmerksamkeit.

»Ja, ich glaube, daß ich sie gesehen habe. Ich erinnere mich nicht mehr, ob vorher oder nachher.«

»Die Zeitungen berichteten erst in der Morgenausgabe vom 21. März über die Entdeckung der Leiche, denn der 20. war ein Sonntag. Sie mußten sicherlich nicht auf die Zeitung warten, um zu erfahren, was sich unter Ihren Fenstern abgespielt hatte. Fast zwei Stunden lang herrschte am Sonntag ein reges Kommen und Gehen auf den Bahngleisen. Stehen Sie früh auf?«

»Um sieben Uhr«, ließ sie fallen.

»Wahrscheinlich ziehen Sie als erstes die Vorhänge zurück. Öffnen Sie vielleicht auch die Balkontür für Ihre Katze?«

Sie war weiß vor Wut. Auf Delannes Lippen spielte ein leichtes Lächeln, als wäre er entzückt über das unerwartete Verhalten des Vorsitzenden, während Frissart die Stirn runzelte und seiner Frau durch Zeichen zu verstehen gab, daß er von all dem keine Ahnung hatte.

»Sie haben also die Polizei gesehen, die Staatsanwaltschaft, die Fotografen, auch den Menschenauflauf, der sich gleich darauf gebildet hat. Dem Protokoll zufolge haben sich Ihre Nachbarn von Fenster zu Fenster gegenseitig Fragen zugerufen.«

»Na und?«

»Es wurde Ihnen klar, was geschehen war, und Sie brachten es in Zusammenhang mit dem, was Sie am Vorabend gesehen hatten. Vielleicht haben Sie auch den grünen Mantel und das rote Kleid von Mariette erkannt, die anscheinend im ganzen Viertel bekannt waren?«

Sie schwieg. Etwas Herausforderndes lag in ihrem Blick.

»Kam Ihnen nicht am 20. März, oder am 21., 22., 23., der Gedanke, daß Ihre Aussage für die Polizei und den Untersuchungsrichter von höchstem Interesse sein mußte?«

»Ich hatte mehrere Entbindungen. Ich bin keine Rentnerin und mische mich auch nicht in Dinge, die mich nichts angehen.«

Lhomond brauchte drei oder vier Minuten, ehe er in der Akte die Information fand, die er brauchte, und das Publikum nutzte die Zeit, um sich zu entspannen. Man hörte Husten, Getuschel, das Wetzen von Schuhsohlen auf dem Boden.

»Hier lese ich, daß Ihr Neffe Joseph Pape, von dessen Beziehungen zu Mariette Lambert man vorher nichts gewußt hatte, am 23. März zum erstenmal von der Polizei vernommen wurde. Und am 24., das heißt am darauffolgenden Tag, sind Sie im Büro von Kommissar Belet erschienen und haben verlangt, ihn persönlich zu sprechen.«

»Ich wende mich nie an Untergebene.«

»Was mir wichtig ist, sind die zwei Daten.«

»Ich kann nichts dafür, wenn sie zufällig zusammentreffen.«

»Haben Sie am 23. Ihre Schwester gesehen? Sind Sie zu ihr gegangen?«

»Ich erinnere mich nicht mehr. Kann sein, daß sie mich an diesem Tag besucht hat. Ich schreibe mir die Besuche, die sie mir macht oder die ich ihr mache, nicht auf.«

Sie hatte vermutlich erwartet, daß der Kampf noch lange dauern würde, denn sie war völlig fassungslos, als Lhomond unvermittelt abbrach:

»Die Zeugin kann sich zurückziehen. Es sei denn ...«

Er sah, daß Madame Falk ihm ein Zeichen machte. Sie stand auf und wandte sich zuerst dem Saal zu, bevor sie zu sprechen anfing:

»Ich möchte wissen, ob die Zeugin, falls man ihr Straflosigkeit verspräche, ihre Aussage aufrechterhalten würde. Ich meine ...«

»Wenn ich richtig verstehe, fragen Sie die Zeugin, ob sie bei ihrer Aussage bleiben würde, wenn sie die Zusicherung erhielte, daß sie nicht wegen falscher Aussage belangt würde?«

»Ja, Herr Präsident.«

Er hatte sich noch kaum der Hebamme zugewandt, als diese bereits mit einem haßerfüllten Blick auf Madame Falk antwortete:

»Ich nehme nichts zurück von dem, was ich gesagt habe. Es ist nicht meine Schuld, wenn es Leute gibt, denen das nicht paßt. Ich weiß, was ich gesehen habe. Und wenn ich dafür ins Gefängnis komme ...«

Lhomond gab dem Gerichtsdiener ein Zeichen, sie fortzuführen. Als sie durch den Mittelgang zum Ausgang ging, redete sie noch ins Publikum hinein. Vor der Tür drehte sie sich ein letztes Mal um und brummelte Worte, die nicht bis zur Richterbank drangen.

»Die Sitzung wird für zehn Minuten unterbrochen.«

Lhomond war befriedigt. Er wußte nicht genau,

weshalb sein Gefecht mit der Hebamme ihn erleichtert hatte, aber er fühlte, daß ihm ein Stein vom Herzen gefallen war. Seine Alpträume lagen in weiter Ferne. Er sah voraus, daß über sein Vorgehen diskutiert werden würde und daß man unterschiedlich, zum Teil auch scharf, darüber urteilen würde. Denn ohne offenkundig von der Unparteilichkeit abgewichen zu sein, zu der sein Amt ihn verpflichtete, hatte er doch, wenigstens gegenüber der letzten Zeugin, seine Gefühle durchblicken lassen.

Würde Armemieux es ihm verübeln, daß er nun seine Anklagerede teilweise ändern mußte? Wenn ja, dann war er ein guter Verlierer, denn kaum waren sie im Beratungszimmer, sagte er spontan:

»In Nullkommanichts haben Sie ihre Aussage am Boden zertreten. An der werden Sie eine haben, die Ihnen nie verzeiht.«

Und nach kurzem Schweigen fragte der Oberstaatsanwalt:

»Wie sind Sie zu der Information gekommen?«

»Rein zufällig, durch einen anonymen Brief. Die Polizei hat an alles gedacht, aber nichts hat Anlaß zu dem Verdacht gegeben, zwischen den beiden wichtigsten Zeugen könnte ein Verwandtschaftsverhältnis bestehen.«

»Sie bleibt bei ihrer Beschuldigung.«

»Sie kann nicht zurück. Ich bin überzeugt, daß sie wirklich einen Mann gesehen hat, der die Treppe heruntergekommen ist. Vermutlich hat sie gedacht, daß es Lambert sein könnte, ohne aber sicher zu sein, denn wenn der Mann in der Rue Haute verschwunden ist, so ist es ziemlich unwahrscheinlich, daß er erst bis zur Laterne gegangen ist, um dann im rechten Winkel die Straße zu überqueren. Erst recht, wenn er eben seine Frau getötet und die Leiche auf die Gleise getragen hat. Als die Bernet erfuhr, daß ihr Neffe einer von Mariettes Liebhabern war und womöglich in die Angelegenheit verwickelt werden würde, hat sie ihrer Schwester versprochen, ihm aus der Patsche zu helfen.«

Joseph Pape war nicht der nächste Zeuge. Vor ihm mußten noch Hélène Hardoin und Gelino angehört werden. Ob Madame Pape im Saal saß? Es war anzunehmen, aber Lhomond kannte sie nicht, und vieles sprach dafür, daß sie sich diskret im Hintergrund des Saals aufhielt.

Kurz vor der Wiederaufnahme der Verhandlung ließ Kommissar Belet fragen, ob er ihn einen Augenblick sprechen könne. Da die Zeit drängte, sprach Lhomond im Gang mit ihm, stehend.

»Entschuldigen Sie, Herr Präsident, daß ich das nicht herausgefunden habe. Es tut mir sehr leid, glauben Sie mir. Ich war vorhin im Saal, als der Polizist dem Gerichtsdiener den Brief übergab. Ich habe ihn fast unmittelbar danach befragt, und er hat mir die Frau beschrieben, die ihm den Umschlag ausgehändigt hat mit der Bitte, ihn unverzüglich abzugeben. Es ist eine einfache Frau mittleren Alters ...«

»Haben Sie sie wiedergefunden?«

»Ich habe noch keine Nachforschungen angeordnet. Ich wollte zuerst mit Ihnen darüber sprechen.«

Lhomond war es sich schuldig, dazu ja zu sagen,

sonst würde man glauben, daß er bemüht sei, einen Teil der Wahrheit zu verheimlichen oder jemand zu decken.

Es war angenehm, sich nicht mehr so matt zu fühlen. Auf das Gefühl völliger Vernichtung am Abend zuvor war jetzt eine Reaktion erfolgt. Er war noch immer schwach, zerschlagen, spürte aber einen fast fieberhaften Drang nach Tätigkeit.

Hélène Hardoin, die als nächste Zeugin hereingeführt wurde, war neunzehn und Verkäuferin in einem Warenhaus. Ihre Eltern lebten auf dem Land, ihr Vater war Tagelöhner. Sie wohnte in der Stadt mit einer Freundin aus ihrem Dorf zusammen, die bei einer Schneiderin arbeitete. Sie war noch nicht lange genug in der Stadt, als daß sie ihre Frische hätte verlieren können. Ihr rundes Gesicht erinnerte an einen Apfel, und hätte nicht ein fehlender Schneidezahn ihr Lächeln verunstaltet, wäre es in seiner Naivität köstlich gewesen.

»Wenden Sie sich den Geschworenen zu und sagen Sie ihnen . . .«

Vergeblich überlegte sie, wo sie anfangen sollte, und der Zeitpunkt war vorauszusehen, wo sie aus Zorn und Scham in Tränen ausbrechen würde.

»Wo sind Sie dem Angeklagten begegnet?«

»Das erste Mal?«

»Ja.«

»Auf dem Jahrmarkt. Ich bin dort mit meiner Freundin spazierengegangen.«

»Wie lange ist das her?«

»Es war ungefähr um diese Jahreszeit, im November vorigen Jahres. Der Jahrmarkt ist immer im November.«

»Sind Sie gleich am ersten Abend seine Geliebte geworden?«

Sie wurde rot, sagte nichts, nickte leicht.

»Bei der Voruntersuchung haben Sie erklärt, daß Sie mit ihm in ein Hotel in der Rue du Marché gegangen sind und er darauf bestanden hat, daß Ihre Freundin mitgeht.«

»Sie hat es abgelehnt. Sie hat einen festen Freund.«

»Haben Sie ihn oft wiedergesehen?«

»Ab und zu ist er gekommen und hat vor dem Warenhaus auf mich gewartet.«

»Was nennen Sie ab und zu?«

»Manchmal jede Woche, manchmal jede zweite.«

»Hat er Ihnen gesagt, daß er in Sie verliebt sei?«

»Er hat nicht darüber gesprochen.«

»Hat er Sie weiterhin ins Hotel geführt?«

»Ja.«

»Jedesmal?«

»Außer an dem Abend, wo meine Freundin im Kino war. Da habe ich ihn in unser Zimmer mitgenommen.«

»Wußten Sie, daß er verheiratet war?«

»Er hat es mir gesagt. Außerdem habe ich seinen Ehering gesehen.«

»Hat er Ihnen manchmal von seiner Frau erzählt?«

»Nicht oft.«

»Und was hat er über sie gesagt?«

»Daß sie eine Schlampe ist.«

»Hat er nie die Absicht geäußert, sie zu verlassen?«

»Nein.«

»Aber er hat Ihnen gesagt, daß er Sie heiraten möchte.«

»So hat er das nicht gesagt.«

»Wie hat er sich ausgedrückt?«

»Eines Abends, als wir im Bett lagen und . . .«

Sie hielt inne, verwirrt, weil aller Blicke auf sie gerichtet waren, übersprang ein Satzglied, das jedermann erriet, und fuhr fort:

». . . da hat er mir gesagt:

›Wenn du meine Frau wärst, würde ich dir sofort ein Kind machen.‹

Ich habe ihn gefragt, weshalb, und er hat mir zur Antwort gegeben:

›Weil du das Zeug dazu hast, Kinder zu haben.‹

Dabei hat er ganz seltsam geschaut. Etwas später hat er noch gesagt:

›Vielleicht mach ich dir eins eines Tages, warum auch nicht?‹«

Sie wandte ihr Gesicht halb Lambert zu und sah ihn an, als wollte sie sich entschuldigen.

»Hat er nur dieses eine Mal auf die Ehe angespielt?«

»Nur das eine Mal.«

»Hat er nicht auch von Scheidung gesprochen?«

»Nie.«

»Auch nicht davon, daß er sich seiner Frau so oder so entledigen wollte?«

»Oh, nein!«

»Hatten Sie den Eindruck, daß er beabsichtigte, Sie zu heiraten, falls er frei würde?«

»Ich hab nur gedacht, wenn er nicht verheiratet gewesen wäre, hätt ich vielleicht eine Chance gehabt. Aber mir passiert so etwas nicht.«

Diesmal schaltete sich Armemieux ein, als Lhomond das junge Mädchen gehen lassen wollte.

»Das Gericht wird gebeten, die Zeugin zu fragen, wann dieses Gespräch stattgefunden hat.«

»Haben Sie die Frage verstanden? Wann haben Sie diese Unterhaltung geführt?«

»Als ich ihn das letzte Mal sah.«

»Also kurz vor dem Tod von Mariette Lambert?«

»Ungefähr vier Tage vorher, am Anfang der Woche, Dienstag oder Mittwoch, ich weiß es nicht mehr genau.«

Der Oberstaatsanwalt gab zu verstehen, daß er zufriedengestellt sei. Bevor Hélène Hardoin den Mittelgang betrat, warf sie Lambert, der ihr mit den Augen folgte, einen letzten Blick zu. Doch Lhomond bemerkte, daß der Blick des Mannes unbeteiligt war, ohne Zärtlichkeit oder irgendeine Art Erregung, und gleich darauf auf Lucienne Girard haften blieb ... Zuckte Lambert nicht sogar leicht mit den Schultern?

Das mißfiel Lhomond, enttäuschte ihn beinahe. Aber er verteidigte ja nicht Lambert. Er verteidigte niemand, außer vielleicht sich selbst, und das zu erklären, war zu schwierig.

»Führen Sie den nächsten Zeugen herein.«

Es war Gelino, und Lambert beugte sich zu dem Wärter zu seiner Linken und flüsterte ihm eine Bemerkung zu. Dann stützte er die Ellenbogen auf seine Bank und streckte in seiner herausfordernden Art das Kinn vor.

## 7

## *Ein Kartenspiel als Alibi*

Gelino hatte seinen Auftritt und seine Anworten offenbar ebenso vorbereitet, wie sonst seine Werbesprüche für den Jahrmarkt, wo er billigen Schmuck verkaufte. In einem karierten Anzug, einen perlgrauen Hut in der Hand, federte er in den Saal wie ein Kaffeehausgeiger, der die Bühne betritt, und winkte sogar dem Publikum einen kleinen Gruß zu.

»Sie sind Justin Jacques Antoine Gelino, geboren in Marseille, fünfunddreißig Jahre alt, ohne festen Wohnsitz, und üben den Beruf eines Jahrmarkthändlers aus.«

»Stimmt genau, Herr Richter.«

»Sagen Sie bitte Herr Präsident, wenn Sie antworten.«

»Wenn Ihnen das Freude macht. Für mich ist das Jacke wie Hose.«

Er war kleiner als Lambert, stämmiger, und Boxer-Bizepse schwellten die Ärmel seines auf Taille sitzenden Anzugs.

»Schwören Sie, die Wahrheit, die ganze Wahrheit und nichts als die Wahrheit zu sagen?«

Er hob feixend die Hand, als wäre es die komischste Sache von der Welt, ausgerechnet von ihm so etwas zu verlangen, und rief, daß es bis ans Ende des Saals schallte:

»Ich schwöre.«

»Sie sind weder direkt noch indirekt mit dem Angeklagten verwandt, stehen auch nicht in seinen Diensten.«

Er nahm sich die Zeit, einen mitleidigen Blick auf Lambert zu werfen:

»Bestimmt nicht.«

»Ihr Strafregister ist ziemlich umfangreich.«

»Ich habe immer meine Unschuld beteuert, Herr Richter, will sagen, Herr Präsident.«

»Sie haben sich vor vier Jahren von Ihrer Frau getrennt, und Ihre Frau, die mit Ihren beiden Kindern in Le Havre lebt, mußte wegen Nichterfüllung der Unterhaltspflicht gerichtlich gegen Sie vorgehen. Ist das richtig?«

»Wir waren nicht füreinander geschaffen. Unsere Ehe war ein Irrtum.«

»Sie sind viermal wegen Betrug vorbestraft.«

»Wenn Sie schon davon sprechen, Herr Richter, dann seien Sie doch bitte so ehrlich und erzählen alles, wie es war, sonst machen sich diese Herrschaften – er zeigte auf die Geschworenen – ein falsches Bild. Ich habe immer behauptet und behaupte es noch, daß in Wirklichkeit meine Kunden ins Gefängnis gehört hätten. Habe ich nicht recht?«

Er hatte beinahe recht, und Lhomond legte Wert darauf, ehrlich zu sein, wie Gelino sich ausdrückte. Er erklärte den Geschworenen, worin diese Betrügereien bestanden hatten. Der Händler sprach einen betucht aussehenden Passanten auf der Straße an, vorzugsweise am Abend, und zeigte ihm ein Schmuckstück, das er in der hohlen Hand hielt, meist einen Damenring mit einem funkelnden Stein. Er gab sich den Anschein eines Mannes, der fürchtet, von der Polizei festgenommen zu werden, und ließ durchblicken, daß es sich um ein gestohlenes Schmuckstück handle und daß er umgehend ein paar tausend Francs brauche.

»Wenn ich nicht soviel Geld auftreibe, daß ich morgen über die Grenze kann, bin ich erledigt. Geben Sie mir wenigstens soviel, daß ich morgen den Zug nach Brüssel nehmen kann, und der Diamant gehört Ihnen.«

Die Zahl seiner Opfer ließ sich nur schwer angeben, denn die meisten vermieden es, Anzeige zu erstatten.

Als der Präsident seine Erklärung beendet hatte, sah Gelino die Geschworenen mit Unschuldsmiene an, als ob er sagen wollte:

»Da sehen Sie!«

»Sie waren der Liebhaber von Mariette Lambert.«

»Ich rühme mich nie meiner Erfolge bei Frauen, aber wenn Sie es sagen, kann ich Ihnen nicht widersprechen.«

»Seit langem?«

»Es werden so an die zwei Jahre sein. Wenn ich auf Reisen war, bekamen wir uns oft wochenlang nicht zu Gesicht.«

»Wußte Lambert über Ihre Beziehung Bescheid?«

Wieder blickte er zum Angeklagten hinüber, wiegte den Kopf, war sich nicht schlüssig.

»Muß ich die Wahrheit sagen?«

»Sie haben es geschworen.«

»In diesem Fall würde ich sagen, er wußte es.«

»Hat er Ihre Besuche nie zu verhindern gesucht?«

»Dazu, verehrter Herr Präsident, hätte er erst mal in der Lage sein müssen . . .«

Und dabei ließ er seinen Bizeps spielen, wobei er besonders Madame Falk anblickte.

»Hat er nie Drohungen gegen Sie ausgesprochen?«

»Einmal. Er hat gesagt, er würde mich fertigmachen, wenn ich nicht aus seinem Revier verschwände. Aber dann hat er es sich wohl überlegt und gefunden, daß es leichter sei, seine Frau fertigzumachen.«

»Wußten Sie, daß Mariette Lambert andere Liebhaber hatte?«

»Ich habe nie Anspruch auf Exklusivität erhoben.«

Wenn man die entspannten Gesichter sah, hätte man meinen können, man sitze im Theater. Noch ehe Gelino den Mund auftat, beugten sich die Leute nach vorn und lächelten, und er, empfänglich für die ihm dargebrachte Aufmerksamkeit, wiegte sich in den Hüften und warf auch gelegentlich einen kurzen Blick auf die Menge, als wollte er versprechen: »Wartet nur, ihr werdet noch was erleben.«

»Berichten Sie den Geschworenen über den 19. März.«

»Was soll ich ihnen denn erzählen?«

»Alles, was Sie wissen.«

»Alles?«

»Alles, was mit dem Prozeß in Zusammenhang steht.«

»Dann habe ich nichts zu sagen, ich weiß nichts.«

»Haben Sie an diesem Tag nicht Mariette Lambert gesehen?«

»Wie ich Sie sehe. Und sogar noch etwas mehr.«

»Um wieviel Uhr war das?«

»Ungefähr um Viertel nach sechs.«

»Wo haben Sie sie getroffen?«

»Vor dem Friseursalon in der Rue Deglane. Sie hatte mich um halb fünf im Bon-Coin angerufen, wo ich mit Freunden Karten spielte, und mich gebeten, sie abzuholen.«

»Hatte sie einen besonderen Anlaß, Sie zu sehen?«

Diesmal schien Gelino die Geschworenen als Zeugen für die Naivität des Präsidenten anrufen zu wollen.

»Für diese Dinge braucht es keinen besonderen Anlaß. Schon gar nicht bei Mariette.«

»Haben Sie etwas Besonderes bemerkt, während Sie vor dem Friseursalon warteten?«

»Einen Grünschnabel, der auf und ab ging und die Beine unter den Arm nahm, sobald er mich sah.«

»Kannten Sie ihn?«

»Mariette hat mir seinen Namen genannt, Joseph Pape. Sie hat mir erzählt, daß er fast krank war vor Verliebtheit und daß sie ihn aus Mitleid manchmal in ihr Zimmer mitnahm, wenn Lambert nicht da war.

Ich wiederhole nur, was sie mir gesagt hat, meinetwegen brauchen Sie es nicht zu glauben.«

»Warum ist er fortgelaufen, als Sie kamen?«

»Wahrscheinlich hat er sich vorgestellt, daß ich eifersüchtig sei.«

»Was geschah, als Mariette den Salon verließ?«

»Wir sind in die Rue Haute gegangen. Unterwegs hat sie in einem Laden eine Flasche Rum gekauft ... Und da sehen Sie wieder einmal, daß Frauen, wenn sie einmal zu trinken angefangen haben, immer nach dem Stärksten greifen. Für Mariette war es der Rum.«

»Sprechen Sie weiter.«

»Wir sind in die Küche gegangen, dort habe ich die Flasche entkorkt, und wir haben ein oder zwei Gläser getrunken.«

»Als man die Flasche fand, war sie zu drei Vierteln leer.«

»Das meiste hat Mariette getrunken.«

»War sie betrunken?«

»Dazu hätte es mehr gebraucht. Sie war gerade an dem Punkt, an dem sie sein wollte. Wir sind hinaufgegangen. Legen Sie Wert darauf, daß ich weitererzähle?«

»Beantworten Sie nur meine Fragen. Haben Sie mit dem Opfer intimen Verkehr gehabt?«

»Eher zweimal als einmal, Herr Präsident.«

»Und dann?«

»Sind wir weggegangen. Zuerst, versteht sich, hat sie sich angezogen.«

»Einen Augenblick. Wußten Sie, als Sie in die Rue Haute gingen, daß Lambert nicht zu Hause war?«

»Samstags kam er immer erst spät abends nach Hause.«

»Was hatten Sie vor, als Sie das Haus verließen?«

»Zuerst einen Coq au Vin essen beim alten Sauveur in der Rue du Pot-de-Fer. Das ist zwar nur ein kleines Bistro, das nach wenig aussieht, aber ...«

»Sie sind also zusammen durch die Rue du Chemin-de-Fer gegangen und rechts in die Rue du Pot-de-Fer eingebogen. In welcher Stimmung befand sich Mariette?«

»Sie war wütend.«

»Warum?«

»Weil sie sich in den Kopf gesetzt hatte, daß ich sie zum Tanzen in die Maison Bleue führen würde. Ich hab ihr erklärt, daß da nichts zu machen sei, weil ich im Bon-Coin mit Freunden zum Kartenspielen verabredet sei, aber daß ein Platz neben mir auf der Bank frei sei, wenn sie Lust dazu habe.«

»Haben Sie mit ihr zu Abend gegessen?«

»Nein. Ehe wir beim Restaurant waren, hat sie entschieden, daß sie lieber schlafen gehe, als mir den ganzen Abend beim Kartenspielen zuzusehen.«

»Hat sie gesagt: schlafen gehen?«

»Ich habe es nicht erfunden.«

»Sie haben also allein bei Sauveur gegessen?«

»Sie können ihn danach fragen.«

»Was haben Sie dann getan?«

»Ich bin ins Bon-Coin gegangen und hab dort meine Freunde getroffen. Wir haben bis nach Mitternacht gespielt. Ich habe der Polizei bereits die Liste meiner Freunde gegeben, und die Polizei hat sie ausgequetscht. Auch Jules, der Chef, ist befragt worden. Das muß alles in Ihren Papieren stehen.«

»Haben Sie den ganzen Abend über das Lokal nicht verlassen?«

»Die genannten Herren haben es bereits gesagt. Und sie haben kein Interesse daran zu lügen.«

»Was haben Sie nach Mitternacht getan?«

»Was jedermann tut: Ich bin schlafen gegangen.«

»Wo?«

»Im Hôtel du Marché-Couvert. Dort wohne ich immer, wenn ich nicht unterwegs bin. Man hat mich heimkommen sehen.«

»Sie sind zu keinem Zeitpunkt in die Rue Haute zurückgekehrt?«

»Nein, Herr Präsident.«

»Sie sind auch nicht in die Nähe der Bahngleise gegangen?«

»Wenn Sie die Gegend des Hôtel du Marché-Couvert kennen, wissen Sie, daß sie genau in der entgegengesetzten Richtung liegen.«

Kommissar Belet hatte die Aussagen Gelinos gründlicher als alle anderen untersucht. Wenige Tage vor der Verhandlung hatte Lhomond ihn gefragt:

»Haben Sie den Eindruck, daß er lügt?«

»Wenn er lügt, wird es unmöglich sein, es ihm nachzuweisen, außer es geschehe ein Wunder. Die Aussagen der drei Männer, mit denen er angeblich Karten gespielt hat, sind eindeutig. Auch die des Wirts vom Bon-Coin. Aber sie würden ohne Zögern auch falsch aussagen, um ihm ein Alibi zu verschaffen. Zwei von ihnen sind der Polizei bekannte Zuhälter. Der dritte, der einen Trödelladen besitzt und wie ein ehrbarer Kaufmann aussieht, ist zweimal wegen Hehlerei vorbestraft.«

Lhomond hatte ihre dem Anschein nach aufrichtigen Aussagen wieder und wieder gelesen. Um die Verhandlung nicht endlos in die Länge zu ziehen, hatte

Armemieux darauf verzichtet, sie vor Gericht erscheinen zu lassen.

Einen Grund zu finden, weshalb Gelino Mariette getötet haben sollte, war schwer. Materielles Interesse kam nicht in Frage, da Mariette nichts besaß außer dem, was sie auf dem Leib trug. Wie ein eifersüchtiger Liebhaber hatte sich Gelino nie aufgeführt. Also hätte er sie bei einem Streit, in einer Anwandlung von Zorn oder im Rausch schlagen müssen. Gelino aber trank kaum, und keiner der Zeugen erinnerte sich, ihn je betrunken gesehen zu haben.

Dennoch ließ Lhomond ihn ungern abtreten, weil er überzeugt war, daß man noch längst nicht alles wußte.

»Der nächste Zeuge.«

Gelino setzte sich auf einen frei gewordenen Platz in der zweiten Reihe, genau hinter Madame Frissart, der dies wenig behagte.

»Name, Vorname, Alter, Beruf . . .«

»Joseph Pape, neunzehn Jahre, Soldat im hundertvierzehnten Infanterieregiment.«

Er trug Uniform und hatte sein Käppi in den Gürtel gesteckt. Auch er sah zu Lambert hinüber, aber nicht verächtlich, sondern mit intensiver Neugier. Vermutlich sah er zum erstenmal einen Mann, der des Mordes angeklagt war, und erwartete offenbar, Gott weiß welche Stigmata auf seinem Gesicht zu entdecken.

»Sagen Sie den Geschworenen, was Sie am Nachmittag und Abend des 19. März getan haben.«

»Ich bin um halb fünf wie gewöhnlich von meiner Arbeit weggegangen. Da ich wußte, daß Mariette an diesem Nachmittag zum Friseur gehen würde, habe ich in der Rue Deglane auf sie gewartet.«

»War sie mit Ihnen verabredet?«

»Nein. Als ich sie drei Tage vorher gefragt hatte, ob wir uns am Samstag nach meiner Arbeit treffen könnten, hatte sie gesagt, das ginge nicht, sie müßte zum Friseur.«

»Was erhofften Sie sich davon, daß Sie auf sie warteten?«

»Ich habe mir gesagt, daß sie vielleicht doch eine Stunde oder eine halbe mit mir verbringen würde.«

Er hatte ein schmales, langgezogenes Gesicht, und man spürte, daß seine körperliche Entwicklung noch nicht abgeschlossen war. Statt ihn männlicher zu machen, unterstrich die Uniform das jungenhaft Linkische an ihm.

»Waren Sie nicht auch dort, um sich zu vergewissern, ob sie die Wahrheit gesagt hatte?«

»Auch deswegen.«

»War Ihnen bekannt, daß sie andere Liebhaber hatte?«

»Es war unmöglich, es nicht zu wissen. Sooft ich sie gesehen habe, habe ich sie angefleht, ein anderes Leben anzufangen, und ich bin sicher, daß sie mit der Zeit auf mich gehört hätte.«

Es erfüllte ihn gleichsam mit Stolz, dies der Welt ins Gesicht zu schleudern. Nach seinem Dafurhalten war er der einzige, der Mariettes Andenken verteidigte, der einzige, der sie nicht verleugnete.

»Sie hatte kein Glück im Leben«, sagte er wehmütig. »Sie konnte nichts dafür.«

»Hatten Sie genaue Pläne für die Zukunft?«

»Wir hätten zusammengelebt, bis sie die Scheidung erlangt hätte, dann hätte ich sie geheiratet.«

»Wußte Ihre Mutter von Ihrer Absicht?«

»Nein. Ich habe mit niemandem darüber gesprochen, am wenigsten mit meiner Mutter.«

Erschrocken drehte er sich um und sah nach hinten in den Saal.

»Waren Sie auf Lambert eifersüchtig?«

»Auf ihn weniger.«

»Auf Gelino?«

Mit hängendem Kopf murmelte er:

»Ja.«

»Sahen Sie ihn kommen, als Sie auf dem Gehsteig in der Rue Deglane warteten?«

»Ja. Ich stand an der Ecke. Und mir wurde klar, daß Mariette ihn trotz ihrer Versprechungen weiterhin sah.«

»Hatte sie Ihnen versprochen, ihn nicht mehr zu sehen?«

»Ja. Sie machte sich nichts aus ihm.«

»Was haben Sie dann getan?«

»Ich hab die Straße überquert und bin rasch ungefähr hundert Meter weitergegangen, als würde ich fortgehen.«

»Wozu wollten Sie Gelino glauben machen, Sie seien fortgegangen?«

»Um zu wissen, was geschehen würde, wenn Mariette herauskam. Ich sagte mir, daß sie ihn vielleicht nur hatte kommen lassen, um ihm zu erklären, daß sie ihn nicht mehr sehen wollte.«

»Sie sind dem Paar bis in die Rue du Pot-de-Fer nachgegangen?«

»Ja. Sie haben mich nicht bemerkt. Unterwegs haben sie bei einem Spirituosengeschäft haltgemacht.«

»Blieben Sie auf der Straße, nachdem die beiden das Haus der Lamberts betreten hatten?«

»Ja.«

»Lange?«

»Ziemlich lange.«

Bei der ersten Vernehmung durch Kommissar Belet hatte er anfangs gelogen und ausgesagt, er habe zuerst eine Zeitlang vor dem Friseursalon gewartet, sei dann aber fortgegangen und ziellos umhergegangen. Als Belet ihn gefragt hatte, ob er wie gewöhnlich um sieben Uhr seine Arbeit im Kino angetreten habe, hatte er zuerst ja gesagt, dann war er verlegen geworden und hatte schließlich eingestanden, daß er nicht zur Arbeit gegangen war.

Lhomond fuhr fort:

»Sahen Sie noch, wie das Licht im ersten Stock anging?«

»Ja.«

»Ich nehme an, daß Sie die Räumlichkeiten kennen.«

»Ich bin mehrmals dort gewesen.«

»Und dennoch standen Sie weiterhin Wache?«

Gelino, den der Zeuge nicht gesehen hatte, schien sich auf seinem Platz in der zweiten Reihe zu amüsieren. Er warf seinen Nachbarn Blicke zu, die das Komische an der Situation hervorheben sollten.

»Ich bin geblieben, bis sie wieder gegangen sind.«

»Um welche Zeit verließen sie das Haus?«

»Ich hatte keine Uhr. Meine hatte ich ein paar Tage zuvor verkauft.«

Vermutlich um eine Kleinigkeit für Mariette zu kaufen. Lhomond forschte nicht weiter nach.

»War es später als acht Uhr abends?«

»Bestimmt nicht.«

»Früher?«

»Vielleicht früher. Ich stand hinter einem Mauervorsprung.«

»Haben Sie nicht ein kleines Mädchen zum Bäcker gehen sehen?«

»Nein.«

»Folgten Sie dann wieder dem Paar?«

»Von weitem.«

»Wohin gingen Mariette und Gelino?«

»Sie sind zuerst auf der Rue du Chemin-de-Fer gegangen, dann sind sie in die erste Straße rechts eingebogen.«

»Die Rue du Pot-de-Fer?«

»Ja. Sie sahen aus, als würden sie streiten, und irgendwann sind sie am Rand des Gehsteigs stehengeblieben, und Mariette hat den Arm ihres Begleiters losgelassen.«

»Den Arm Gelinos?«

»Ja. Natürlich. Und gleich darauf trennten sie sich, als ob sie sich böse wären, und Gelino ging weiter, während Mariette umkehrte.«

»Haben Sie sie angesprochen?«

»Zuerst hat sie versucht, ohne ein Wort an mir vorüberzugehen. Sie war schlechter Laune. Ich hab sie inständig gebeten, einen Augenblick mit mir zu reden, und ihr versprochen, daß ich ihr keine Vorwürfe machen würde. Da ist sie stehengeblieben und hat gesagt:

›Also los, sag, was du zu sagen hast, aber rasch.‹

Aber so geradeheraus, am Rand des Gehsteigs, wußte ich nicht mehr, was ich sagen sollte. Ich habe sie gebeten, irgendwo mit mir essen zu gehen, aber sie hat gesagt, sie habe keinen Hunger.

Da sagte ich zu ihr, ich wisse ein möbliertes Zimmer, das zu vermieten sei, und ich würde genug Geld für uns beide verdienen, wenn sie jetzt gleich mit mir gehen wolle.«

»Und wie war die Antwort?«

Er zögerte, sah den Präsidenten flehentlich an und stammelte:

»Sie hat nicht gewollt. Sie hat gefunden, daß ich zu jung bin.«

Lhomond bestand nicht darauf, ihn die Antwort Mariettes, die er im Verlauf eines Verhörs bei Kommissar Belet zuletzt eingestanden hatte, wörtlich wiederholen zu lassen.

Sie hatte achselzuckend gesagt:

»Armer Trottel! Begreifst du denn nicht, daß du noch nicht trocken hinter den Ohren bist?«

»Ging sie in der Rue du Pot-de-Fer von Ihnen weg?«

»Sie ist gegangen, und ich hinter ihr her, aber sie hat getan, als ob ich nicht da wäre, und hat mir keine Antwort mehr gegeben.«

»Sahen Sie, daß sie in ihr Haus ging?«

»Nein. An der Ecke der Rue du Chemin-de-Fer hat sie vor Ungeduld mit dem Fuß aufgestampft und mich fast angeschrien:

›Willst du mich jetzt endlich in Ruhe lassen, oder soll ich mich bei deiner Mutter beschweren?‹«

Nach eigenen Aussagen war Pape dann der ganzen Rue du Chemin-de-Fer entlang gegangen bis zu der Stelle, wo sie in freies Feld mündet. Er mußte folglich an dem kleinen Häuschen vorbeigekommen sein, in dem der stellvertretende Stationsvorsteher wohnte.

Es gab niemanden, der hätte bezeugen können, ihn gesehen zu haben. Er behauptete, er sei irgendwo einer jungen Frau begegnet, die einen weinenden Säugling im Arm hatte, aber man hatte sie nicht auffinden können. Über die Rue des Nations und den Boulevard Gambetta sei er in die Stadt zurückgekehrt, habe nicht zu Abend gegessen und sei in kein Café gegangen.

»Um wieviel Uhr sind Sie zu Ihrer Mutter zurückgekehrt?«

»Um halb zwölf. Um diese Zeit komme ich gewöhnlich aus dem Kino, und so habe ich ihr nichts gesagt, sie hat mir auch keine Fragen gestellt.«

»Wann haben Sie erfahren, daß Mariette gestorben war?«

»Am nächsten Tag gegen elf, durch das Radio. Es war Sonntag, und meine Mutter hatte mich schlafen lassen.«

Nichts war mit alldem bewiesen. Gelino hatte Zeugen, denen es auf einen Meineid mehr oder weniger nicht ankam, Joseph Pape besaß überhaupt kein Alibi. Er hätte durchaus kurz vor elf Uhr auf den Gleisen sein können. Aber ebensogut konnte er auch vor Lamberts Rückkehr mit Mariette in das Haus in der Rue Haute gegangen sein und sich mit ihr im ersten Stock aufgehalten haben, als Lambert betrunken nach Hause kam. Und nichts bewies, wollte man einem der Sachverständigen glauben, daß die junge Frau nicht schon um acht Uhr getötet worden war, das heißt zu der Zeit, als sie mit Joseph Pape zwei Schritte von den Gleisen an der Ecke der Rue du Chemin-de-Fer gestanden hatte.

Wäre er fähig gewesen, die Tat zu begehen? Lhomond erlaubte sich keine Antwort mehr auf diese Frage. Zwei Tage zuvor hätte er es vielleicht noch getan. Seit dem Vorfall mit der zerbrochenen Arzneiflasche und der Begegnung mit Frissart auf der Schwelle des Armando war er vorsichtiger geworden.

Nach zwei Wochen Voruntersuchung hatte Cadoux nur drei Personen als verdächtig zurückbehalten und seine Nachforschungen auf sie konzentriert. Mariette war nicht vergewaltigt worden, was die Hypothese eines Lustmords ausschloß. Ihre Handtasche, in der nur dreihundert Francs waren, hatte man in ihrem Zimmer wiedergefunden. Also war es auch kein Raubüberfall gewesen. Schließlich hatte man alle Männer vernommen, die in den letzten Monaten mit ihr verkehrt hatten, aber alle lebten entweder nicht mehr in dieser Stadt oder hatten einwandfrei beweisen können, daß sie jene Nacht gar nicht im Viertel Boule-d'Or gewesen waren.

Der Hammer, der bei den anderen Werkzeugen in der Schublade in der Küche hätte liegen müssen, war nicht gefunden worden. Wenn er dazu benutzt worden war, Mariette totzuschlagen – und das war Belets Ansicht –, dann war er vermutlich auf unbebautes Gelände oder, wahrscheinlicher noch, in den Fluß geworfen worden, und ihn dort wiederzufinden bestand wenig Aussicht.

Als ersten hatte man, wenngleich ungern, Gelino aus der Liste der möglichen Mörder gestrichen, da er ein Alibi hatte. Dennoch hatte Belet ihn mehrere Wochen lang streng überwachen lassen in der Hoffnung, er würde vielleicht irgendein Wort zuviel sagen oder sich zu einem kompromittierenden Schritt hinreißen lassen, aber der Trödler hatte sich keine Blöße gegeben.

Von den Nachbarn der Papes wußte man, daß es zu einer heftigen Auseinandersetzung zwischen Joseph Pape und seiner Mutter gekommen war, als der Junge am 23. März Belets Vorladung erhalten hatte, und ein paar Tage danach hatte er einem Freund anvertraut, er habe die Absicht, zum Militär zu gehen.

Was Armemieux betraf, so zog er die Schuld Lamberts nicht in Zweifel, da dieser von den drei Verdächtigen die triftigsten Gründe hatte, sich seiner Frau zu entledigen und ihn überdies seine Trunkenheit an diesem Abend zum Äußersten getrieben haben konnte.

»Wir haben noch die zwei Sachverständigen«, flüsterte Lhomond, erst zu dem einen, dann zum anderen Beisitzer gewandt. »Ob wir heute vormittag mit ihnen fertig werden?«

Noch bestand Aussicht, den Prozeß an diesem Tag abschließen zu können. Am Morgen hatte der Oberstaatsanwalt angekündigt, daß die Anklagerede höchstens eine Stunde dauern werde, und Jouve sah ein Plädoyer von anderthalb bis zwei Stunden vor, je nach den letzten Zeugenaussagen und dem Verhalten der Geschworenen.

Die Angehörigen hatten nicht auf Schadenersatz geklagt. Als Mariettes Mutter im Finistère von der Polizei benachrichtigt worden war, hatte sie nur achselzuckend erklärt:

»Ich habe sie immer gewarnt, daß es ihr eines Tages so gehen würde.«

Es fehlte nur noch, daß sie hinzufügte: »Recht geschieht ihr.«

Man hatte sie gefragt, ob sie bereit wäre, die Kosten für die Überführung der Leiche zu tragen, und sie hatte geantwortet:

»Es hat ihr zu ihren Lebzeiten dort unten gepaßt, also wird es ihr dort auch passen, wenn sie tot ist.«

Und als man sie zuletzt auf die Möglichkeit hingewiesen hatte, auf Schadenersatz zu klagen und ihr erklärt hatte, wie das vor sich gehe, hatte sie mißtrauisch gefragt:

»Bekomme ich dann Geld?«

»Selbst wenn er verurteilt wird, kann ihr Mann nicht zahlen, weil er nichts besitzt.«

»Also wozu dann die Umstände?«

Vielleicht las sie jetzt die Prozeßberichte in ihrer Lokalzeitung. Sicher war es nicht.

Es war zehn vor zwölf. Delanne und Frissart versicherten, daß sie es mit dem Mittagessen nicht eilig hätten. Die Geschworenen ließen keine Zeichen von Müdigkeit erkennen.

»Führen Sie den nächsten Zeugen herein.«

Es war Professor Lamoureux, einer der besten Internisten Frankreichs, der regelmäßig an internationalen Kongressen teilnahm. Er war klein und fett, nicht sehr gepflegt und kümmerte sich nicht darum, was die Leute von ihm denken mochten. An diesem Vormittag war er schlechter Laune, weil man ihm Zeit gestohlen hatte und die Luft im Zeugenzimmer erstikkend heiß war. Immerhin war er mit Rücksicht auf seine bedeutende Tätigkeit insofern gegenüber den anderen Zeugen begünstigt worden, als er nicht schon am Tag zuvor hatte warten müssen.

»Schwören Sie, die Wahrheit ...«

»Ich schwöre.«

»Wenden Sie sich den Geschworenen zu und sagen Sie ...«

Lamoureux haßte es, von Medizin zu sprechen vor Menschen, die nichts davon verstanden, und er machte auch kein Hehl daraus.

»Ich nehme an, daß ich die Gründe darlegen soll, dich mich zu meinen Schlußfolgerungen geführt haben.«

»Ich bitte darum.«

»Am 21. März wurde ich angerufen ...«

War es eine Art Rache? Er schickte sich an, mit noch mehr Einzelheiten als Lazarre die verschiedenen Untersuchungen zu schildern, die er an Mariettes Leiche vorgenommen hatte, nachdem der Gerichtsmediziner die Autopsie bereits abgeschlossen hatte. Von Zeit zu Zeit unterbrach er sich, um sich geräuschvoll zu schneuzen, und fuhr dann in der Beschreibung einzelner Organe fort. Er war es, der unter anderem entdeckt hatte, daß das Opfer ungefähr im zweiten Monat schwanger gewesen war, denn Lazarre, der sich nur damit befaßt hatte, Ursache und Zeitpunkt des Todes festzustellen, hatte es unterlassen, die Gebärmutter zu untersuchen.

Gut zwanzig Personen verließen während seiner Aussage den Saal, die einen sicherlich, weil sie essen gehen wollten, die anderen wahrscheinlich, weil die Bilder, die der Praktiker heraufbeschwor, sie unangenehm berührten.

Im Zusammenhang mit der Frage nach dem Zeitpunkt des Todes erörterte Lamoureux eine Anzahl von Theorien in bezug auf ihre Stichhaltigkeit, legte die Ansichten deutscher und amerikanischer Gelehrter dar und kam schließlich mit scharfer Stimme zu dem Schluß, daß, was immer seine Kollegen sagen mochten, Mariette Lambert ebensogut um acht Uhr abends wie um Mitternacht oder ein Uhr umgebracht worden sein konnte.

Lambert hörte nicht zu. Er sprach fast die ganze Zeit über leise zu einem seiner Wärter. Zwei- oder dreimal mußte Jouve ihm Zeichen machen, er solle schweigen, da einige Geschworene bereits die Stirn runzelten. Armemieux hörte ebensowenig zu und schrieb an etwas, das höchstwahrscheinlich nichts mit dem Prozeß zu tun hatte.

Am Tag zuvor war die Atmosphäre im Saal feierlich

gewesen, von Tragik geprägt, und Lhomond war nicht nur seines Fiebers wegen davon beeindruckt gewesen. Aber so war es jedesmal. Inzwischen hatten Darsteller wie Zuschauer Zeit gehabt, sich mit den Tatsachen und mit der Vorstellung vom gewaltsamen Tod Mariettes, die auf den ersten Stunden der Verhandlung gelastet hatten, vertraut zu machen.

Anfangs war Mariette ein Opfer gewesen, ihr Mann ein mutmaßlicher Mörder, und beide hatten für eine Zeitlang einen gewissen Nimbus, wenn nicht gar eine Art von Größe gewonnen.

Zeuge um Zeuge waren sie mehr vermenschlicht, auf die Dimensionen von jedermann reduziert worden. Stunden hindurch hatte man Dieudonné Lambert wie einen beliebigen Menschen im Saal sitzen, seine Arme verschränken und wieder vor sich hinlegen, sich schneuzen, sich die Stirn wischen, sich einer Bemerkung wegen zu seinen Wärtern beugen sehen, und Zeugen waren gekommen und hatten ihn in seinem Alltagsverhalten beschrieben.

Die Erklärungen der Sachverständigen interessierten niemanden, ausgenommen ein paar Medizinstudenten, die eigens deshalb gekommen waren, und kaum hatte Dr. Bénis fünf Minuten gesprochen, als bereits ein Drittel der Bänke leer war.

Die Anklagerede und vor allem Jouves Plädoyer am Nachmittag würden das Interesse wieder etwas anfachen, da das Publikum stets sensationelle Enthüllungen oder einen Zwischenfall erwartete.

Aber erst wenn der Präsident die Anklagepunkte zusammenfaßte und vor allem, wenn das Gericht und die Geschworenen sich zur Beratung zurückzogen, würde die Stimmung wieder dramatisch werden.

»Heben Sie die rechte Hand und schwören Sie.«

»Ich schwöre.«

Anders als Lamoureux war Bénis bemüht, sich dem Niveau der Geschworenen anzupassen und nur solche Ausdrücke zu verwenden, die sie verstehen konnten. Während er sprach, bemerkte Lhomond, daß zwei Finger seiner rechten Hand vom Nikotin braun waren. Achtzehn Minuten verbrachte Bénis im Zeugenstand, und als er schloß, hatten die Geschworenen die Wahl zwischen den gegensätzlichen Ansichten zweier ebenso achtbarer wie geachteter Männer.

Nach Lamoureux' Ansicht konnte der Tod schon um acht Uhr abends eingetreten sein.

Nach Bénis' Ansicht konnte er unmöglich vor elf Uhr erfolgt sein, wodurch sich, wenn man seiner Theorie folgte, die schon jetzt unglaubwürdige Aussage der Hebamme in nichts auflöste.

Als einzige stellte Madame Falk eine Frage:

»Ist der Tod augenblicklich erfolgt und weiß man, ob das Opfer gelitten hat?«

Geduldig erklärte ihr Bénis, warum er glaube, daß der Tod nicht sofort eingetreten sei, sondern erst fünfzehn oder zwanzig Minuten, nachdem die Schläge geführt worden seien. Vielleicht um Madame Falk zu beruhigen, fügte er hinzu, daß Mariette jedoch bereits im Koma gelegen und im üblichen Sinn des Worts nicht mehr gelitten habe.

»Die Verhandlung wird um halb drei Uhr fortgesetzt.«

Erst als er aufstand, wurde sich Lhomond seiner Müdigkeit bewußt. Seine Beine waren steif, und als er die Robe ablegte, fürchtete er einen Augenblick lang, schwindlig zu werden. Aber auf seinem Gesicht lag ein Ausdruck der Befriedigung, der den anderen Richtern nicht entging. Ob sie den Grund dafür errieten? Wenn ja, mußten sie es ihm übelnehmen, denn diese Befriedigung entsprang seiner Überzeugung, ihnen ein Schnippchen geschlagen zu haben.

Wie allen Richtern der Welt war auch ihnen der eindeutige Fall der liebste, ein Fall, den man selbstsicher entscheiden kann, weil alle Beteiligten entweder ganz gut oder ganz böse sind.

Lhomond war sich nicht sicher, ob es ihm vollständig gelungen war, aber es schien ihm doch, daß er durch seine Art, die Verhandlung zu leiten, Fragen zu stellen, manche Punkte zu klären, die bei der Ermittlung im Dunklen geblieben waren, alles in Bewegung gebracht hatte.

Hielten sie Dieudonné Lambert noch für genauso schuldig wie am Tag zuvor? Waren ihnen, Armemieux inbegriffen, nicht doch Zweifel gekommen? Erschienen nicht gegenwärtig einige der Zeugen, die ausgesagt hatten, ebenso verdächtig wie Lambert, das Verbrechen begangen zu haben?

Es war seltsam, daß er dabei an Laurence dachte, als ob er sie narren wollte. Wenn sie die Zeitungsberichte über die Verhandlung aufmerksam las – und er war überzeugt, daß sie es tun würde –, mußte sie bereits gespürt haben, was am Verhalten ihres Mannes ungewöhnlich war. Ob sie den Grund erriet?

»Werden wir heute abend fertig?«

»So wie die Dinge liegen, ist das ziemlich sicher. Es hängt nur noch von der Anklagerede und dem Plädoyer ab.«

Ob die Geschworenen seine Absicht begriffen? Er hatte sich alle Mühe gegeben, ihnen mit einem Höchstmaß an Zurückhaltung die Darsteller des Dramas, einschließlich der Zeugen, in ihrer ganzen Vielschichtigkeit zu zeigen, und dadurch hatten die Zeugenaussagen plötzlich einen Teil ihres Gewichts verloren.

»Kann ich Sie irgendwo absetzen?« schlug Armemieux, der seinen Wagen dabei hatte und sowieso durch die Avenue Sully fahren mußte, in der Säulenhalle vor.

»Ja. Vielen Dank.«

Der Staatsanwalt hätte gern mit ihm gesprochen. Während er hinter dem Steuer saß, beobachtete er ihn zwei- oder dreimal verstohlen.

»Merkwürdiger Prozeß«, brummelte er wie von ungefähr.

»Alle Prozesse, glaube ich, sind merkwürdig.«

»Ich meine besonders die Zeugen.«

»Ich nehme an, daß in dem, was sie gesagt haben, ein Stück Lüge und ein Stück Wahrheit liegt, das ist menschlich.«

Er tat es absichtlich. Es war nicht ungefährlich. Seine Worte mußten dem Staatsanwalt auffallen, der sie unweigerlich wiederholen würde, und zuletzt könnte jemand die persönlichen Gründe herausfinden, die ihn veranlaßt hatten, so zu sprechen.

»Ich frage mich, wie die Geschworenen reagieren werden.«

Sie waren angekommen, und Lhomond entwand sich ihm ein letztes Mal.

»Wie würden Sie an ihrer Stelle entscheiden?«

Hatte er sich nicht nach und nach mit dem Angeklagten identifiziert? Nicht eigentlich mit Lambert. Die Persönlichkeit dieses Mannes, sein Leben, was er getan oder nicht getan hatte, zählten in seinen Augen nicht. Aber zum erstenmal in seiner Laufbahn hatte er sich in Gedanken an die Stelle des Angeklagten versetzt. Es war geradezu ein Spiel geworden, besonders während der beiden letzten Zeugenaussagen. Er hatte sich gefragt, wer in diesem Fall seinen eigenen Platz einnehmen würde, und war zu dem Schluß gekommen, daß es kein Geringerer als Henri Montoire sein würde, denn das war man einem Richter schuldig.

Spaßeshalber hatte er imaginäre Zeugen an sich vorüberziehen lassen und ihre Aussagen erfunden. Fast zu jedem Zeugen, der im Verlauf des wirklichen Prozesses aufgetreten war, hatte er ein Gegenstück gefunden. Das Albinomädchen aus dem Handschuhladen hatte die Rolle von Hélène Hardoin gespielt, Justin Larminat die von Gelino übernommen. Zufällig trugen die beiden auch noch denselben Vornamen.

Eine Entsprechung zu Joseph Pape fand er unter seinen eigenen Zeugen nicht, und das ärgerte ihn, denn er hatte lange danach gesucht, während eine Entsprechung zu der Hebamme so leicht zu finden gewesen war: Er hatte nur geradeaus zu blicken und Madame Frissart anzusehen brauchen.

Anna nahm ihm wie üblich den Überzieher ab und öffnete die Tür zum Eßzimmer.

»Nichts Neues?« fragte er automatisch.

»Nein, Monsieur, nichts Besonderes.«

An ihrem Zögern merkte er, daß sie log.

»Hat Madame einen Anfall gehabt?«

»Sie hat uns verboten, es Ihnen zu sagen, um Sie während des Prozesses nicht zu beunruhigen.«

»Stärker als sonst?«

»Ja, Monsieur. Léopoldine ist so erschrocken, daß sie Dr. Chouard angerufen hat.«

»Ist er gekommen?«

»Nein. Er machte Hausbesuche, und man konnte ihn nicht erreichen. Und sobald Madame sich besser gefühlt hat, hat sie anrufen lassen, um ihn nicht unnötig zu bemühen.«

Er ging auf die Treppe zu.

»Sie sollten vorsichtshalber keinen Lärm machen, ich glaube, sie schläft. Sie hat noch nicht nach dem Mittagessen geläutet.«

Auf Zehenspitzen ging er nach oben, und zuerst glaubte er, seine Frau schlafe, weil sie die Augen geschlossen hielt. Sein erster Blick galt der Arzneiflasche, und erleichtert stellte er fest, daß der Spiegel der Flüssigkeit seit dem Morgen kaum gesunken war.

»Bist du nicht schrecklich müde?« fragte sie ihn, während er auf die Flasche starrte.

Er fühlte sich ertappt und zuckte zusammen. Sie hatte die Augen nur einen Spalt geöffnet und blickte ihn an, ohne daß man hätte erraten können, was sie dachte.

»Ich habe gehört, daß du dich nicht wohlgefühlt hast?«

»Ich hatte einen Anfall, der etwas länger dauerte als sonst. Die Hausangestellten waren in heller Aufregung. Sicher haben sie dir gesagt, daß sie beim Arzt angerufen haben, aber zum Glück war er nicht zu Hause. Jetzt ist es vorüber. Wie geht es dir?«

»Ausgezeichnet.«

Er mochte die süßliche Art nicht, in der sie zu ihm sprach und ihn beinahe liebevoll anblickte.

»Bist du sicher, daß Chouard nicht doch kommen soll? Es wäre eine Beruhigung für mich.«

Sie schüttelte den Kopf, und er hätte schwören mögen, daß in ihrem Lächeln etwas Nachsichtiges lag. Das erschreckte ihn.

»Ich rufe ihn doch!«

»Nein, bitte nicht, Xavier. Ich verspreche dir, daß ich anrufen lasse, wenn ich mich nicht wohl fühle. Nachmittags ist er immer in seiner Praxis. Geh jetzt essen.«

»Bist du sicher, daß . . .«

»Aber ja, geh jetzt.«

Ein verrückter Gedanke schoß ihm durch den Kopf: Wie, wenn er sich seit fünf Jahren, ja seit vierundzwanzig Jahren in Laurence getäuscht hätte?

Er wollte diesem Gedanken nicht nachgehen. Es war unwahrscheinlich. Es war ausgeschlossen, daß er sich so grob getäuscht haben sollte.

»Geh.«

»Bevor ich ins Gericht gehe, komme ich noch einmal herauf.«

»Schön. Wenn du willst. Sag Léopoldine, daß ich ein Rührei essen möchte.«

Nachdenklich stieg er hinunter, ging durch die Küche, um Léopoldine die Bestellung auszurichten, und fragte sie:

»Ist es ihr wirklich so schlecht gegangen?«

Aber Léopoldine brummte nur achselzuckend:

»Ich glaube selber bald, daß ich mich getäuscht habe, wenn sie jetzt schon wieder ißt.«

## 8

## *Lamberts Rendez-vous*

Auf der Uhr hinten im Saal war es ein paar Minuten vor fünf, als Lhomond sich räusperte, in den Saal blickte, die Geschworenen ansah und die Zusammenfassung der Anklagepunkte begann. Seit der zweiten Hälfte des Nachmittags hatte er wieder etwas Fieber, aber weniger als am Vortag, wahrscheinlich um achtunddreißig, und er fühlte weder seinen Kopf noch seinen Körper davon beeinträchtigt. Im Gegenteil, eine Art fieberhafter Ungeduld drängte ihn, rasch vorwärts zu kommen, wie wenn man auf abschüssiger Straße, vom eigenen Gewicht vorangetrieben, den Schritt so beschleunigt, daß man irgendwann glaubt, nicht mehr einhalten zu können.

Zweimal war im Verlauf der letzten Sitzung über die Ereignisse berichtet worden, die sich am 19. März im Viertel Boule-d'Or abgespielt hatten. Armemieux und Jouve, der eine in der Anklagerede, der andere in seinem anschließenden Plädoyer, hatten dieselben Tatsachen geschildert, dieselben Örtlichkeiten, dieselben Personen beschrieben, und doch hatte jeder das Bild einer ganz anderen Welt entworfen.

In der eleganten, geschliffenen Sprache des Oberstaatsanwalts waren Stadtviertel wie dasjenige, in dem die Lamberts wohnten, in allen Großstädten nur die Kehrseite der Medaille oder genauer: ein unvermeidbarer Schandfleck. Es gab sie, wie es Abwässerkanäle gab. Leute wie die Lamberts, Gelino und ihresgleichen gehörten zu einer Art Dschungel am Rand der Gesellschaft, und sich gegen sie zu verteidigen, war eine der Pflichten dieser Gesellschaft.

Das Bild, das er entwarf, war scharf umrissen, grau in grau, und enthielt grausame Züge, die er jedoch taktvoll genug war, nicht auszuschlachten. Wenn man ihm zuhörte, konnte man sich schlechterdings nicht vorstellen, daß irgendeiner Frau aus einer anderen sozialen Schicht das gleiche Schicksal wie Mariette hätte zustoßen können.

Hier lag eines jener Verbrechen vor, wie sie außerhalb der anständigen und gesitteten Welt begangen werden, und einzelne Requisiten wurden geradezu zu Symbolen dieser Verworfenen, wie etwa die Rumflasche, aus der Mariette mehrere Gläser getrunken hatte, ehe ihr tragisches Geschick sie ereilte, oder der Pernod, der Marc, die Glasscherben und der verschüttete Rotwein, die allein ausreichten, Lambert zum Ausgestoßenen zu machen.

In den Augen des Oberstaatsanwalts war das Verhalten Lamberts von dem Lebenswandel seiner Frau nicht zu trennen, sonst hätte er sie nicht jahrelang gewähren lassen. Und Armemieux versäumte auch nicht, nebenbei noch die Gestalt eines anderen jungen Mannes zu umreißen, der noch nicht gänzlich verdorben war, es aber im Umgang mit diesem Milieu beinahe für immer geworden wäre.

Entgegen Lhomonds Erwartung ließ Armemieux den Vorwurf der Vorsätzlichkeit fallen. Dennoch war das Verbrechen Lamberts – und daß er die Tat begangen hatte, zog er keinen Augenblick in Zweifel – in seinen Worten kein unerwartetes Ereignis, kein Unglücksfall, sondern der gleichsam schicksalhaft notwendige Ausgang einer bestimmten Entwicklung.

Er forderte nicht die Todesstrafe. Was er von der Gesellschaft verlangte, die von den Geschworenen und Richtern vertreten wurde, war nicht, Mariette zu rächen – er sprach nicht einmal von Bestrafung –, sondern einen gefährlichen Menschen zu lebenslänglicher Zwangsarbeit zu verurteilen, um ihn daran zu hindern, erneut Böses zu tun.

Lambert, während der Anklagerede noch kaltblütiger als während der Zeugenvernehmung, hatte keine Miene verzogen und sich auch nicht, wie es seine Gewohnheit war, zu seinem Anwalt oder seinen Wärtern gebeugt, um Bemerkungen zu machen.

Bei Jouve, der anfangs vor Lampenfieber gezittert und sich in den ersten Minuten mehrmals versprochen hatte, gab es keinen Dschungel und keine Elendsviertel mehr, sondern nur noch Menschen wie alle anderen, die auf ihrem Lebensweg in ein Drama geraten waren.

Mariette war nicht mehr das Produkt der Armut und der Anziehungskraft der Großstädte, sondern ein junges Mädchen, dann eine junge Frau, der es an innerem Gleichgewicht fehlte und die ihrem Leben verzweifelt einen Sinn zu geben versuchte.

Ohne es ausdrücklich zu sagen, ließ Jouve durchblicken, daß ein hemmungsloser Drang nach Abenteuern wie der ihre, nicht ausschließlich in den Niederungen der Gesellschaft zu Hause sei, und spielte diskret auf einen kürzlich abgeschlossenen Scheidungsprozeß an, der hinter einer mehr als anständigen Fassade das skandalöse Privatleben bedeutender Persönlichkeiten des Landes zu Tage gefördert hatte.

»Dieser Mann hat sie geliebt. Er hat sie so geliebt, daß er ihr unbeschadet ihrer Lebensführung seinen Namen gegeben hat, und er hat es zweifellos in der Hoffnung getan, sie ändern zu können.«

Jouve betonte zu Recht, daß Lambert, obwohl er seit seinem fünfzehnten Lebensjahr sich selbst überlassen und als junger Mann mehrmals mit den Gesetzen in Konflikt geraten war, später dennoch regelmäßig gearbeitet und während der letzten Jahre zu keiner Klage Anlaß gegeben hatte.

»Vielleicht wäre alles anders verlaufen, wenn ihr erstes Kind nicht tot zur Welt gekommen wäre?«

Er hob das Sentimentale an der Geschichte hervor, denn bei den Meistern der Verteidigung hatte er gelernt, daß man die Geschworenen gar nicht genug rühren kann.

»Hat Mariette Lambert nicht gerade aus dieser unglücklichen Erfahrung heraus, aus Angst, daß sie sie ein zweites Mal nicht überleben würde, zu jenen Maßnahmen gegriffen, die dem Gesetz wie der Moral als verwerflich gelten?«

Er schilderte das Leben eines Paars, das keinen festen Halt hatte, und dem Bars, Restaurants, Kinos und Tanzsäle das Zuhause ersetzen mußten.

»Auf ihrer Jagd nach dem Vergnügen ist Mariette Männern unterschiedlichster Art begegnet, auch achtbaren Staatsbürgern und Familienvätern, die nicht im Zeugenstand erschienen sind, weil man ihnen die Schande ersparen wollte.«

Sein Trick überraschte Lhomond. Statt Mariette anzuschwärzen, um ihren Mann reinzuwaschen, stellte er beide als gleichermaßen bemitleidenswert dar: zwei durch ihr Los eng aneinandergekettete Schiffbrüchige.

»Hat Lambert je daran gedacht, die Scheidung zu verlangen? Hat er versucht, sich anderswo eine neue Existenz aufzubauen? Nein! Weil er sie geliebt hat. Weil er gewußt hat, daß sie ihn brauchte und daß sie eines Tages zu ihm zurückkehren würde. Die Äußerung, die er einer jungen Person gegenüber gemacht hat – sie ist hier als Zeugin aufgetreten –, diese Äußerung, meine Herren Geschworenen, hinter der man so etwas wie eine Drohung gegen seine Frau zu sehen versucht hat, diese Äußerung zeigt uns im Gegenteil, wenn wir uns die Mühe machen, darüber nachzudenken, wie sehr es diesen Mann nach einem sauberen, geregelten Leben verlangt hat. Was hat er ihr zugeflüstert in einem Augenblick, in dem man gewöhnlich andere Worte ausspricht?

›Wenn du meine Frau wärst, würde ich dir sofort ein Kind machen.‹

Und der Satz, den er hinzugefügt hat, ist noch aufschlußreicher:

›Du hast das Zeug dazu, Kinder zu haben!‹

Er hat manchmal im Übermaß getrunken, wie so

viele Menschen, die davon überzeugt sind, daß ihr Leben verpfuscht ist. Aber dabei darf auch nicht übersehen werden, daß seine Räusche ihn niemals davon abgehalten haben, am folgenden Tag zur Arbeit zu gehen ...«

Jouve sprach mit bebender Stimme, die manchmal jäh brach, und man spürte, daß er, von seinen eigenen Sätzen mitgerissen, wirklich ergriffen war.

»Jahr für Jahr, meine Herren Geschworenen, werden in Frankreichs Großstädten Leichen von Frauen entdeckt, die auf freies Gelände geschleppt oder in den Fluß geworfen worden sind. In neun von zehn Fällen handelt es sich dabei um Prostituierte oder um Frauen, die ein Leben wie Mariette Lambert geführt haben.

Was sind das aber für Männer, auf welche diese Frauen eine so krankhafte Faszination ausüben, daß sie sie töten und oft auch noch die Leiche verstümmeln müssen? Diese Frage zu beantworten ist nahezu unmöglich, denn die Statistiken zeigen, daß diese Mörder kaum je entdeckt werden.

Es ist dies eines der rätselhaftesten Kapitel in den Annalen der Kriminalgeschichte, und Mariette Lambert ist nur einer unter den Hunderten von Fällen, dieser Kategorie.

Warum aber, wenn ihr Ende dem so vieler anderer Frauen gleicht und wir alle uns geläufigen Kennzeichen hier wiederfinden, warum hat man dieses eine Mal den Schuldigen in ihrer unmittelbaren Umgebung gesucht?

Das Viertel Boule-d'Or ...«

Er bevölkerte es mit biederen Leuten, beschwor das kleine Mädchen herauf, das in der Bäckerei Brot holen gegangen war, ließ dann aber auch unheimliche Schatten an den Hauswänden entlangstreichen, Verrückte, Perverse, die sich von den Geheimnissen enger Gäßchen und dunkler Ecken angezogen fühlen.

Er zitierte Zahlen, die er Psychiatern und Soziologen entlehnt hatte.

»Der Mörder Mariette Lamberts, meine Herren Geschworenen, muß nicht unbedingt aus einem gefühlsrohen, ungesitteten Milieu kommen. Ältere Erfahrungen auf diesem Gebiet scheinen im Gegenteil darauf hinzuweisen, daß diese Art Mörder in den meisten Fällen den etablierten Gesellschaftsschichten entstammen.«

Lambert hörte mit gerunzelter Stirn aufmerksam zu wie ein Student in der Vorlesung. Die Geschworenen, so kam es Lhomond vor, fühlten sich ein wenig unbehaglich, ließen sich jedoch keine Silbe von der Rede des Anwalts entgehen.

Und nachdem er darzulegen versucht hatte, daß der Mord an Mariette Lambert das Verbrechen eines Irren oder eines Entarteten sein müsse, zeigte er auf den Angeklagten und rief:

»Und dies ist der Mann, den man heute beschuldigt, ein Mann, der seit sechs Jahren . . .«

Im folgenden bemühte er sich zu beweisen, daß es Lambert gar nicht möglich gewesen wäre, das Verbrechen zu begehen, das man ihm zur Last legte. Ähnlich wie Armemieux, aber in anderen Farben, schilderte er Lamberts fast immer einsamen Weg von Bar zu Bar.

Eine Nachbarin hatte gesehen, wie er taumelnd die Straße überquert hatte.

Das kleine Mädchen war auf dem Rückweg aus der Bäckerei nur ein paar Schritte von ihm entfernt gewesen, als er die Haustür aufgestoßen hatte und kurz danach die Rotweinflasche auf dem Boden zerschellt war.

War es nicht naheliegend, daß der Angeklagte, wie er selbst behauptete, sinnlos betrunken auf den ersten Stufen der Treppe zusammengebrochen war?

Konnte man wirklich annehmen, daß er später, nach elf Uhr nachts, wieder zu sich gekommen war, Manns genug und ausreichend ernüchtert, um Mariette zu töten und ihre Leiche auf die Bahngleise zu befördern?

»Und sage mir einer zuerst, warum er sie auf die Gleise geschafft haben sollte? Damit sie nicht mehr zu erkennen wäre? Das rote Kleid und der grüne Mantel seiner Frau waren doch im ganzen Viertel bekannt! Damit man an einen Unfall glauben sollte? Was hätte denn Mariette nachts allein auf den Bahngleisen zu suchen gehabt?«

Jouve schien viel Selbstvertrauen zu besitzen, denn nachdem er schon Eifersucht als Motiv ausgeschlossen hatte, die dem Angeklagten mildernde Umstände hätte einbringen können, wies er ebenso verächtlich die Hypothese eines Unfalls zurück.

Hatte er vor drei Tagen seinem Klienten noch geraten, sich schuldig zu bekennen, so setzte er jetzt alles auf eine Karte.

Sein Trumpf war die Parallele zwischen dem Tod

Mariettes und dem jener Freudenmädchen, deren Leichen eines Tages hinter einem Bretterzaun gefunden werden, ohne daß je das Geheimnis gelüftet wird.

Das Argument hatte die Geschworenen sichtlich beeindruckt. Wenn es sich so verhielt, ging es nicht mehr darum, nach Gründen für den Mord zu suchen, und Lambert war weniger verdächtig, ihn begangen zu haben, als jeder andere.

»Beweise, meine Herren Geschworenen, hat die Anklage keine erbracht, sie hat nicht einmal die Mordwaffe vorlegen können. Und was die Mutmaßungen angeht . . .«

Es machte Lhomond ein wenig nervös, daß Jouve Argumente aufgriff, die er selbst ihm indirekt geliefert hatte.

»So kann ich in ein paar Minuten gegen mindestens ein halbes Dutzend Personen ebensoviele Mutmaßungen aufstellen, und wenn Sie Ihr Urteil auf derart anfechtbare Grundlagen stützen wollten, wäre keiner mehr vor den schlimmsten Anschuldigungen sicher. Wir haben hier an dieser Stelle zwei Zeugen gesehen . . .«

Der allzu sentimentale Schluß fiel in den Trivialroman ab.

». . . Und ich vertraue darauf, daß Sie diesen Mann, der sich jahrelang vergeblich darum bemüht hat, sich ein anständiges Zuhause zu schaffen, freisprechen werden. Wer weiß, ob sich nicht künftig eines seiner Worte als Prophezeiung erweisen wird. Hat er nicht gesagt:

›Vielleicht werden wir eines Tages Kinder haben.‹«

Er mogelte. Sein Zitat war ungenau. Überdies war es riskant, die Gestalt von Hélène Hardoin heraufzubeschwören, deren sich Armemieux anfangs bedient hatte, um den Vorwurf der Vorsätzlichkeit zu begründen, den er später hatte fallen lassen.

Tiefe Stille trat ein. Nur hinten im Saal war ein Aufschluchzen zu hören, das eine Frau nicht hatte unterdrücken können.

Lambert hatte während des letzten Teils des Plädoyers den Kopf auf seine Arme gelegt, vielleicht auf Anraten seines Anwalts, damit man glauben mochte, er weine oder sei tief bewegt.

Da er es eilig hatte, zum Ende zu kommen, kündigte Lhomond wider Erwarten keine Unterbrechung an. Er hatte nun den Eindruck, daß der Prozeß ihm aus den Händen geglitten war und die Gangart, die er ihm gegeben hatte, aus eigenem Schwung fortsetzte.

Beunruhigte, verstörte es ihn nicht, zu sehen, daß die Dinge sich weiter und schneller entwickelten, als er gedacht hatte?

In der Zusammenfassung, die er schriftlich vorbereitet hatte, griff er jede Zeugenaussage einzeln auf in dem Bestreben, das Gewicht einer jeden abzuwägen und etwaige Widersprüche hervorzuheben. Da die Frage der Zeit, das Kommen und Gehen der Beteiligten, eine ausschlaggebende Rolle spielte, war er ihr besonders gründlich nachgegangen.

Jetzt war es überflüssig geworden, daß er seine Aufzeichnungen beizog, und statt die Zeugenaussagen eine nach der anderen durchzugehen, griff er nur die wichtigsten Fakten heraus.

Das wesentliche Element war die Zeit, und so betonte er die Unterschiedlichkeit der Ansichten, zu denen Professor Lamoureux und Dr. Bénis gelangt waren.

Nicht nur hatte man weder den Zeitpunkt angeben können, zu welchem das Verbrechen begangen, noch mit welchem Instrument es ausgeführt worden war, sondern man hatte nicht einmal zu sagen vermocht, wo Mariette getötet worden war.

Um acht Uhr abends hatte sie sich, soweit man es beurteilen konnte, an der Ecke der Rue du Chemin-de-Fer aufgehalten und die Absicht geäußert, schlafen zu gehen. Aber niemand hatte sie nach Hause gehen sehen, und es gab keinen Hinweis darauf, daß sie es wirklich getan hatte.

War Lambert um diese Zeit bereits wieder zu Hause gewesen? ... Es war eine Frage von Minuten. Die kleine Jeanine Rieu war in der Bäckerei gewesen, als die Uhr dort auf acht stand, und kurz danach hatte sie den Angeklagten in sein Haus gehen sehen.

Er war betrunken gewesen. Hatte er seine Frau angetroffen, die wenige Augenblicke vor ihm zurückgekehrt sein konnte? Hatte er sie in diesem Augenblick in einer Anwandlung von Zorn getötet?

Wenn ja, so wäre er wahrscheinlich nicht in der Lage gewesen, sie unmittelbar danach auf den Bahndamm zu tragen. Außerdem hatte die Hebamme erst kurz vor elf einen Mann die Treppe von den Gleisen herunterkommen sehen.

Hatte er also neben der Leiche seinen Rausch ausgeschlafen und später, als er aufgewacht war, den Entschluß gefaßt, sich ihrer zu entledigen, indem er sie auf die Gleise trug?

Es war eine Hypothese, und die Geschworenen würden darüber zu entscheiden haben, ob die Tatsachen so einwandfrei feststanden, daß sie keinem vernünftigen Zweifel mehr Raum ließen.

War Mariette vor ihrem Mann nach Hause zurückgekehrt, und hatte sie Zeit gehabt, in den ersten Stock hinaufzugehen? Und war er selbst erst im späteren Verlauf des Abends, als er wieder zu sich gekommen war, hinaufgegangen und hatte sie getötet?

In diesem Fall mußte man davon ausgehen, daß sich Mariette in den Kleidern zu Bett gelegt hatte, ohne auch nur den Mantel und die Schuhe auszuziehen, was wenig wahrscheinlich war, oder aber daß der Angeklagte imstande gewesen wäre, die Leiche wieder anzukleiden, was jedoch von Gerichtsärzten wie Polizisten für eine so schwere Arbeit gehalten wird, daß Lambert selbst nach zwei oder drei Stunden Schlaf auf der Treppe dazu nicht imstande gewesen wäre.

Nichts bewies, daß er die ganze Nacht über auf der Treppe gelegen hatte, ohne zu sich zu kommen, aber ebenso wenig bewies irgend etwas, daß er in der Nacht das Haus in der Rue Haute verlassen hatte.

Nichts bewies, daß der Mann, den die Hebamme die Steintreppe hatte herunterkommen sehen, ein anderer als er gewesen war.

Nichts bewies, daß er seine Frau nicht mit dem Hammer getötet und sich danach des Mordinstruments auf die eine oder andere Weise entledigt hatte.

»Das Gericht erinnert die Geschworenen daran,

daß ein Zweifel, falls Zweifel besteht, dem Angeklagten zugute kommen muß. Ich werde jetzt die Fragen vorlesen, welche die Geschworenen nach bestem Wissen und Gewissen zu beantworten haben, ohne sich von Erwägungen beeinflussen zu lassen, die mit den Fakten des Falles nichts zu tun haben.

Frage 1 – Ist der Angeklagte schuldig, am 19. März zwischen acht Uhr abends und ein Uhr morgens seine Ehefrau, Mariette Lambert, willentlich getötet zu haben?

Frage 2 – Ist der Angeklagte schuldig, versucht zu haben, den Verdacht auf eine oder mehrere Personen zu lenken, indem er die Leiche auf die Eisenbahngleise gelegt und damit einer unvermeidlichen Verstümmelung ausgesetzt hat?

Frage 3 – Hat der Angeklagte vorsätzlich gehandelt?«

Lhomond war so erschöpft, als hätte er Welten bewegen müssen, um bis zu diesen drei wesentlichen Sätzen zu gelangen.

»Die Geschworenen und das Gericht ziehen sich zur Beratung zurück.«

Er erhob sich, setzte das Barett auf und ging in das Beratungszimmer, gefolgt von seinen Beisitzern und den Geschworenen, die nur zögernd auf den gotischen Sesseln rings um den großen Tisch Platz nahmen.

Noch vor einigen Jahren wären sie sich selbst überlassen geblieben und hätten allein die Verantwortung für ihre Entscheidung zu tragen gehabt.

Nach dem neuen Gesetz saßen sie gleichberechtigt

mit den Richtern an einem Tisch, und jede Stimme wog gleich schwer.

»Meine Damen und Herren, ich stehe den Geschworenen, die Fragen zu stellen haben, zur Verfügung.«

Sie waren anfangs so aufgeregt, daß sie nicht wagten, das Wort zu ergreifen.

Jeder sah seine Nachbarn an, um sich Mut zu machen, dann machte Madame Falk als erste eine leichte Bewegung, schien sie aber sofort zu bereuen, als der Präsident ihr das Wort erteilte.

»Ich habe die Tragweite der zweiten Frage nicht ganz begriffen und frage mich, ob sich ihre Beantwortung auf die Bestrafung auswirkt.«

»Gewiß«, antwortete er. »Die erste Frage bezieht sich auf Artikel 295 des Strafgesetzbuches, der folgendermaßen lautet:

*Willentliche Tötung wird als Totschlag bezeichnet.*

Die zweite Frage bezieht sich auf Artikel 304, der ausführt:

*Auf Totschlag steht Todesstrafe dann, wenn er begangen wird, um eine Straftat vorzubereiten, zu erleichtern oder zu entschuldigen oder um die Flucht der Urheber oder Mittäter der Straftat zu begünstigen oder ihnen Straflosigkeit zu sichern.*

Am Ende sagt Artikel 304 ausdrücklich:

*In jedem anderen Fall wird der des Totschlags für schuldig Befundene mit lebenslänglicher Zwangsarbeit bestraft.*«

Durch das Beispiel von Madame Falk ermutigt, fragte der Versicherungsagent:

»Und wenn Vorsätzlichkeit vorliegt?«

»Dann fällt der Angeklagte unter Artikel 296:

*Jeder vorsätzlich oder hinterlistig begangene Totschlag wird als Mord bezeichnet.*«

Er fügte hinzu:

»In diesem Fall sieht Artikel 302 die Todesstrafe vor.«

Die Gesichter wurden ernst. Deutlicher als zuvor wurde den Geschworenen plötzlich bewußt, daß die kleine Gruppe im Beratungszimmer über das Leben eines Menschen zu entscheiden hatte.

Delanne beobachtete die Gesichter und studierte interessiert den Ausdruck eines jeden, während Frissart mit unzufriedener Miene auf den Tisch starrte.

»Hat die Polizei wirklich alle möglichen Spuren verfolgt?« fragte einer der Geschworenen, der von Beruf Architekt war und zu seinem Vergnügen Aquarelle malte.

»Ich kann Ihnen versichern, daß Kommissar Belet einer der aktivsten und kompetentesten Beamten der Kriminalpolizei ist und daß er die Untersuchung mit aller nur wünschbaren Umsicht geführt hat.«

»Gibt es im Hof des Hauses Lambert einen Brunnen? Ich kenne die Straßen in diesen alten Vierteln ein wenig und . . .«

»Es gibt einen. Ein Mann ist mehrere Male in ihn hinuntergestiegen, hat aber keine Spur von einem Hammer gefunden, hat auch kein anderes Werkzeug entdeckt außer einem durchlöcherten, verrosteten Eimer, der vermutlich seit vielen Jahren dort gelegen hat.«

»Hatte Mariette Lambert keine Lebensversicherung?« fragte der Versicherungsagent.

»Nein. Wie schon in der Verhandlung gesagt wurde, besaß sie nur ihre Kleider und ein paar wertlose Schmuckstücke, die man gefunden hat.«

Ein anderer Geschworener, ein etwa sechzigjähriger Grundstückmakler, stellte eine weitere Frage.

»Weiß man, ob Gelino ihr Geld gegeben hat?«

»Er behauptet, nein, und das Gegenteil zu beweisen, war unmöglich. Soweit es sich beurteilen läßt, gehört er jedoch eher zu jener Sorte Männer, die lieber Geld von den Frauen nehmen, als daß sie ihnen welches geben.«

»Hat er das getan?«

»Wir haben zu diesem Punkt keine andere Aussage als seine. Er behauptet, nein.«

»Und Joseph Pape?«

»Pape lieferte grundsätzlich seiner Mutter ab, was er verdiente, und sie gab ihm nur ein geringes Taschengeld. In letzter Zeit hat er gelegentlich seine Kameraden angepumpt, um mit Mariette ausgehen zu können, und ein paar Tage vor dem Verbrechen hat er die Uhr verkauft, die er von seinem Vater hatte.«

»Hätte ihn nicht Eifersucht dazu treiben können, Mariette Lambert zu töten? Er gibt zu, daß er dem Paar gefolgt ist und daß er vom Gehsteig aus ihren Streit mitangesehen hat. Um acht Uhr abends stand er mit Mariette an der Ecke der Rue du Chemin-de-Fer.«

»Wenn er sie in diesem Augenblick getötet hätte, hätte er bis elf Uhr nachts warten müssen, um die Leiche auf die Gleise zu tragen, oder der Mann, den seine Tante die Steintreppe herunterkommen sah, hat mit der Sache gar nichts zu tun und ist an der Leiche vorbeigegangen, ohne sie zu bemerken.«

»Es sei denn, Pape habe Mariette vorgeschlagen, mit ihm ins Viertel Les Genettes zu gehen, wo die Maison Bleue ist, und habe sie beim Überqueren der Gleise ermordet.«

Zum erstenmal sprach jemand diese Hypothese aus, die letztlich ebenso plausibel war wie die anderen.

Wieder war es Madame Falk, die als erste den Mut zu einer persönlichen Ansicht über Schuld oder Unschuld Lamberts aufbrachte. Sie war über ihre Kühnheit so erschrocken, daß sie sprach, ohne jemanden anzusehen.

»Ich glaube nicht, daß ein Mann wie der Angeklagte, wenn er seine Frau getötet hätte, auf den Gedanken gekommen wäre, sie danach auf die Gleise zu tragen. Es ist unbestreitbar, daß er sie geliebt hat, wenigstens auf seine Weise, und die Leiche eines geliebten Wesens läßt man nicht von einem Zug zerstückeln.«

»Genausogut könnte man sagen«, entgegnete Frissart trocken, »daß man einen Menschen, den man liebt, nicht tötet, während doch die Tatsachen immer wieder das Gegenteil beweisen.«

»Das ist nicht das gleiche!«

Fast eine Viertelstunde lang diskutierten alle, weniger über den Prozeß Lambert als über Verbrechen aus Leidenschaft im allgemeinen. Zuletzt schlug Lhomond vor:

»Vielleicht könnten wir jetzt zur ersten Abstimmung über die Frage 1 schreiten?«

Er wußte im voraus, daß Frissart mit Ja stimmen würde. Über die Haltung Delannes war er sich weniger sicher. Hingegen wäre er jede Wette eingegangen, daß Madame Falk und zwei weitere Geschworene mit Nein stimmen würden.

Er selbst teilte die Zettel aus, und nach einer Weile legte jeder den seinen zweifach gefaltet in das Kupfergefäß, das seit Jahren als Urne diente.

»Ich bitte Richter Delanne, die Stimmen auszuzählen.«

Sie waren zehn, sieben Geschworene und drei Richter. Nach kurzem Zögern hatte Lhomond einen leeren Zettel in die Urne geworfen.

Seiner Voraussicht nach würde es mehrere Stimmgänge geben, und seine Vermutung verdichtete sich beinahe zur Gewißheit, als die beiden ersten Zettel aus der Urne ein Ja und ein Nein enthielten.

Zwei weitere Ja-Stimmen folgten unmittelbar aufeinander, danach stand auf allen weiteren Zetteln, ausgenommen auf dem leeren, das Wort Nein.

Die Verblüffung rings um den Tisch war fast mit Händen zu greifen. Jeder, der mit Nein gestimmt hatte, schien erwartet zu haben, diesen Standpunkt als einziger zu vertreten. Wollten sie vielleicht ihr Gewissen dadurch entlasten, daß sie es anderen überließen, eine Verurteilung zu fordern?

Frissart kniff die Lippen zusammen, zuckte die Achseln und warf Lhomond einen Blick zu, der diesem nicht gefiel. Delanne sagte:

»Ich bitte einen der Geschworenen« – dabei wandte er sich Madame Falk zu –, »die Stimmzettel zu überprüfen.«

Jeder Irrtum war ausgeschlossen. Mit sechs Stimmen gegen drei, bei einer Enthaltung, war Dieudonné Lambert, dem der Zweifel zugute gekommen war, für nicht schuldig erklärt worden.

Lhomond erhob sich. Er war ebenso verwirrt wie die anderen. Die meisten Zuschauer gingen vermutlich in Erwartung einer langen Beratung in den Gängen auf und ab oder rauchten in der Säulenhalle eine Zigarette. Ob Lambert in dem für ihn reservierten Raum, in dem er mit seinen Wärtern und dem Anwalt allein war, die gleiche Kaltblütigkeit zeigte wie während der Verhandlung?

Junge Rechtsanwälte, die gekommen waren, um Jouves Plädoyer zu hören, der ihrer Generation angehörte, warteten gespannt auf das Urteil.

Lhomond erteilte Joseph den Auftrag, das Publikum wieder in den Saal zu rufen. Während der wenigen Minuten, die sie zu warten hatten, sprach niemand, und man hätte nicht sagen können, welches Gefühl die Oberhand hatte: die Erleichterung, alles hinter sich zu haben, oder die Angst, nicht die richtige Entscheidung getroffen zu haben.

»Das Hohe Gericht.«

Die Bank, auf der Lambert zwei Tage lang darauf gewartet hatte, daß über sein Schicksal entschieden würde, war leer. Im Saal blieben einige Zuschauer stehen und reckten die Hälse. Jouve, der seinen Platz wieder eingenommen hatte, war leichenblaß.

»Führen Sie den Angeklagten herein.«

Lambert hatte nicht mehr Farbe im Gesicht als sein Anwalt und versuchte angestrengt, eine Art nervöses Grinsen beizubehalten. Auch er blieb stehen.

»Die Antwort der Geschworenen auf die erste Frage ist: Nein.«

Ein überraschtes »Ah!« stieg aus dem Publikum auf, da und dort wurde Beifall geklatscht, und Jouve war so ergriffen, daß er sich an seiner Bank festhalten mußte.

Lambert selbst schien nicht begriffen zu haben und blickte angestrengt den Präsidenten an.

»Der Angeklagte ist frei.«

Diesmal war kein Zweifel mehr möglich, das Zukken verschwand aus seinem Gesicht und machte einem erstaunten, amüsierten Lächeln Platz.

Lhomond, der wie gebannt den Blick nicht von ihm wenden konnte, hatte den Eindruck, als liege etwas Spöttisches, ja Mitleidiges in diesem Lächeln, das ihm galt. Es dauerte nur einen Augenblick. Hatte ihm Lambert nicht mit einer unmerklichen Kopfbewegung ein ironisches »Danke« zugenickt?

Jetzt, während die Menge der Zuschauer durch den Mittelgang dem Ausgang zudrängte, wandten Lamberts Blicke sich dem Saal zu, wo die Augen Lucienne Girards ihn erwarteten. Sie stand allein, unbeweglich, mitten in ihrer Reihe. Kannten sie sich von früher? Das war unwahrscheinlich. Doch das hinderte sie nicht, sich jetzt über die Entfernung hinweg eine Art Versprechen zu geben, ein Rendez-vous auszumachen.

Vielleicht würde sie aufgrund der Worte des Präsidenten und weil sie nicht wußte, daß Lambert noch Formalitäten zu erledigen hatte, vor dem Gericht auf ihn warten?

Lhomond hatte es kommen sehen. Aber nicht das demütigte ihn, sondern das, was er in dem Blick zu lesen geglaubt hatte, den Dieudonné Lambert ihm zugeworfen hatte.

Für einen Augenblick kam er sich vor wie einer jener gutgläubigen Trottel, die Gelino abends in den Straßen ansprach, um sie mit einem angeblich gestohlenen Diamanten zu ködern.

Im Beratungszimmer fragte Armemieux ihn nur:

»Zufrieden?«

Er antwortete offen:

»Das frage ich mich selbst.«

Der Staatsanwalt besaß die Eleganz zu murmeln:

»Ich auch.«

Lhomond ging in sein Büro, wo sein Schreiber ihm die Amtskleidung abnahm. Er wurde wieder ein Mann wie jeder andere. An diesem Abend schienen ihm die Wände kahler, das Licht grauer als sonst zu sein.

»Jetzt können Sie sich ausruhen, Herr Präsident. Bei Ihrem Zustand muß der Prozeß eine harte Probe für Sie gewesen sein.«

Er sagte ja, ohne nachzudenken, gab dem guten Landis die Hand, der auch nicht böse war, daß nun alles vorbei war. Als er den schlecht beleuchteten Gang entlangging, bemerkte er eine Gestalt, erkannte Chouard, der auf jemand zu warten schien, runzelte die Brauen und ging weiter, bis der Arzt auf ihn zutrat.

»Ich wußte gar nicht, daß Sie auch Gerichtsverhandlungen besuchen.«

Er zwang sich zu denken, diese Begegnung sei zufällig, aber als Chouard noch immer nichts sagte, zweifelte er nicht mehr daran, daß er seinetwegen gekommen war.

»Was ist passiert, Doktor? Meine Frau?«

Chouard nickte.

»Ein Anfall?«

»Ja.«

»Schlimmer als sonst?«

Das erneute Schweigen sagte alles.

»Ist sie gestorben?«

»Heute nachmittag, wahrscheinlich gegen drei.«

»Und wieso erfahre ich erst jetzt . . .?«

Er kam nicht auf den Gedanken, in sein Büro zurückzukehren oder aus dem Gang wegzugehen, wo sie ganz allein im Halbdunkeln standen.

»Als die Köchin um halb fünf hinaufging, lag Ihre Frau tot neben dem Bett auf dem Boden. Die Köchin hat mich sofort angerufen, aber ich konnte nur noch den Tod feststellen.«

Lhomond wagte nicht zu fragen, ob Laurence eine Überdosis der Arznei genommen habe. Übrigens war dies nicht sein erster Gedanke. Sein erster Gedanke war gewesen, daß er von nun an allein sein würde.

»War sie denn wirklich krank?«

»Sie hat mir das Versprechen abgenommen, es niemandem zu sagen, vor allem nicht Ihnen.«

»Weshalb?«

Er begriff es nicht. Es war ihm auf die gleiche Art peinlich, wie ihm eben vorher der Blick Lamberts peinlich gewesen war, und er fühlte sich auch jetzt gedemütigt.

»Seit wann?«

»Ich glaube, mit vierunddreißig ist sie zum erstenmal in meine Praxis gekommen. Ich diagnostizierte eine Herzerweiterung. Sie hatte das Herz einer Fünfzigjährigen.«

»Und wie das?«

»Wahrscheinlich von Geburt auf. Ich habe sie behandelt, so gut ich konnte. Ich habe auch einen Spezialisten zu Rate gezogen.«

»Haben Sie ihr geraten, im Bett zu bleiben?«

»Im Gegenteil, ich habe sie angefleht, in gewissen Grenzen ein normales Leben zu führen.«

Er legte Lhomond die Hand auf den Arm und fügte hinzu:

»Mein Wagen steht vor der Tür.«

Unterwegs, im gedämpften Licht des Wagens, fragte Lhomond:

»Wieso ist sie denn auf den Boden gefallen?«

»Das kommt in solchen Fällen häufig vor.«

»Weil sie sich aufgebäumt hat?«

Chouard gab keine Antwort.

»Hat sie sehr gelitten?«

Kurz zuvor hatte jemand dieselbe Frage in bezug auf Mariette Lambert gestellt.

»Ich glaube, daß es ziemlich rasch gegangen ist.«

Chouard ging nicht mit hinauf. Er blieb unten. Im

zweiten Stock traf Lhomond auf Léopoldine, die ihn fragte:

»Haben Sie den Arzt gesehen?«

Sie hatte nicht geweint, war aber doch beeindruckt.

»Und dabei hätte ich geschworen, daß ihre Krankheit . . .«

Sie verstummte. Lhomond wußte, was sie sagen wollte. Zumindest in diesem Punkt hatte er sich auch getäuscht. Und hatte er sich nicht eben erst, eines gewissen Lächelns wegen, das auf dem Gesicht Dieudonné Lamberts erschienen war, gefragt, ob er sich nicht in ihm getäuscht habe?

Er schloß die Tür hinter sich. Man hatte Laurence so gebettet, daß sie fast in der gleichen, ihr eigentümlichen Haltung dalag wie sonst. Ihre Nasenflügel waren eingefallen, ihre Lippen wirkten schmaler und rätselhafter als zu ihren Lebzeiten.

Er trat nicht zu ihr, fühlte kein Bedürfnis, sie ein letztes Mal zu küssen oder sie zu berühren. Er sah sie nicht einmal voll an, sondern nur flüchtig, verstohlen, als hätte sie noch über ihn richten können.

Oft hatte er sich während ihres gemeinsamen Lebens gefragt, was sie über ihn dachte. Er würde es nie erfahren.

Hatte sie sich in ihm getäuscht? Hatte sie ihn so gesehen, wie er war?

Und er selbst? Hatte er sie richtig gesehen?

Vermutlich würde er nie erfahren, ob Dieudonné Lambert seine Frau getötet hatte, ob der Mann, den er an diesem Tag auf freien Fuß gesetzt und dem Lucienne Girard, ohne daß es eines Worts bedurft hätte, ein Rendez-vous versprochen hatte, ein Mörder war.

Sein Blick fiel auf das Silberglöckchen, das auf dem gewohnten Platz neben der fast vollen Medizinflasche stand. Man würde ihn also nicht unter Anklage stellen. Er würde sich nicht zu verteidigen brauchen.

Etwas in seinem Inneren sagte ihm, daß er sich in Laurence nicht getäuscht hatte, und ohne es zu wollen, nahm er ihr übel, daß sie es durch ihren Tod fertiggebracht hatte, das letzte Wort zu behalten.

In seinem Schlafzimmer, durch das er ins Bad ging, um sich ein Glas Wasser einzugießen, denn seine Kehle war trocken, hatte man vergessen, das Kaminfeuer anzuzünden. Er sah sich im Spiegel, seine angstvollen, unruhigen Augen, sein zerfurchtes Gesicht, und plötzlich wurde er sich der Leere im Haus bewußt und stellte sich die Abende in seinem Schlafzimmer vor, wenn nichts und niemand mehr die Stille stören würde.

Er begriff nicht sofort, daß es keinen Grund mehr gab, die Abende im Zimmer zu verbringen. Panische Angst überfiel ihn, bis ihm der rettende Gedanke kam.

Er gestand es niemandem ein, erst recht nicht derjenigen, die es anging: In diesem Augenblick, ehe er zu Chouard hinunterging, der in der Bibliothek auf ihn wartete, beschloß er, Germaine Stévenard zu heiraten.

*Shadow Rock Farm, Lakeville (Connecticut),*
*27. September 1954*

# *Georges Simenon im Diogenes Verlag*

## Biographisches

*Als ich alt war*
Tagebücher 1960–1963
Deutsch von Linde Birk

*Briefwechsel mit André Gide*
Deutsch von Stefanie Weiss

*Brief an meine Mutter*
Deutsch von Trude Fein

*Ein Mensch wie jeder andere*
Mein Tonband und ich
Deutsch von Hans Jürgen Solbrig

*Über Simenon*
Zeugnisse und Essays von Patricia Highsmith bis Alfred Andersch. Mit einem Interview, mit Chronik und Bibliographie. Herausgegeben von Claudia Schmölders und Christian Strich. detebe 154

## Sonderbände

*Betty / Die Tür*
Zwei Romane in einem Band
Deutsch von Raymond Regh und Linde Birk

*Der Neger / Das blaue Zimmer*
Zwei Romane in einem Band
Deutsch von Linde Birk und Angela von Hagen

*Gesammelte Erzählungen*
Deutsch von Wolfram Schäfer

*Maigret hat Angst / Maigret erlebt eine Niederlage*
Zwei Maigret-Romane in einem Band
Deutsch von Elfriede Riegler

*Maigret gerät in Wut / Maigret verteidigt sich*
Zwei Maigret-Romane in einem Band
Deutsch von Wolfram Schäfer

*Maigret-Geschichten*
Deutsch von Linde Birk, Angelika Essig, Hans Joachim Hartstein, Lislott Pfaff und Gisela Stadelmann

## Romane in Erstausgaben

*Die Unbekannten im eigenen Haus*
Roman. Deutsch von Gerda Scheffel

*Der Ausbrecher*
Roman. Deutsch von Erika Tophoven-Schöningh

*Wellenschlag*
Roman. Deutsch von Eugen Helmlé

*Zum Weißen Roß*
Roman. Deutsch von Trude Fein

*Der Tod des Auguste Mature*
Roman. Deutsch von Anneliese Botond

## Non-Maigret-Romane

*Brief an meinen Richter*
Roman. Deutsch von Hansjürgen Wille und Barbara Klau. detebe 135/1

*Der Schnee war schmutzig*
Roman. Deutsch von Willi A. Koch
detebe 135/2

*Die grünen Fensterläden*
Roman. Deutsch von Alfred Günther
detebe 135/3

*Im Falle eines Unfalls*
Roman. Deutsch von Hansjürgen Wille und Barbara Klau. detebe 135/4

*Sonntag*
Roman. Deutsch von Hansjürgen Wille und Barbara Klau. detebe 135/5

*Bellas Tod*
Roman. Deutsch von Elisabeth Serelmann-Küchler. detebe 135/6

*Der Mann mit dem kleinen Hund*
Roman. Deutsch von Stefanie Weiss
detebe 135/7

*Drei Zimmer in Manhattan*
Roman. Deutsch von Linde Birk
detebe 135/8

*Die Großmutter*
Roman. Deutsch von Linde Birk
detebe 135/9

*Der kleine Mann von Archangelsk*
Roman. Deutsch von Alfred Kuoni
detebe 135/10

*Der große Bob*
Roman. Deutsch von Linde Birk
detebe 135/11

*Die Wahrheit über Bébé Donge*
Roman. Deutsch von Renate Nickel
detebe 135/12

*Tropenkoller*
Roman. Deutsch von Annerose Melter
detebe 135/13

*Ankunft Allerheiligen*
Roman. Deutsch von Eugen Helmlé
detebe 135/14

*Der Präsident*
Roman. Deutsch von Renate Nickel
detebe 135/15

*Der kleine Heilige*
Roman. Deutsch von Trude Fein
detebe 135/16

*Der Outlaw*
Roman. Deutsch von Liselotte Julius
detebe 135/17

*Die Glocken von Bicêtre*
Roman. Deutsch von Hansjürgen Wille und Barbara Klau
detebe 135/18

*Der Verdächtige*
Roman. Deutsch von Eugen Helmlé
detebe 135/19

*Die Verlobung des Monsieur Hire*
Roman. Deutsch von Linde Birk
detebe 135/20

*Der Mörder*
Roman. Deutsch von Lothar Baier
detebe 135/21

*Die Zeugen*
Roman. Deutsch von Anneliese Botond
detebe 135/22

*Die Komplizen*
Roman. Deutsch von Stefanie Weiss
detebe 135/23

## ● Maigret-Romane

*Maigrets erste Untersuchung*
Roman. Deutsch von Roswitha Plancherel
detebe 155/1

*Maigret und Pietr der Lette*
Roman. Deutsch von Wolfram Schäfer
detebe 155/2

*Maigret und die alte Dame*
Roman. Deutsch von Renate Nickel
detebe 155/3

*Maigret und der Mann auf der Bank*
Roman. Deutsch von Annerose Melter
detebe 155/4

*Maigret und der Minister*
Roman. Deutsch von Annerose Melter
detebe 155/5

*Mein Freund Maigret*
Roman. Deutsch von Annerose Melter
detebe 155/6

*Maigrets Memoiren*
Roman. Deutsch von Roswitha Plancherel
detebe 155/7

*Maigret und die junge Tote*
Roman. Deutsch von Raymond Regh
detebe 155/8

*Maigret amüsiert sich*
Roman. Deutsch von Renate Nickel
detebe 155/9

*Hier irrt Maigret*
Roman. Deutsch von Elfriede Riegler
detebe 155/10

*Maigret und der gelbe Hund*
Roman. Deutsch von Raymond Regh
detebe 155/11

*Maigret vor dem Schwurgericht*
Roman. Deutsch von Wolfram Schäfer
detebe 155/12

*Maigret als möblierter Herr*
Roman. Deutsch von Wolfram Schäfer
detebe 155/13

*Madame Maigrets Freundin*
Roman. Deutsch von Roswitha Plancherel
detebe 155/14

*Maigret kämpft um den Kopf eines Mannes*
Roman. Deutsch von Roswitha Plancherel
detebe 155/15

*Maigret und die kopflose Leiche*
Roman. Deutsch von Wolfram Schäfer
detebe 155/16

*Maigret und die widerspenstigen Zeugen*
Roman. Deutsch von Wolfram Schäfer
detebe 155/17

*Maigret am Treffen der Neufundlandfahrer*
Roman. Deutsch von Annerose Melter
detebe 155/18

*Maigret bei den Flamen*
Roman. Deutsch von Claus Sprick
detebe 155/19

*Maigret und die Bohnenstange*
Roman. Deutsch von Guy Montag
detebe 155/20

*Maigret und das Verbrechen in Holland*
Roman. Deutsch von Renate Nickel
detebe 155/21

# *Klassiker und moderne Klassiker der fremdsprachigen Literatur im Diogenes Verlag*

● **Balzac**
*Die Menschliche Komödie*
in 40 Bänden. detebe 130/1–40

● **Baudelaire**
*Die Tänzerin Fanfarlo*
Sämtliche Prosadichtungen. detebe 144

● **Bierce**
*Die Spottdrossel*
Erzählungen. detebe 106

● **Čechov**
*Das dramatische Werk · Das erzählende Werk*
in Einzelbänden in der Neuedition von Peter Urban.
detebe 50/1–20
*Briefe*
in 5 Bänden in der Übersetzung von Peter Urban.

● **Conrad**
*Auswahlausgabe*
in Einzelbänden. detebe 66/1–3

● **Faulkner**
*Werkausgabe*
in bisher 17 Einzelbänden. detebe 30/1–17

● **Flaubert**
*Werke, Briefe und Materialien*
in 8 Bänden. detebe 210/1–6, 211 und 143

● **Franz von Assisi**
*Die Werke*
detebe 201

● **Gogol**
*Die toten Seelen*
Roman in zeitgenössischer Übersetzung.
detebe 141
*Die Nase*
Erzählungen. detebe 138

● **Gontscharow**
*Ein Monat Mai in Petersburg*
Erzählungen. detebe 173

● **Homer**
*Ilias* und *Odyssee*
in der Übersetzung von Heinrich Voss, nach der Edition von Peter von der Mühll.
detebe 217/1–2

● **Joyce**
*Die Toten*
Erzählungen und Erzählstücke aus den Romanen. Neuübersetzungen von Dieter E. Zimmer, Klaus Reichert und Hans Wollschläger. detebe 164

● **D. H. Lawrence**
*Sämtliche Erzählungen und Kurzromane*
in 8 Einzelbänden. Neuübersetzungen von Elisabeth Schnack. detebe 90/1–8
*John Thomas & Lady Jane*
Roman. detebe 147

● **McCullers**
*Werkausgabe*
in 8 Einzelbänden. detebe 20/1–8

● **Maugham**
*Gesammelte Erzählungen*
in 10 Einzelbänden. detebe 125/1–10
*Romane*
in bisher 10 Einzelbänden. detebe 35/5–14

● **Melville**
*Moby Dick*
Roman. detebe 142

**● Molière**
*Komödien und Materialien*
7 Bände Komödien in der Nachdichtung von Hans Weigel und 1 Band ›Über Molière‹. detebe 95/1–7 und 37

**● O'Casey**
*Das dramatische Werk · Das autobiographische Werk*
in Einzelbänden. detebe 2/1–2 und 155/1

**● O'Connor**
*Gesammelte Erzählungen*
in 6 Einzelbänden. Deutsch von Elisabeth Schnack. detebe 85/1–6

**● Orwell**
*Auswahl- und Studienausgabe*
in Einzelbänden. detebe 63/1–5

**● Paustowski**
*Ausgewählte Erzählungen*
detebe 194/1–2

**● E. A. Poe**
*Der Untergang des Hauses Usher*
Ausgewählte Erzählungen. detebe 105

**● Shakespeare**
*Sonette*
in der Nachdichtung von Karl Kraus. detebe 137
*Dramatische Werke*
in 10 Einzelbänden. Schlegel-Tieck-Übersetzung. detebe 200/1–10

**● Stevenson**
*Werke*
in 12 Einzelbänden.
Edition und Übersetzung von Curt und Marguerite Thesing. detebe 199/1–12

**● Teresa von Avila**
*Die innere Burg*
Herausgegeben und übersetzt von Fritz Vogelsang. detebe 203

# *Die Klassiker des Detektivromans im Diogenes Verlag*

## ● Raymond Chandler

*Der große Schlaf*
Roman. Neu übersetzt von Gunar Ortlepp. detebe 70/1

*Die kleine Schwester*
Roman. Neu übersetzt von W. E. Richartz. detebe 70/2

*Das hohe Fenster*
Roman. Neu übersetzt von Urs Widmer. detebe 70/3

*Der lange Abschied*
Roman. Neu übersetzt von Hans Wollschläger. detebe 70/4

*Die simple Kunst des Mordes*
Briefe, Essays, Fragmente. Herausgegeben von Dorothy Gardiner und Kathrine Sorley Walker. Neu übersetzt von Hans Wollschläger. detebe 70/5

*Die Tote im See*
Roman. Neu übersetzt von Hellmuth Karasek. detebe 70/6

*Lebwohl, mein Liebling*
Roman. Neu übersetzt von Wulf Teichmann. detebe 70/7

*Playback*
Roman. Neu übersetzt von Wulf Teichmann. detebe 70/8

*Mord im Regen*
Frühe Stories. Vorwort von Prof. Philip Durham. Neu übersetzt von Hans Wollschläger. detebe 70/9

*Erpresser schießen nicht*
Detektivstories I. Neu übersetzt von Hans Wollschläger. detebe 70/10

*Der König in Gelb*
Detektivstories II. Neu übersetzt von Hans Wollschläger. detebe 70/11

*Gefahr ist mein Geschäft*
Detektivstories III. Neu übersetzt von Hans Wollschläger. detebe 70/12

*Englischer Sommer*
3 Stories und Essays. Mit einer Erinnerung von John Houseman und dem Vorwort von Patricia Highsmith. Diverse Übersetzer. detebe 70/13

## ● Dashiell Hammett

*Der Malteser Falke*
Roman. Neu übersetzt von Peter Naujack. detebe 69/1

*Rote Ernte*
Roman. Neu übersetzt von Gunar Ortlepp. detebe 69/2

*Der Fluch des Hauses Dain*
Roman. Neu übersetzt von Wulf Teichmann. detebe 69/3

*Der gläserne Schlüssel*
Roman. Neu übersetzt von Hans Wollschläger. detebe 69/4

*Der dünne Mann*
Roman. Neu übersetzt von Tom Knoth. detebe 69/5

*Das große Umlegen*
Detektivgeschichten. Mit einem Vorwort von Lillian Hellman. Neu übersetzt von Helmut Degner, Hellmuth Karasek, Helmut Kossodo, Peter Naujack, W. E. Richartz, Harry Rowohlt u. a.
Ein Diogenes Sonderband

*Detektiv bei Continental's*
Der Detektivgeschichten zweite und letzte Folge. Mit einem Nachwort von Prof. Steven Marcus. Neu übersetzt von Wulf Teichmann.
Ein Diogenes Sonderband

## ● Ross Macdonald

*Durchgebrannt*
Roman. Deutsch von Helmut Degner

*Geld kostet zuviel*
Roman. Deutsch von Günter Eichel

*Die Kehrseite des Dollars*
Roman. Deutsch von Günter Eichel

*Der Untergrundmann*
Roman. Deutsch von Hubert Deymann

*Dornröschen war ein schönes Kind*
Roman. Deutsch von Wulf Teichmann. detebe 99/1

*Unter Wasser stirbt man nicht*
Roman. Deutsch von Hubert Deymann. detebe 99/2

*Ein Grinsen aus Elfenbein*
Roman. Deutsch von Charlotte Hamberger. detebe 99/3

*Die Küste der Barbaren*
Roman. Deutsch von Marianne Lipcowitz. detebe 99/4

*Der Fall Galton*
Roman. Deutsch von Egon Lothar Wensk. detebe 99/5

*Gänsehaut*
Roman. Deutsch von Gretel Friedmann. detebe 99/6

*Der blaue Hammer*
Roman. Deutsch von Peter Naujack. detebe 99/7

*Sämtliche Detektivstories*
Mit einem Vorwort des Autors. Deutsch von Hubert Deymann. Ein Diogenes Sonderband

## ● Margaret Millar

*Die Süßholzraspler*
Roman. Deutsch von Georg Kahn-Ackermann und Susanne Feigl

*Von hier an wird's gefährlich*
Roman. Deutsch von Fritz Güttinger

*Liebe Mutter, es geht mir gut ...*
Roman. Deutsch von Elizabeth Gilbert. detebe 98/1

*Die Feindin*
Roman. Deutsch von Elizabeth Gilbert. detebe 98/2

*Fragt morgen nach mir*
Roman. Deutsch von Anne Uhde. detebe 98/3

*Ein Fremder liegt in meinem Grab*
Roman. Deutsch von Elizabeth Gilbert. detebe 98/4

## ● Patrick Quentin

*Familienschande*
Roman. Deutsch von Helmut Degner

*Bächleins Rauschen tönt so bang ...*
Kriminalgeschichten. Deutsch von Günter Eichel. detebe 87/1

## ● Henry Slesar

*Schlimme Geschichten für schlaue Leser*
Deutsch von Thomas Schlück. Ein Diogenes Sonderband

*Ruby Martinson*
Geschichten vom größten erfolglosen Verbrecher der Welt. Deutsch von Helmut Degner

*Das graue distinguierte Leichentuch*
Roman. Deutsch von Paul Baudisch und Thomas Bodmer. detebe 77/1

*Vorhang auf, wir spielen Mord!*
Roman. Deutsch von Thomas Schlück. detebe 77/2

*Erlesene Verbrechen und makellose Morde*
Geschichten. Deutsch von Günter Eichel und Peter Naujack. Vorwort von Alfred Hitchcock. Zeichnungen von Tomi Ungerer. detebe 77/3

*Ein Bündel Geschichten für lüsterne Leser*
Deutsch von Günter Eichel. Einleitung von Alfred Hitchcock. Zeichnungen von Tomi Ungerer. detebe 77/4

*Hinter der Tür*
Roman. Deutsch von Thomas Schlück. detebe 77/5

*Aktion Löwenbrücke*
Roman. Deutsch von Günter Eichel. detebe 77/6

# *Diogenes Taschenbücher*

Alphabetisches Verzeichnis

Aiken, *Die Kristallkrähe* * 76
Amalrik, *Kann die Sowjetunion das Jahr 1984 erleben?* * 5
o Ambler, *Die Maske des Dimitrios* 75/1
o Ambler, *Der Fall Deltschev* 75/2
Ambler, *Eine Art von Zorn* * 75/3
Ambler, *Schirmers Erbschaft* 75/4
Ambler, *Die Angst reist mit* * 75/5
Ambler, *Der Levantiner* 75/6
Ambler, *Waffenschmuggel* 75/7
Ambler, *Topkapi* 75/8
Ambler, *Schmutzige Geschichte* 75/9
Ambler, *Das Intercom-Komplott* 75/10
Ambler, *Besuch bei Nacht* 75/11
Ambler, *Der dunkle Grenzbezirk* * 75/12
Ambler, *Ungewöhnliche Gefahr* * 75/13
Ambler, *Anlaß zur Unruhe* * 75/14
Ambler, *Nachruf auf einen Spion* 75/15
Ambler, *Doktor Frigo* 75/16
o *Über Eric Ambler* * 187
o Andersch, *Die Kirschen der Freiheit* 1/1
o Andersch, *Sansibar oder der letzte Grund* 1/2
o Andersch, *Hörspiele* 1/3
o Andersch, *Geister und Leute* 1/4
Andersch, *Die Rote* 1/5
o Andersch, *Ein Liebhaber des Halbschattens* 1/6
o Andersch, *Efraim* 1/7
Andersch, *Mein Verschwinden in Providence* 1/8
o Andersch, *Winterspelt* 1/9
o Andersch, *Aus einem römischen Winter* 1/10
o Andersch, *Die Blindheit des Kunstwerks* 1/11
o Andersch, *Ein neuer Scheiterhaufen für alte Ketzer* 1/12
o Andersch, *Öffentlicher Brief an einen sowjetischen Schriftsteller* * 1/13
o Andersch, *Neue Hörspiele* * 1/14
Andersch, *Einige Zeichnungen* * 151
o *Über Alfred Andersch* * 53
o *Das Alfred Andersch Lesebuch* * 205
o Anderson, *Ich möchte wissen warum* 156
Angelus Silesius, *Der cherubinische Wandersmann* 204
Armstrong, *Mein Leben in New Orleans* 133
Balzac, *Das Haus zur ballspielenden Katze* 130/1
Balzac, *Zwei Frauen* 130/2
Balzac, *Modeste Mignon* 130/3
Balzac, *Albert Savarus* 130/4
Balzac, *Die falsche Geliebte* 130/5
Balzac, *Die Grenadière* 130/6
Balzac, *Honorine* 130/7
Balzac, *Béatrix* 130/8
Balzac, *Die Frau von dreißig Jahren* 130/9
o Balzac, *Vater Goriot* 130/10
Balzac, *Oberst Chabert* 130/11
Balzac, *Der Ehekontrakt* 130/12
Balzac, *Ursula Mirouet* 130/13
o Balzac, *Eugénie Grandet* 130/14
Balzac, *Pierrette* 130/15
Balzac, *Junggesellenwirtschaft* 130/16
Balzac, *Nebenbuhler* 130/17
o Balzac, *Verlorene Illusionen* 130/18
Balzac, *Geschichte der Dreizehn* 130/19
Balzac, *Cäsar Birotteaus Größe und Niedergang* 130/20
Balzac, *Das Bankhaus Nucingen* 130/21
Balzac, *Glanz und Elend der Kurtisanen* 130/22–23
Balzac, *Die Geheimnisse der Fürstin von Cadignan* 130/24
o Balzac, *Tante Lisbeth* 130/25
o Balzac, *Vetter Pons* 130/26
Balzac, *Volksvertreter* 130/27
Balzac, *Die Kleinbürger* 130/28
Balzac, *Eine dunkle Geschichte* 130/29
Balzac, *Die Königstreuen* 130/30
Balzac, *Die Bauern* 130/31
Balzac, *Der Landarzt* 130/32
Balzac, *Der Landpfarrer* 130/33
Balzac, *Die Lilie im Tal* 130/34
o Balzac, *Die tödlichen Wünsche* 130/35
Balzac, *Buch der Mystik* 130/36
o Balzac, *Das ungekannte Meisterwerk* 130/37
Balzac, *Der Alchimist* 130/38
Balzac, *Der verstoßene Sohn* 130/39
Balzac, *Katharina von Medici* 130/40
o *Über Balzac* * 152
o Baudelaire, *Die Tänzerin Fanfarlo* 144
Becker, *Russisch Roulette* * 104
Bellairs, *Das Haus, das tickte* * 131
Belloc Lowndes, *Jack the Ripper* * 68
o Benn, *Ausgewählte Gedichte* * 56
Betti, *Fellini* 149
Bierce, *Die Spottdrossel* 106
Bosc, *Love and Order* 44
Bradbury, *Der illustrierte Mann* 127
o Bräker, *Lebensgeschichte und Natürliche Ebentheuer des Armen Mannes im Tockenburg* 195/1
o Bräker, *Tagebücher / Über Shakespeares Schauspiele u. a.* 195/2
Brambach, *Für sechs Tassen Kaffee* 161
o Brambach (Hrsg.), *Moderne deutsche Liebesgedichte* * 216
o Braun/Iden, *Neues deutsches Theater* * 18
Brechbühl, *Der geschlagene Hund* * 24
Brodkey, *Erste Liebe und andere Sorgen* 218
Brown, *Flitterwochen in der Hölle* 192
Buchan, *Die neununddreißig Stufen* 93/1
Buchan, *Grünmantel* 93/2
Buchan, *Mr. Standfast oder Im Westen was Neues* 93/3
Buchan, *Die drei Geiseln* * 93/4
o Busch, *Gedichte* 60/1
Busch, *Max und Moritz* 60/2

O'Casey, *Irland, leb wohl* 150/4
O'Casey, *Rose und Krone* 150/5
O'Casey, *Dämmerung und Abendstern* 150/6
o O'Connor, *Und freitags Fisch* 85/1
o O'Connor, *Mein Ödipus-Komplex* * 85/2
O'Connor, *Don Juans Versuchung* * 85/3
O'Connor, *Eine unmögliche Ehe* * 85/4
O'Connor, *Eine selbständige Frau* * 85/5
O'Connor, *Brautnacht* * 85/6
o O'Faolain, *Sünder und Sänger* 102/1
O'Faolain, *Trinker und Träumer* 102/2
O'Faolain, *Lügner und Liebhaber* 102/3
O'Flaherty, *Ich ging nach Rußland* 16
o O'Flaherty, *Armut und Reichtum* 103/1
o Orwell, *Farm der Tiere* 63/1
o Orwell, *Im Innern des Wals* * 63/2
o Orwell, *Rache ist sauer* * 63/3
o Orwell, *Mein Katalonien* 63/4
o Orwell, *Erledigt in Paris & London* * 63/5
o Paustowski, *Das Sternbild der Jagdhunde* * 194/1
o Paustowski, *Die Windrose* 194/2
o Plomer, *Turbott Wolfe* 114
o Poe, *Der Untergang des Hauses Usher* 105
Price, *Der kleine Psychologe* 91
Quentin, *Bächleins Rauschen tönt so bang* 87
Richartz, *Tod den Ärtzten* 26
Richartz, *Das Leben als Umweg* * 116
Richartz, *Vorwärts ins Paradies* * 162
Richartz, *Büroroman* 175
Rosendorfer, *Über das Küssen der Erde* * 10/1
o Rosendorfer, *Der Ruinenbaumeister* 10/2
Rosendorfer, *Skaumo* * 10/3
o Sacharow, *Wie ich mir die Zukunft vorstelle* 79
o Saki, *Die offene Tür* 62
(Samisdat), *Unruhen aus neuester Zeit* * 36
Samjatin, *Attila, die Geißel Gottes* 174
Schmitz, *Buch der Katastrophen* 179
o Schnitzler, *Spiel im Morgengrauen* 96
o Schopenhauer, *Die Welt als Wille und Vorstellung* I/II 140/1–4
o Schopenhauer, *Kleinere Schriften* 140/5–6
o Schopenhauer, *Parerga und Paralipomena* I/II 140/7–10
o *Über Schopenhauer* * 153
Searle, *Weil noch das Lämpchen glüht* 14
o Sempé, *Konsumgesellschaft* * 38
Sempé, *Volltreffer* 84
Sempé, *Umso schlimmer* 163
o Shakespeare, *Romeo und Julia / Hamlet / Othello* 200/1
o Shakespeare, *König Lear / Macbeth / Timon von Athen* 200/2
o Shakespeare, *Julius Cäsar / Antonius und Cleopatra / Coriolanus* 200/3
o Shakespeare, *Verlorene Liebesmüh / Die Komödie der Irrungen / Die beiden Veroneser / Der Widerspenstigen Zähmung* 200/4
o Shakespeare, *Ein Sommernachtstraum / Der Kaufmann von Venedig / Viel Lärm um nichts / Wie es euch gefällt / Die lustigen Weiber von Windsor* 200/5
o Shakespeare, *Ende gut, alles gut / Was ihr wollt / Troilus und Cressida / Maß für Maß* 200/6
o Shakespeare, *Cymbeline / Das Wintermärchen / Der Sturm* 200/7
o Shakespeare, *Heinrich der Sechste / Richard der Dritte* 200/8
o Shakespeare, *Richard der Zweite / König Johann / Heinrich der Vierte* 200/9
o Shakespeare, *Heinrich der Fünfte / Heinrich der Achte / Titus Andronicus* 200/10
o Shakespeare/Kraus, *Sonette* 137
o Sillitoe, *Guzman, Go Home* * 4/1
o Sillitoe, *Die Einsamkeit des Langstreckenläufers* 4/2
o Sillitoe, *Samstagnacht und Sonntagmorgen* 4/3
Sillitoe, *Ein Start ins Leben* 4/4
Simenon, *Brief an meinen Richter* 135/1
o Simenon, *Der Schnee war schmutzig* 135/2
Simenon, *Die grünen Fensterläden* 135/3
Simenon, *Im Falle eines Unfalls* 135/4
o Simenon, *Sonntag* 135/5
Simenon, *Bellas Tod* 135/6
Simenon, *Der Mann mit dem kleinen Hund* 135/7
Simenon, *Drei Zimmer in Manhattan* 135/8
Simenon, *Die Großmutter* 135/9
Simenon, *Der kleine Mann von Archangelsk* 135/10
Simenon, *Der große Bob* 135/11
Simenon, *Die Wahrheit über Bébé Donge* 135/12
Simenon, *Tropenkoller* 135/13
Simenon, *Ankunft Allerheiligen* 135/14
Simenon, *Der Präsident* 135/15
Simenon, *Der kleine Heilige* 135/16
Simenon, *Der Outlaw* 135/17
Simenon, *Die Glocken von Bicêtre* 135/18
Simenon, *Der Verdächtige* 135/19
Simenon, *Die Verlobung des Monsieur Hire* 135/20
Simenon, *Maigrets erste Untersuchung* 155/1
Simenon, *Maigret und Pietr der Lette* 155/2
Simenon, *Maigret und die alte Dame* 155/3
Simenon, *Maigret und der Mann auf der Bank* 155/4
Simenon, *Maigret und der Minister* 155/5
Simenon, *Mein Freund Maigret* 155/6
Simenon, *Maigrets Memoiren* 155/7
Simenon, *Maigret und die junge Tote* 155/8
Simenon, *Maigret amüsiert sich* 155/9
Simenon, *Hier irrt Maigret* 155/10
Simenon, *Maigret und der gelbe Hund* 155/11

Simenon, _Maigret vor dem Schwurgericht_ 155/12
Simenon, _Maigret als möblierter Herr_ 155/13
Simenon, _Madame Maigrets Freundin_ 155/14
Simenon, _Maigret kämpft um den Kopf eines Mannes_ 155/15
Simenon, _Maigret und die kopflose Leiche_ 155/16
Simenon, _Maigret und die widerspenstigen Zeugen_ 155/17
Simenon, _Maigret am Treffen der Neufundlandfahrer_ 155/18
o _Über Simenon_ * 154
Siné, _Katzenjammer_ 94
Slesar, _Das graue distinguierte Leichentuch_ 77/1
Slesar, _Vorhang auf, wir spielen Mord!_ * 77/2
Slesar, _Erlesene Verbrechen_ 77/3
Slesar, _Ein Bündel Geschichten_ 77/4
Slesar, _Hinter der Tür_ * 77/5
Slesar, _Aktion Löwenbrücke_ 77/6
o Spark, _Memento Mori_ 29/1
Spark, _Die Ballade von Peckham Rye_ 29/2
_Spionagegeschichten_ 207
o Stevenson, _Die Schatzinsel_ 199/1
Stevenson, _Der Junker von Ballantrae_ 199/2
Stevenson, _Die Entführung_ 199/3
Stevenson, _Catriona_ 199/4
Stevenson, _Die Herren von Hermiston_ 199/5
o Stevenson, _Dr. Jekyll und Mr. Hyde / Der Pavillon in den Dünen_ 199/6
Stevenson, _Der Selbstmörderklub / Der Diamant des Rajahs_ 199/7
Stevenson, _Die tollen Männer_ 199/8
o Stevenson, _Der Flaschenteufel_ 199/9
Stevenson, _Der Leichenräuber_ 199/10
Stevenson, _In der Südsee_ I 199/11
Stevenson, _In der Südsee_ II 199/12
Stoker, _Draculas Gast_ 73
Symons, _Auf den Zahn gefühlt_ 193
o Teresa von Avila, _Die innere Burg_ 203
o Thoreau, _Walden oder Leben in den Wäldern_ 19/1
o Thoreau, _Über die Pflicht zum Ungehorsam_ * 19/2
o _Das Tintenfaß, Nr. 24_ * 83
o _Das Tintenfaß, Nr. 25_ * 100
o _Das Tintenfaß, Nr. 26_ * 122
o _Das deutsche Tintenfaß, Nr. 27_ * 136
Topor, _Der Mieter_ * 126
Topor, _Memoiren eines alten Arschlochs_ * 214
o Tschukowskaja, _Ein leeres Haus_ 8
o Tschukowskaja, _Untertauchen_ 148
o _Über Gott und die Welt_ * 46
Ungerer, _Der Sexmaniak_ 6
Ungerer, _Spiegelmensch_ * 49
Ungerer, _Der erfolgreiche Geschäftsmann_ 123
Verne, _Reise um die Erde in 80 Tagen_ 64/1
Verne, _Fünf Wochen im Ballon_ 64/2
o Verne, _Von der Erde zum Mond_ 64/3
Verne, _Reise um den Mond_ 64/4
o Verne, _20 000 Meilen unter Meer_ 64/5–6
o Verne, _Reise zum Mittelpunkt der Erde_ 64/7
Verne, _Der Kurier des Zaren_ 64/8–9
o Verne, _Die fünfhundert Millionen der Begum_ 64/10
Verne, _Die Kinder des Kapitäns Grant_ 64/11–12
o Verne, _Die Erfindung des Verderbens_ 64/13
Verne, _Die Leiden eines Chinesen in China_ 64/14
Verne, _Das Karpathenschloß_ 64/15
Verne, _Die Gestrandeten_ 64/16–17
o Verne, _Der ewige Adam_ 64/18
Verne, _Robur der Eroberer_ 64/19
o Vogt, _Husten_ 182/1
Vogt, _Wüthrich_ 182/2
Vogt, _Melancholie_ 182/3
o R. Walser, _Der Spaziergang_ 43
Wells, _Der Unsichtbare_ 67/1
Wells, _Der Krieg der Welten_ 67/2
o Wells, _Die Zeitmaschine_ 67/3
o Wells, _Die Geschichte unserer Welt_ 67/4
Wells, _Das Land der Blinden_ 67/5
West, _Schreiben Sie Miss Lonelyhearts_ 40/1
West, _Tag der Heuschrecke_ 40/2
West, _Eine glatte Million_ 40/3
Whistler, _Die vornehme Kunst sich Feinde zu machen_ * 34
o Widmer, _Das Normale und die Sehnsucht_ * 39/1
Widmer, _Die lange Nacht der Detektive_ * 39/2
Widmer, _Die Forschungsreise_ 39/3
o Widmer, _Schweizer Geschichten_ 39/4
Widmer, _Nepal_ 39/5
Widmer, _Die gelben Männer_ 39/6
o Wilde, _Der Sozialismus und die Seele des Menschen_ 3
Woinowitsch, _Die denkwürdigen Abenteuer des Soldaten Iwan Tschonkin_ 196
o Wollschläger, _Die bewaffneten Wallfahrten_ * 48
o Wollschläger, _Karl May_ 112
o Wollschläger, _Die Gegenwart einer Illusion_ * 113
Zimnik, _Geschichten vom Lektro_ 197/1
Zimnik, _Neue Geschichten vom Lektro_ 197/2
Zimnik, _Sebastian Gsangl_ 197/3
o _Das zynische Wörterbuch_ 186

_Titel mit * sind Erstausgaben oder deutsche Erstausgaben_
_Titel mit o sind auch als Studienausgaben empfohlen_

## *detebe-Kassetten*

o Andersch, *Werk- und Studienausgabe in 15 Bänden* K 20
o Balzac, *Die Menschliche Komödie in 40 Bänden* K 10
o Bräker, *Leben und Schriften des Armen Mannes im Tockenburg in 2 Bänden* K 21
Buchan, *Die 4 Richard-Hannay-Romane* K 26
o Busch, *Studienausgabe in 7 Bänden* K 13
o Čechov, *Das erzählende Werk in 10 Bänden* K 2
Chandler, *Sämtliche Romane und mehr in 9 Bänden* K 4
Chaval, *Gesammelte Cartoons in 3 Bänden* K 9
o *Die 5 Diogenes Lesebücher klassischer und moderner deutscher Erzähler* K 25
o Faulkner, *Gesammelte Erzählungen in 5 Bänden* K 16
o Flaubert, *Werke, Briefe, Materialien in 8 Bänden* K 24
o Gotthelf, *Ausgewählte Werke in 12 Bänden* K 18
Hammett, *Sämtliche Romane in 5 Bänden* K 3
Hottinger, *Morde in 3 Bänden* K 1
Hottinger, *Geschichten für den Connaiseur in 6 Bänden* K 14
Jägersberg, *Lehrstücke in 4 Bänden* K 19
o Keller, *Werke in 8 Bänden* K 17
o D. H. Lawrence, *Sämtliche Erzählungen und Kurzromane in 8 Bänden* K 6
o McCullers, *Werke in 8 Bänden* K 11
o Maugham, *Gesammelte Erzählungen in 10 Bänden* K 5
o Maugham, *Der Menschen Hörigkeit in 2 Bänden* K 15
o Molière, *Komödien und Materialien in 8 Bänden* K 7
O'Casey, *Die ganze Autobiographie in 6 Bänden* K 27
o O'Connor, *Gesammelte Erzählungen in 6 Bänden* K 8
o Schopenhauer, *Zürcher Ausgabe in 10 Bänden* K 12
o *Shakespeare's dramatische Werke in 10 Bänden* K 22
Stevenson, *Werke in 12 Bänden* K 23

## *Diogenes Kunst Taschenbücher*

*Aubrey Beardsley* * 20
Cézanne, *Briefe* 5
Daumier, *Mesdames* * 15
Daumier, *Messieurs* * 16
Fellini, *Faces* * 13
Flora, *Königsdramen* 8
Goya, *Caprichos* 3
Goya, *Desastres de la Guerra* 14
Grandville, *Eine andere Welt* 2
*George Grosz* * 19
Keel, *Porträtzeichnungen* * 12
*José Guadalupe Posada* * 7
Richter, *Die Jahreszeiten* * 4
Rodin, *Die Kunst* 1
Sendak, *Märchen der Brüder Grimm* 9
Topor, *Tragödien* 11
Topor, *Toxikologie* 21
Ungerer, *politrics* * 10
Ungerer, *Fornicon* 17
Ungerer, *The Party* 18
*Félix Vallotton* * 6